發現
童年的沃野

從幼兒園到文化場域的探究

倪鳴香・張盈堃

主編

國立政治大學幼兒教育研究所 發行

幼教學術，沃野千里

吳靜吉
政大教育學院名譽教授
政大創新與創造力研究中心諮詢顧問
前學術交流基金會執行長

公元 2000 年，政大幼兒教育研究所成立，希望從教育、心理、人文與社會科學等角度探討幼兒教育的學術研究與人才培養。政大雖然沒有理工醫農和藝術設計學系，但也了解幼兒教育的學術研究和實際教育都必須具有沃野千里的胸懷和視野。

也是公元 2000 年，芝加哥大學經濟學教授 James Heckman 獲得諾貝爾經濟學獎，之後更積極投入研究並累積了幼兒教育對成人發展重要性的成果，終於在 2014 年成立芝加哥大學人類發展的經濟學研究中心（Center for the Economics of Human Development），正式以經濟學角度，研究從幼兒到終身的人類整體發展，希望對政府政策、社會公平正義，最終對整體社會發展的福祉產生正向影響。

他和他的研究團隊多年來的研究，發現幼兒早期的家庭和社會環境及其教育影響後來的學習以及進入成人世界的工作、經濟、生活、健康等等，政府對兒童早期的投資不僅能夠達到社會公平正義，培養出具有成人幸福所需具備的認知和非認知能力，而且幼兒教育早期投資，甚至在兒童還沒出生前對弱勢家庭的投資，對這些

兒童長大後，都會增加他們對社會的正向貢獻，也會減少因惡性循環的不利條件而讓政府和社會付出更多的代價。

政大幼兒教育研究所就像弱勢兒童一樣，在人少、錢缺和大環境忽略幼兒教育的重要性之不利條件下，因責任感重、使命強，而希望「發現童年的沃野」，進行「從幼兒園到文化場域的探究」，啟動臺灣多元的幼兒教育學術研究及其出版。

Heckman 一而再、再而三強調，兒童早期教育「品質」是一生發展的最關鍵因素，幼兒教育的品質首先就要靠專業和領導人才，政大幼教所的成立就是期許產官學研共同致力於培育「幼教專業人才及領導人才」，並以「國際化」、「學術深化」、「產官學合作」為幼教所願景與目標。Heckman 及其人類發展的經濟學研究中心絕對是政大幼教所「國際化」、「學術深化」、「產官學合作」的投緣夥伴，促進臺灣拓寬幼兒教育學術研究及其對政策、實務產生正面能量的沃野。

幼兒教育研究在政大

馮朝霖
國立政治大學教育學院教授

　　倪所長吩咐我為這本專書書寫短文，雖然不敢不從命，卻是心虛。

　　政大幼兒教育研究所正式成立於 2000 年 8 月 1 日。彼時我正好擔任教育學系系主任，在幼教所籌辦與成立運作的期間，免不了要配合當時簡楚瑛所長的請託而提供若干諮詢建議，特別是招聘教師團隊，鳴香老師與聯恩老師都是在這機緣下加入幼教所的草創。2009 年 8 月 1 日敝人更榮幸受邀接任所長，旋因創所的簡老師退休，我任內第一個任務是聘進張盈堃老師來補齊教師人力。說說這段小小歷史因緣，意在強調我對幼教所的一份特殊感情。

　　幼教所專任教師雖然就是這幾個人手，但因為專長互補，並且的確有政大人文社會科學環境脈絡的庇蔭，不論課程教學、學術研究或服務實踐，都展現相當宏觀開闊的視野與前瞻，即便人力資源有限，也戮力定期舉辦學術研討會，藉由舉辦研討會促進所內外，乃至校際與國際的學術交流互動，使幼教所始終維繫著很濃很香的學術氛圍。2001 年時就與教育系合辦質性研究方法論的大型研討會，邀請德國漢堡大學的 Rainer Kokemohr 教授來台傳授「敘述訪

談」研究方法（Narrative Interview），造成學術界不小的轟動。爾後，幼教所舉辦研討會幾乎就成了師生共同企盼的學習活動，「童年沃野」如此的主題概念就自然地出現而逐漸成為具有延續性的思考與探究活動田地。

經過多年的師生用心耕耘，瓜熟蒂落順利成章，而有專書的誕生。本書豐富精彩內容不僅對幼兒教育學術具有莫大貢獻，我認為更特別的是，其足以作為見證幼教所成立十六年以來的師生「精神活動」軌跡（大學應是充滿精神活動的地方）與「心血志趣」歷程。

祝福此書的完成，能夠觸發幼教所走向更為成熟與圓融的明天！

童年沃野的蛻變

從政大幼教所的發展談本書的誕生

倪鳴香
政治大學幼兒教育研究所副教授兼所長

　　「發現童年的沃野」這本書的出版，不容諱言是呈現國立政治大學幼兒教育研究所學術發展的部分成果。它讓「2016 年」成為本所踏上另一里程碑的象徵，透過它，我們共同回顧了過去耕耘的意義，並展望對未來發展的期許。

　　2000 年的 3 月，也就是 16 年前，政治大學幼兒教育研究所在政大教育系多位師長的奔走、籌設與努力下誕生，同年 8 月正式成為全國第一所於綜合大學中設置的「幼兒教育研究所」。作為培育台灣幼教專業學術研究人才的先行者，本所在當年的簡章上能以「獨創、前瞻及整合跨領域」的視野，宣稱以培育本土幼教學術研究人口、大專院校幼教相關科系之師資以及幼教行政、領導與管理人才為目標，特別要感謝政大教育學院成立前後兩任的院長─秦夢群教授及詹志禹教授的睿智，尤其詹老師還是當年執筆申請成立幼教所的催生者。雖說幼教所的籌備與設立，是為 2002 年 8 月成立「教育學院」因應而生，但在此歷史發展脈絡下，也使本所成為政大教育系拓展追求卓越教育，向下紮根的一環。

　　為何本書名取名為「發現童年的沃野」，這是有意義的，主

要源自於本所的發展脈絡，以及對台灣長期使用 Early Childhood Education 譯名中「兒童 /child」與「童年 /childhood」誤用的反思。

　　關於本所發展的故事，需從首任所長簡楚瑛教授受聘為籌備主任勾畫起。接聘後的她隨即承擔起建所的重責，辛苦自不在話下，不僅籌辦第一屆學生的招生事宜、建立組織行政管理規範及規畫課程，還需構想如何聘任後續協助所發展的兩位專任教師。當年在馮朝霖、蔡春美及張孝筠三位籌備委員的協助下，2001 年 2 月，所成立的半年後我順利成為本所第二位教師，而專長企業管理的徐聯恩教授則於同年 8 月加入，使期望培育兼顧教育關懷與企業信念之人才的構想得以啟動。隨著時間向前流動，這所小巧精緻非教育大學體制下的幼兒教育研究所，開始由第一屆 10 位學生逐漸擴展運轉起來，至今已累積超過 240 人次。基於開辦的初期亟需強化研究生的學術研究能力，及對國內外新興研究派典的關注，2001 年 3 月 23-25 日本所與教育系共同合辦「眾聲喧嘩：質性研究法理論與實作對話」國際學術研討會，邀請國內質性研究相關學者與會，從探究現象學方法、生命史研究、教育學質性研究方法到心理傳記學，以及邀請我的指導教授，德國漢堡大學教育學院教育哲學講座教授 Rainer Kokemohr 首次將生命口述傳記研究典範正式介紹到國內。出乎意料之外，該活動竟超過 400 餘人參與，深感質性研究在國內正值方興，許多學術工作者亦期待能有更深入的探究機會，於是 2002 年接續該研討會的成果，本所再舉辦系列「幼兒教育與研究方法」的研討會，分三梯次深入鑽研參照推論分析傳記文本案例的解析 (Kokemohr 教授主講)、認識兒童語料交換系統的建置運用 (張鑑如教授主講) 以及研習教室互動研究 (蔡敏玲教授主講)。

2003 年則受託簡老師先行規劃當年研討會主題，我與第一屆彭佳萱等幾位研究生共同思考，在連續兩年著重研究方法的研討後，應該要籌畫一個屬於幼兒教育議題的研討會，而且要能呼應本所日後在幼兒教育專業發展上的關注。配合本所跨領域多面向發展的特殊性，「童年沃野」這具時空的多重性概念很快就成為我們希望豐富幼兒教育與幼兒園組織文化的思考路徑，幾經辯證後，終於將「童年」這個既古老 (哲學、歷史學) 且新 (社會學、傳播學) 帶有文藝復興意味的概念作為該年研討會的主軸。2003 年 4 月 18-19 日本所舉辦了以「童年沃野的變遷與創化」為主題的學術研討會，邀請人文社會科學各學術領域的歷史學者、文化心理學者、教育學者、圖書館學者、人類學者及社會學者共同來詮釋闡述「童年」的意象，而所上三位專任教授亦分別從課室課程與教學革新、童年傳記研究及幼兒園品質管理三個面向為本所學術發展勾勒出特色。

在歷史脈絡回觀中，「童年沃野的變遷與創化」該研討會已然成為本所幼兒教育學術活動的起點，並延展至今。配合歷年舉辦的百年幼教論壇，如 2013 年的華人文化圈中孩童圖像與教育；2016 年的童年、媒體、數位時代中的孩童圖像，我們持續關注與探究童年研究中的多樣性及開放性。

2016 年在政大教育學院頂尖計畫的督促下，我們開始嘗試構思出版「童年與教育」一系列的專書，這本《發現童年的沃野 - 從幼兒園到文化的場域的探究》作為該系列專書的首部曲，收錄本所教師與研究生互動研究的歷屆作品。的確誠如 2011 年 8 月第四位加入本所鑽研教育社會學的張盈堃教授所言，書名的選擇提取當年「童年沃野」概念的初胚，轉為動態性的「發現童年的沃野」某方

面已隱涉對過去的致敬。本書的拋磚引玉僅是開端的象徵，邀請也等待大家一起繼續攜手挖掘這片童年沃野中的豐饒意義。

最後，一定要感謝現任政大教育學院吳政達院長，如果沒有2016年政大教育學院頂尖大學計畫經費的支助，這個出版的行動將無從萌芽。也感謝吳靜吉教授及陳漢強教授兩位本所創所的諮詢顧問，以及一直義務贊助幼教所發展的愛彌兒教育基金會創辦人高琇嬅女士，他們自始至終皆見證了本所在資源匱乏下艱辛發展的歷程，責無旁貸地以圈內人的視野閱讀本書初稿，為這本書寫下序言及推薦語，留下對政大幼教所未來前行的建言與祝福。另外，本書中編納第捌章「學前兒童媒體素養教學手冊」，特別要向已過世政大傳播學院吳翠珍教授致敬，92學年度第二學期起，她即跨院加入本所學術發展的行列，開設「媒介教育理論與實務」並指導本所學生進行相關的研究。

在這出書的前夕，再次感謝所有無私參與本書出版行動的歷屆師生們，相信我們必將再接再厲往前行！

序言二

兒童、學校與文化的凝視與回觀

張盈堃

政治大學幼兒教育研究所副教授

凝視：從哲學、人類學、史學到社會學取向談童年概念的演進

在學術社群的討論中，「兒童」至少涉及了三種意念，分別是作為歷時性的發展主體、作為共時性的社會關係性主客體，以及作為概念與象徵的文化體系。因此它主要對應的概念是含括性較廣的 childhood，而非個體的 child 或 children，童年的探究即針對 childhood 這個概念進行考掘與分析。從哲學的角度來看兒童，同時展現為一種「存有與認識的源初統一體」（the original unity of knowing and being）與一種「未受馴服與控管的慾望與意志」（the untamed appetite and the uncontrolled will）這二種對立的理解圖像。這二種兒童圖像的「原型」（arch type），不斷交纏浮現在不同年代的西方哲學論述裡頭，也構成不同主體修為的兒童論述觀點，如洛克（John Locke）假定的是天性本然的兒童（the immanent child），皮亞傑（Jean Piaget）則臆想自然發展的兒童（the naturally developing child），佛洛依德（Sigmund Freud）學說裡的是無意識的兒童（the unconscious child），至於涂爾幹（Emile Durkheim）則

將社會脈絡下發展的兒童（the socially developing child）視為缺乏社會性或有潛力發展社會性的胚料。舉例來說，洛克在《教育漫談》中所談論的「紳士教育」，強調教育在使兒童成為具備「德行、智慧、禮儀與學問」的紳士特質，兒童必須要受教育才能夠學會良好的德行，以克制慾望、遵從理性。相對於洛克，以盧梭《愛彌兒》為代表的「自然主義教育」則隱約延續著那種將孩童當成是存有與認識的源初統一體的兒童圖像。相較於已經被人所污染的成人，兒童更接近自然的狀態，更可能擁有源初的人的本性：自由。在洛克與盧梭那裡，我們可以看見二種不同的孩童圖像所導引出的不同主體修為觀點：強調透過理性教育來統馭意志與慾望所成就的統合的成人主體，或者強調自然教育以維持自由天性狀態為主的人的主體。

此外，人類學家所關心的不是個體的心理想法，而是某一文化群體或社會群體的集體性心理表徵。從人類學的角度看待孩童，以兒童為主體的論述主要源自「文化與人格」學派，此學派重視兒童作為文化發展與社會化的客體，企圖從一個文化族群的兒童養育方式來解釋某一特定民族的行為，通常又稱之為民族性或國民性的研究。文化與人格學派早期認為人類基本的感官會受到環境的影響，同時人類心靈結構可以用來解釋文化現象的各種規律性，因此人類學必須探討「個體心靈」與「文化形式」間的關係。以 Benedict 的經典著作《菊花與劍》為例，❶ 她認為日本人的兒童養育方式與自我訓練極端地嚴格，造成其民族性的典型性格是一個人可以在極端

---

❶ 亦有人譯作《菊花與刀》

相反的處境中非常投入，盡心盡力地完成特定目標。晚近人類學強調「發展」與「文化」之間的關係，因此兒童研究分析的單位，不再是行為片段，而是「情境中的『兒童』（整體）」（child-in-context）。這種觀點強調了「兒童」與「發展情境」共同形成人類發展的意義單位。

如果從史學的觀點切入，不得不提到 Aries 出版的《童年的世紀》一書，該書標示了整個兒童史乃至於兒童社會科學研究的起點。他將西方「兒童」概念視為西方工業社會現代化產物的宣稱，開啟了西方探討「兒童」概念作為一種歷史建構的大門。而隨著不同時代「兒童」概念的探討，益發可見「兒童」概念在不同歷史時段的多樣變異。相似的研究包括 Abrahamse 藉由《聖行錄》（hagiography）的記載，研究早期拜占庭帝國中「兒童」的形象。他發現西元 4 到 6 世紀間，拜占庭兒童養育的社會文化焦點，在於教會對疑似有「撒旦」本質的「兒童」所採取的嚴格管控與訓練。而 Kroll 的中世紀研究，則是透過法律文件、醫療記錄、教會文件與記錄等歷史素材呈現出中世紀兒童的矛盾形象：一方面兒童被視為是脆弱的、易受傷害、天真的，但同時兒童又具有一種成人沒有的、能夠親近上帝與超自然界的能力或本性。

除了哲學、人類學、史學的觀點外，社會學取向的童年與兒童研究，探討的面向很廣，包括：（1）教育論述面向──在不同社會和文化脈絡中出生、成長的兒童，將承襲不同社會文化中對兒童的想像和論述；（2）道德論述面向──探究有關「好兒童」、「模範兒童」、「頑童」、「惡童」等判準的社會規範和參照標準如何形成，並檢視其影響力；（3）社福論述面向──探究貧窮、失業、

隔代教養、家暴、移民婚姻或不同種族背景對於兒童生存的實際影響，以及社福論述或政策如何描述兒童的處境和可能的對待方式；（4）大眾傳播論述面向──瞭解兒童使用哪些媒體、如何被媒體影響、兒童詮釋媒體訊息的主動權可能為何；（5）全球資本主義論述面向──探究兒童如何被商業體系設定為主要消費者，兒童在消費市場上的選擇權和覺知等。這樣的探究取向主要的理論基礎來自於 James 等人合著的《理論化童年》一書就提到四種主要的社會學研究取徑，分別是社會所建構的兒童、部落的兒童、少數團體的兒童，以及社會結構中的兒童。並且以社會學中兩組基本二分概念，即普遍主義／特殊主義，意志論／結構決定論兩組概念區分，來安置這四種研究取徑的理論位置。這兩組概念區分則涉及四組重要的爭辯課題，即結構／行動者，認同／差異，連續性／變遷，在地／全球。藉由這些理論上的討論，作者釐清了這四種研究取徑的理論架構（James et al., 1990）。

（1）社會建構論強調社會制度變遷的影響，比如現代資本主義社會、勞動力市場的形成，兒童／成年間對照遊戲／工作區隔逐漸確立。童年既是被建構而成的，那麼探討童年意象是「如何」被建構出來的，就逐漸成為研究的重點；研究如何被建構的過程也就探討童年如何被「再現」（representation）。社會脈絡下建構的兒童（the socially constructed child）是多變而充滿意圖的；顯現兒童並非文化的無知者，對社會生活的規則也不是只有愚昧的、神話的、表面膚淺的或非理性的理解。

（2）部落兒童這個概念最早是要以兒童他們的觀察眼光來觀看他們的世界，就好像人類學研究般，我們要對某個特定部落進

行瞭解，不能用我們的觀點套在他們身上，我們進入他們的世界，對他們細膩的活動進行一系列的觀察描述，來探察孩子所建構的世界。

（3）所謂少數團體的兒童（the minority group child），是將孩子視為如少數團體般的弱勢，如果從資源、權力分配的角度來看，兒童也是相對的弱勢，這種將兒童視為弱勢團體的模式即政治化童年的作法，透過描述兒童弱勢團體地位的方法，挑戰成人與兒童之間存在的權力關係。

（4）社會結構中的兒童（the social structural child），這跟第一個「社會建構中的兒童」概念有點類似，強調童年概念是每個社會所建構出來。但社會結構中的兒童與社會建構的兒童的理論架構有別在於他們的側重點不同，社會結構中的兒童，強調兒童是社會結構中的一個因素，就如同階級、性別、種族一般。每個兒童都會被放在一個位置是無能且需要被保護的，他被放在某個地方，產生某些關係。這些社會結構上的關係影響了各個社會的童年意象，每個地方的兒童都有其特殊性，有其在地生活的日常世界。社會結構的童年研究取徑同時強調普遍性與特殊性。

回觀：從幼兒園到文化場域談政大幼教所童年探究實作

相較於理論或論述的討論，本書的定位反而是政大幼教所童年探究的實作，除序言外，一共由九篇論文組成，論文來源自本所相關碩士論文、教師研究與本所舉辦的系列演講。除第一章由政大教育學院的講座教授的德籍學者 Rainer Kokemohr 的演講稿外，其餘第二章到第九章可區分兩大部分：（1）幼兒園場域的探究與分

析：課程、領導與專業成長；（2）兒童文化場域的探究與分析：媒體與玩具，也就是呼應本書的副標題，從幼兒園到文化場域的探究。

　　在第一章中，Kokemohr強調兒童發展必定與社會互動有關，他用社會發生學（sociogensis）來探討人類藉由和社會文化接觸獲得的個人特質，社會發生學是一段歷程，不僅只有身體的照顧，也包括孩童整合進入既有的文化中。換句話說，社會發生學世界與自我的型塑是鑲嵌於社會文化的關係中，因此意義的建構有賴於經驗、對象或活動如何被詮釋，以及如何統整至先備知識與情境中。Kokemohr特別強調教育若要求兒童嚴格遵守社會規範，往往會摧毀兒童的創造潛能，因此真正的童年教育在於重視孩童的自由遊戲，並提供實質的社會互動。

　　在幼兒園場域的探究與分析：課程、領導與專業成長這個面向，在第二章中，張雅婷、倪鳴香與翁麗芳以台北公辦民營的吉利幼兒園作為個案，反思非營利的幼托政策，並指出公辦民營幼托政策主張結合社會資源，企圖提供合理價格、專業教保與服務來支援家庭與社區發展，從弱勢幼兒收托、社區化教保服務與教保行政運作等面向，分析作為支持幼兒發展社會網絡的公辦民營幼托機構的存在意涵。在第三章中，鄭宇博與張盈堃以老礦眷幼兒園作為個案，探討囤積式幼兒園課程的批判與轉型，並以花園與園丁的隱喻提出開放式課程中教師的角色與定位。在第四章中，蘇慧貞與簡楚瑛關切幼兒園園長領導，以課程與教學作為分析的面向，提出園長與教師互動、園長願景的執行力都會影響著教職員工的態度。在第五章中，劉怡萱與徐聯恩提出工作塑造作為幼兒園教師專業成長的

新途徑，工作塑造是個人運用自身創造力，檢視自己、工作與組織的關係，積極形塑自身工作的看法、內容、範圍與人際互動關係，使自己成為工作的主人。他們分析台北兩位幼教老師的實際經驗，並說明從事工作塑造時面臨的動機、挑戰與調適，以及學習的三課題。在第六章中，連珮君與倪鳴香探究初任教師實踐兒童哲學的歷程，包括澄清自身對於孩童圖像的困惑，以及幼教老師在教育行動的思想與作為的轉變。她們指出這種實踐兒童哲學即做哲學，除重構對孩童的理解，也要縫補師資培育與實務行動的裂痕。

關於兒童文化場域的探究與分析：媒體與玩具這個面向，在第七章中，張盈堃指出文化研究陣營對於媒體的分析包括文本批判取向、閱聽人回應取向，以及兒童言說取向，他的焦點放在兒童言說取向的探究，並以美籍學者 Joseph Tobin 的《好人不用戴帽子》一書的研究作為原型，並比較政大幼教所蕭孟萱與楊晨希兩位同學在台灣與中國所進行的研究，指出兒童言說的腳本主要受到文化建構的影響，腳本並不是固定不變的概念，關鍵在於兒童同儕與兒童，以及成人的互動，兒童的言說往往出乎成人的預期，也跳脫宰制與抵抗的二元辯證。在第八章中，賴慧玲與吳翠珍提到媒體素養是現代公民不可或缺的能力，特別是幼兒是不容忽視的閱聽群，透過訪談、文獻分析，進而發展編寫學前幼兒媒體素養教學手冊，強調教師是幼兒的重要他人之一，幼教師應該要重視幼兒的媒體經驗與知識，反思習以為常的現象，進而發展媒體素養教育。在第九章中，倪鳴香與張煜麟探究幼童和主要照顧者對商業玩具的操作經驗，進而洞察玩具設計應滿足的核心需求，他們指出幼兒與玩具存在著能觀察自然現象、能自我表達、具多變性，以及不可預測性等四種核

心需求，而主要照顧者在玩具經驗上，存在著教育媒介功能、開展親子互動關係、傳遞家族情感、投射童年經驗、符合情境需求，以及符合生態價值等核心需求。

　　一本書從構思、收稿、編排與付梓的歷程非常漫長，就像母親孕育一個新生命一樣，充滿著期待與驚喜。本書能夠順利完稿出版，要感謝的人很多，除了本書各章作者精彩的文章外，幼教所胡毓唐、游依靜、陳君柔及沈奕君等同學的行政協力，才能在有限的時間內完成本書的編排。本所歷任主管的努力營造這個學術場域的蓬勃發展，謝謝簡楚瑛老師、徐聯恩老師、馮朝霖老師與現任的倪鳴香老師的付出。雖然我們花了很多的時間處理稿件，一定還有許多不周延之處，敬請各位讀者斧正。也感謝審查委員的建言及鼓勵。希望本書的出版只是個起點，如同前面一開始提到這本書是「童年與教育」系列的首部曲，相信以政大幼教所的學術能量，未來還能有更多出版品的規畫與問世，與大家一起發現童年的沃野！

聲明：

本書部分章節改寫自本所學生的碩士論文，因濃縮改寫之故，調整部分篇名。

◎第貳章出自張雅婷（2008）。公私協力的挑戰與曙光：台北市公辦民營吉利托兒所經營歷程之個案研究。

◎第參章出自鄭宇博（2014）。老礦眷幼兒園的階級文化分析：批判教育學觀點。

◎第肆章出自蘇慧貞（2002）。幼兒園園長領導歷程之個案研究。

◎第伍章出自劉怡萱（2013）。幼稚園園長與教師工作塑造之研究。

◎第陸章出自連珮君（2010）。縫補專業行動的裂痕：探討兒童哲學在幼兒園實踐的形跡。

◎第捌章出自賴慧玲（2009）。學前幼兒媒體素養學手冊之發展。

目次

2　　推薦序
幼教學術、沃野千里　吳靜吉

4　　推薦序
幼兒教育研究在政大　馮朝霖

6　　序言一
童年沃野的蛻變　倪鳴香
從政大幼教所的發展談本書的誕生

10　　序言二
兒童、學校與文化的凝視與回觀　張盈堃

21	第壹章 社會發生學　Rainer Kokemohr 文化在現代社會對兒童發展的影響
41	第貳章 誰該對幼童的成長與學習負責　張雅婷・倪鳴香・翁麗芳 從台北吉利幼兒園個案反思非營利幼托政策
69	第參章 囤積式幼兒園課程的批判與轉型　鄭宇博・張盈堃 以老礦眷幼兒園為例
89	第肆章 幼兒園園長領導之個案研究　蘇慧貞・簡楚瑛 以課程與教學為例
135	第伍章 工作塑造　劉怡萱・徐聯恩 幼兒園教師專業成長新途徑
161	第陸章 縫補專業行動的裂痕　連珮君・倪鳴香 探究兒童哲學在幼兒園實踐的形貌
193	第柒章 兒童言說取向的探究　張盈堃 從 Joseph Tobin 到華人脈絡的媒體研究
217	第捌章 學前兒童媒體素養教學手冊之編製　賴慧玲・吳翠珍 兼論教師意願與態度
249	第玖章 孩童眼中的玩具　倪鳴香・張煜麟 從商業玩具深度需求洞察探究出發
293	附錄 政大幼教所歷年論文

第壹章

社會發生學
文化在現代社會對兒童發展的影響

Rainer Kokemohr
德國漢堡大學教育哲學退休教授
曾任政治大學教育學院講座教授

兒童發展必定與社會互動有關，在較大範圍的意義下，可將其理解為「社會發生學」，意指人類藉由與社會文化的接觸以獲得屬於的特質。

社會發生學可被視為是一個歷程。讓我們仔細地來看，新生兒需要父母親的照顧，同時為了成為文明（文化）人，孩童接受教育。然而社會發生學不只關注於身體的照顧，更是將孩童整合進入既有社會中探究其社會化的意義。人之所以為人，基本上應擁有文化。我將以五個步驟來說明此觀點：

首先，我會用一個簡單的兒童發展模式做為開始，然後為了獲得對其各面向具體的理解，將呈現關於一位遊戲中的男孩的簡短影片；第三，接著介紹著名的鏡像階段作為嬰兒需求文化的典範；第四，我會在鏡像階段的理論架構下，回到遊戲男孩的分析。最後，回到非洲的案例，我將指出文化發展與社會關係之間的重要關聯。

一、兒童發展模式

我們可以簡單地透過不同社會和團體所帶來對於兒童教育的觀點，來做為起點。傳統社會致力於維持既有的社會系統，他們或多或少視兒童為需被歸納為現有社會的未完全發展之成人。父母要求孩子遵從規範社會的道德規準，並接受社會既有的知識。若孩子有傾向逃離（社會規範），父母便會喚他回來。這就是他們受到要求而建構內在世界的過程，同時該世界係反映前代所假定的真實世界。

現代社會中，新世代將處在一個過去未曾有過的未知問題之中。在此，新的童年概念產生，例如在歐洲，盧梭在其著名的作品「愛彌兒」中建立起兒童並非成人世界複製品的想法，兒童必須根據自身經驗，批判地參照既存的社會文化，建構其所擁有的世界。現代童年研究中，此想法被視為需由生活事實來傳遞：除非孩童能建構他自身的內在世界否則無法生存。這就是為什麼現今的教育研究關注於孩童天生具有的基本能力，該原始能力作用於感知與處理他對外在世界的印象。基本上世界的建構是個雙重歷程，一方面基於天生的能力，嬰兒參照他所知覺或詮釋之物；另一方面若沒有成人或是同儕協助搭起兒童內在世界和社會文化之間橋樑，便可能會造成失敗。

當然，新生兒的知覺與理解須廣泛地解釋為更加身體的以及非口語的歷程，不太可能由一般日常生活語言所構成。嬰兒意識到母親的乳房，但不會對其知覺或解釋為母親的乳房。對嬰兒而言，它可能是一種溫暖的感覺。或者有種奇怪的噪音，或被理解為低空飛過的飛機噪音，但它可能是一種嚇人的干擾或是對嬰兒安全感的破壞。內在世界並非是對外在世界的再現，它是一種建構，作用、修正、再建構以及再詮釋於人的一生之中。在此一理解下，我們便可稱兒童的發展是一個世界與自我形成的歷程。

如果我們進一步探究，兒童的世界與自我形成有六個面向：
1. 發展是一個世界和自我形成的過程，因此教育不同於雕塑，而孩子也並非是一塊可以和木頭一樣對待的物品。
2. 世界和自我形成基本上是鑲嵌在社會文化關係之中。沒有任何的社會互動，孩童將無法成為人。

3. 世界與自我的形成是對知覺賦予意義的歷程，它涵蓋了擦除先前所建構意義的可能性。

4. 意義並非外在世界「真實」的再現，意義的建構有賴於經驗、對象或活動如何地被詮釋以及統整進入先前詮釋的認知與情意之中。

5. 世界與自我的發展無法化約為一種知覺與解釋的理性或邏輯歷程，它與整個人類的各種感官及情感經驗與詮釋有關。

6. 最後，社會和文化的形塑物協助引導遊戲中的孩童進入他們所處社會的社會與文化歷史中。當自我形成聚焦在對象／物品（廣義的用法）時，那麼便是自我與世界同時形成的時刻。

二、自我的形成

利用一部短片也許可以協助我們獲得對兒童的自我形成複雜歷程的初步構想。我們朋友的四歲兒子叫阿佛，他獲得一份禮物，是一桶可塑形的薄片並開始玩它。幾個月來，這些薄片在市場銷售，它們很可能代表任何現代社會皆可見到的技術文化，只要稍微沾濕，這些玉米做成的薄片就可輕易地黏在一起。

一開始，我向阿佛展示如何將薄片黏在一起（參圖一）。我鼓勵他做一些手工藝品，於是阿佛想作一匹馬，但當兩片薄片黏在一起時，他將它們當作吹風機（參圖二）。

他說：「就這樣，它已經是吹風機了。」將薄片視為吹風機不是如我們真正覺知薄片所當為何，但是解釋它們為一把吹風機，需要將想法添加到可見之物上。選擇使用「吹風機」的字詞，表示男孩將其對吹風機的內在想像添加於薄片上。他能夠添加表示他已

圖 1　如何將薄片黏在一起　　　　圖 2　阿佛開始玩

經知道吹風機此物。

　　而「知道像吹風機這樣的工具」是什麼意思呢？這不是單純字詞與物品的連結。從語言習得的研究來看，我們知道溝通是根據不同類型的動作表情。❶ 指示動作是用於指示某事物，而象徵動作則用於建構再現物品，並與他人共享關注。阿佛的話語「就這樣，它已經是吹風機了」，很可能混合了指示以及象徵動作。

　　阿佛話語的指示動作在於他向我們，也同時向他自己展示所做的物品。該指示動作構成了說者、聽者與物品間三位一體的關係。但此話語也是象徵的動作，它在共享關注的溝通歷程中扮演著特定

---

❶ Tomasello, M., Constructing a Language. Cambridge, London (Harvard University Press) 2003, 32 – 36.

角色。這種指示與象徵動作的雙重性質也解釋、標示出阿佛話語的口氣證據，此字詞喚起了基於關注、解釋以及知識所假定的世界。

但阿佛的記憶更甚於參照一個物品以及假定共享的關注。吹風機的想法進入阿佛腦中並不是個意外，很可能是參照了先前吹風機扮演的重要角色的情境。

由於影片中沒有出現他可能參照的情況，因此我們無法得知。但幸運的是，他的父母告訴我從一開始洗頭這件事，對阿佛而言就是一件大事。從還是嬰兒的時候，他便強烈地拒絕水弄到頭上，因此父母需創造許多策略使他屈服於洗頭。在此，吹風機對阿佛而言便扮演了一種角色，它是把水在頭上的感覺去除的工具，並且是克服發生在頭上失控的焦慮和緊張感的來源。

在此意義下，真正阿佛的遊戲是與焦慮以及危險感是相關的。「就這樣，它已經是吹風機了」的話語，「已經」指出所提醒的危險，而「就這樣」地克服了。此觀點，需要更多的詮釋，但沒有進一步的協助，我們無法掌握完整的意義。不管怎樣，是可以找到協助的。

三、鏡像階段

讓我們轉向法國心理分析家 Jacques Lacan 所提出及闡述的鏡像階段範例。Lacan 所解釋的鏡像階段是一個有許多經驗性證據的理論。

嬰兒的鏡像階段一般大約發生在 6 到 18 個月。他生命的第一個月，嬰兒處在如 Winnicott 所稱的「完全依賴」時期。但是當嬰

兒記住了母親的臉與聲音、認識了一些物品以及和他人的互動後，完全依賴便逐漸地轉化進入相對依賴時期。❷ 現在，缺乏身體協調並感到不確定性，嬰兒也許不經意地來到鏡子前，並面對其中所顯現的鏡像。

此刻發生了什麼事？嬰兒注意到有一個人，他試著碰觸這個人，但不

圖3　孩童察覺某人在鏡子中

像黑猩猩一會兒之後便失去對該鏡像的興趣，人類的嬰兒堅持想了解這是怎麼一回事，卻無法獲得一個想法，他也許轉向附近的母親或成人做出詢問的樣子。

在此情況下，成人典型的回應是「那是你！」此刻，嬰兒可能表現出喜悅與高興的樣子，我們也許會想他（她）知覺到他（她）自己。自我的存在有賴於自我參照，但嬰兒尚未學習他的自我參

❷ cf. Schäfer, G., Bildungsprozesse im Kindesalter, Weinheim, München (Juventa) 1995, 52.

圖 4　孩童詢問父母的解釋

照，也就是說尚未有自我可以參照。因此，孩童的心智是怎麼回事？

Lacan 指出，嬰兒在鏡子前建構出自我。基本上，嬰兒會藉由兩種方式學習建構自我：一方面，他感知到鏡子裡有對等的身體鏡像；另一方面，母親的聲音告訴他鏡中的映像就是「你」。Lacan 認為這是第一次也是奇妙的精神分析心理學意義下的「自我」（ego）的建構或社會學中「自我」（self）的建構時刻。事實上，嬰兒歡心鼓舞的動作也呼應了此充滿創造力的一刻。❸ 現在，很重要的理解是，嬰兒看見自己映像，也聽見母親的話語，此時就進入了文化的象徵意義面。母親的話語和鏡中的映象在此刻建構了象徵意義上的自我。以下提出 5 項重點：

1. 嬰兒可能覺得四肢無法協調，但是隨著鏡中鏡像呈現出相應對的身體，他開始期待未來能獨自站立並控制身體。確認鏡中鏡像為自己的身體之後，嬰兒會將其理解為具意識的存在。❹ 如此一來，抓住那鏡像即為嬰兒對即將到來之存在狀態的期待。

2. 此時，嬰兒意識到的鏡像並非他的真實再現，映像和嬰兒內在身體感兩者之間有著無法捕捉分辨的差異。鏡中的身體與現實是左右顛倒的，也就是說，鏡子裡的右手卻是現實的左手。這也是為什麼嬰兒無法像其他人看他那樣看自己，而我們也辦不到。

3. 當母親說：「那是你！」語氣通常是驕傲且喜悅的。母親看

---

❸ Cf. Lacan, J., The mirror stage as Formative of the I Function, as Revealed in Psychoanalytic Experience. In: Lacan, Jacques, Ecrits. A Selection. New York (Norton) 2004, 3 – 9.

❹ Cf. Tomasello, M., op.cit, 31 - 32.

著自己的小孩，期待小孩以後能成為自己希望的樣子。嬰兒從母親的聲音中獲得樂觀感，該情感鼓勵了嬰兒接受母親的理想性而成為他自身的感受。

4. 母親的話語受到其文化的象徵面影響，例如，在德國，語句反映了成為獨立個體的理想，而非洲母親的話語則傾向與他人連結。不論是哪種情況，母親在鏡像階段的話語是引導嬰兒未來進入其文化象徵意義面的重要步驟。

5. 嬰兒從母親聲音裡期待的「自我」，勢必無法充分地被理解。一方面，母親表現出的這個層面和理想、希望、期望有關；另一方面，象徵建構意義下的自我與小孩真實的，但卻是前象徵的內在世界感有所不同，該內在象徵意義世界永遠無法完全地被摸清，而該自我形象陶養了孩童的世界意識與自我意識。它被視為想像、希望、期望的主體，結合嬰兒想掌握在他意識中無法捉摸永遠無法獲得實現的慾望之自我形塑。但此無法捕捉的慾望正是任何現代教育需要納入考慮的珍貴發展能量。

因此，我們可知「自我」（Self）是象徵建構的，並非是一個對象。❺ 作為象徵系統無法覆蓋實存的感受而超脫其象徵意義的呈現，Lacan 提出使用「他者」（Other）這個字，大寫他者的概念是，身為人類我們處於一個最終沒有象徵系統可以表達的世界，❻ 處在

---

❺ 瞭解不同文化的自我如何形成是很有趣的。歐語中，如英文的 I 與 me，法文的 je 或 moi，德文的 ich，明確指涉具體對象，但是日文結構十分多樣，因說話者與聽者間不同的社會關係，字句使用也會不同。

❻ 中文比歐語更近似於開放的象徵符號系統，歐語（及其思維模式）多半著重於定義與明確的概念，而中文裡同時共存的動機和效力似乎更能解釋已說出與未說出之間的「閃爍意義」。

他者之中刺激我們的慾望，而慾望正是人類發展的基礎來源。鏡像階段是種動力，讓我們進入說出或未說出的領域、安全或不安全的、封閉或開放的世界。於此，慾望超越既有世界與既定自我而顯露出來，這便是一個透過遊戲中的孩童再度強化自我形成的結構。

四、文化發展與社會的關聯

讓我們回到阿佛與想像的吹風機例子。我們是否可藉由鏡像階段的分析更了解此情況？

圖 5（提醒） 阿佛開始玩

當然，影片和鏡像階段理論之間可能有極大的落差。鏡像階段適用於嬰兒，但是影片中的男孩已經四歲了。要注意的是，鏡像階段出現的結構會主宰我們一生。因此，我們可將男孩的吹風機建構當成與鏡像階段過程相關的想像。以象徵構成的自我會產生難以

平衡的負擔。鏡像階段的成功轉化將能導引世界和自我的形成，但是可怕的記憶和經驗會永遠威脅世界與自我的建構。是以，鏡像階段可視為一條象徵性通道，擴散跨越在無力感以及力量感之間。考量此結構，我們再看一次影片。阿佛開始玩，他想到的第一個東西是馬，但是兩薄片黏在一起時，他解釋為吹風機。這個吹風機的想法告訴我們什麼？

他的父母說阿佛平日是拒絕洗頭髮的。屈從於洗頭，這個屈服者看不見也管不著在頭上所做的文章。洗頭會使屈服的自我回到缺乏控制之中，這可能引起對突發事件的恐懼想像。童年時期，這類想像常出現在童話故事和夢裡，在其中意識的控制被切斷了，但它們也出現在藝術、詩作或音樂裡，甚至是每天的遊戲中。

當然，此影片沒辦法顯示出阿佛的想像，但是我們可觀察他的反應。當吹風機成為克服頭沖水感受的工具時，憑藉吹風機的象徵，威脅想像便被覆蓋或是拒絕。此即阿佛手中的吹風機如何作為世界與自我形成的安全象徵，獲得掌控的承諾便可以拒絕令人害怕的想像。所以，這短片再次展現了從無力到掌握力量、從無意識到有意識的轉變。

也許這解釋太過複雜，孩童可能還沒有理性到能夠意識這樣的過程。當然對阿佛來說，此過程就發生了，但我們的任務在於深入了解遊戲中的小孩心智是怎麼樣的情況。為了了解他的心智如何運作，我們需要與他感覺和想像截然不同的術語。而這些術語能讓我們總結孩童的遊戲，它是一種在不安的世界中處置世界和自我形成的象徵性形式。

還有一個小細節能證明此解釋。阿佛的父母表示，他非常喜

歡用吹風機吹乾妹妹的頭髮，這麼做的同時，他將自己對洗頭的抗拒投射在妹妹身上，而且表現了另一個階段，他能成功對抗威脅的想像。

　　最後，我想指出，世界和自我的形成與社會互動和文化息息相關。與他人的良善互動能成功塑造自我，而小孩要融入文化端賴社會互動的品質。可惜的是，好的社會互動並非理所當然，一方面，它受到社會規範以及摒除幼稚且近似奇怪想像的行為所威脅；另一方面，它受到缺乏正式社會互動的脅迫。

　　關於嚴格的社會規範和行為的威脅可於傳統族群或社會觀察到。數十年前開始，我經常到非洲的 Cameroon 工作。有一次，一位擔心兒子發展的父親解釋了他傳統的教育觀念。他說不論是父母、老師或朋友等教育者，都有責任幫助年輕一輩不偏離「正」道，萬一偏離，一定要引導他們回到正途。但是，從來沒有人問什麼是「正道」，也沒有人問小孩為什麼會偏離正途。然而，確實有些小孩背離規範，他們面臨受社會排除的危險，受到社會的排斥，他們注定得過著貧困且可怕的生活。在 Cameroon，民眾把這樣的人當成瘋子，這類人在沒有親朋好友或其它幫助下只能到處流浪。

　　不過，有一次我發現一個有趣的例外，有位明顯處於社會規範和期待之外的老人，從父親那繼承了一塊有圍欄的地，在那裡他保有如小孩般創造力的特質。路過時，我們可以看見廢棄樹叢中有個佈置得不錯的圍欄場地。非傳統人士認為，此人使用各種不同的塑膠片、廢棄物和垃圾建造自己的世界。我非常想認識佈置這一切的人，過了一會兒，一位老人出現。

　　若你問那裡的人，他們會說那老人「瘋了」。因為老人的父

圖 6　樹叢中裝飾過的圍欄場地　　　　　　　　圖 7　佈置的細節

圖 8　一位老人，佈置的創造者

圖 9　路過的鄰居

母都葬在那裡，他們不會趕他走。除此以外，老人被摒除於社會外，只鎖在自己的小世界裡。

　　該世界十分孩子氣。我以三要點代替詳述：第一點，當他看著自己的照片，他的反應就像鏡子前的小孩一樣。我們第一次拜訪時，我拍了張照片，第二次去時將它當成禮物送給他，老人把照片當作鏡子般，他開心的表現讓我們想起 Lacan 談過的奇蹟般轉變的歡欣鼓舞。

圖 10　老人獲得照片

　　第二點，類似小孩在鏡子前一樣的情況轉而發生在成人身上，老人跑到路上向著根本不存在的觀眾展示他

的照片。

圖 11　老人向虛擬觀眾「展示」自己的照片

　　這就是老人重新賦予鏡像階段結構活力的方式，也是他恢復自信的方法。而他也讓我們了解，鏡像階段無意識地影響著人的一生。

　　最後的要點，我對他的生平很感興趣，但是跟一個幾乎掉光牙齒的人溝通實在有點困難，幸好有位好心的鄰居經過，並且把我的問題翻譯成當地的語言，可是老人臉上露出懷疑且不友善的表情，拒絕回答問題，並說：「為什麼知道？一直都在田野。」（為什麼你想要知道？這不值得知道，我一直都在這裡「鄉下」。）❼

---

❼ 老人原本說的是 seulement au champ。（由於法國曾殖民 Cameroon，當地的官方語言是法文。）逐字意思是：只在田野。但是依據上下文，only 應是指那老人一直居住的永恆之地。因此，「一直」較符合原意。

圖 12　露出懷疑表情的老人

他接下來的談話也一直出現類似的言論，該言論可當成一個範例。「一直都在田野」句子中沒有開頭，也沒有結尾是特徵。沒有提及任何事件或變化，也無涉及發展。也就是說「一直」代表了永恆的時間。對老人而言，他所生活的世界「一直」是一樣的。那是孩子世界的結構，是一個永恆的當下結構。他的世界被解釋為當下世界，所有與此時此地不同的時間和空間都排除在他的言談之外，即使他不是個孩童，他的意義世界卻像個孩子般似的。唯一的差別是：遊戲中的小孩不會說自己的「當下世界」，但是此老人必須透過排除威脅到他當下的各面向，以保護他的當下世界。❽

　　從男孩與老人的例子，我們學到什麼？透過鏡像階段此一合宜的通道作為永恆的「當下結構」遊戲中的小孩展現極佳的創造力，這起始於在社會世界中想要對其理解卻無法全然知曉的無法捉

❽ 過不久，老人證實了這項分析。那位好心的鄰居知道在非洲的白人感興趣的是什麼後，他邀請我們造訪附近的瀑布，那裡以前是原住民隱密的祭祀場所。但是老人知道鄰居提供瀑布地點後，生氣地說：「為什麼要去那裡？把瀑布帶到這裡來。」

摸之慾望，讓小孩能想像出超越既定世界所給予的可能性，並且將他們後來的人生帶向對新問題作有趣解決的方向。

為了達到此目標，需要的是一個開放社會的協助，樂於接受、整合，並激發小孩的創造力，以便未來個人或整體社會都能因此受益。然而，老人的例子顯示，一個規範嚴格的社會容易排斥具有明顯創造力卻偏離軌道的人，這顯示出個體及其慾望受限於封閉的當下世界的悲劇，且失去了個體創造力發展的社會潛力。❾ 現代社會傾向不用嚴格的社會規範限制孩童發展，面對可能世界的多元性，多少都會接受小孩的特質。但不同的社會階級，當父母為了更好的生活而疲於奔命時，孩童雖然可以自由想像，但有時缺乏足夠的正式社會互動，小孩的想像潛力可能會消失於個人幻想、對生命目的無止盡追尋，甚至對社會系統的革命性攻擊等任意形式中。

五、結語

所以，在洞察兒童的遊戲根據鏡像階段，我們可以描繪出基礎教育需求的簡化方案：一方面，嚴格要求遵守規範的社會可能摧毀或鬆動下一代的創造潛質；另一方面，自由卻沒有實質社會互動的社會也可能將失去孩童的潛力。我們該怎麼做？應該要重視孩童的遊戲，並提供實際的社會互動。可惜的是，我們無法預先得知小

---

❾ 距離老人居所不遠處，另一個充滿創造力的人建造了一間文化中心。與老人不同的是，他獲益於社會幫助，並且在歐洲有相當知名度。現在，他是位有名的藝術家，作品在全球展出，有點像台灣的藝術家朱銘，而他在喀麥隆建造的文化中心與位於金山的朱銘博物館所採用的哲學理念相似。

孩未來可能出現的專長，他們會成為老師、醫師還是商人？會做手工藝或是成為音樂家、藝術家、政治家？我們不知道可提供什麼樣的協助，正因我們不知道孩童未來的可能性，因此現代社會的教育是一持續觀察、詮釋、嘗試與調整的過程，幫助我們瞭解如何參照著社會的實際情況及前景，調整與協助孩童實際詮釋的歷程。如此一來，現代教育便是一門藝術，現代世界是複雜的，我們小孩的各種不同潛能是被需要的，這也是為什麼教育不能只遵循一些簡單規則就加以應用。至此，現代教育的中心論點即是我們必須廣泛提供可能性，必須詮釋、理解、接受，與促進孩童的潛力，並在考量個人及社會的福祉下幫助他們踐行該潛力。

該演講之原文〈Sociogenesis : The Impact of Culture on Children's Develepment in Modern Socioties〉可參考 Kokemohr, Rainer & Chan, Jaron C.（2016）. Intercultural Pedagogical Reflection on Taiwan's Education. College of Education National Chengchi University. 該譯文由李馥珩修改於當時演講口譯之文稿，倪鳴香校閱。

誰該對幼童的成長與學習負責

從台北吉利幼兒園個案反思非營利幼托政策

張雅婷
台北市大龍國小附設幼兒園教師

倪鳴香
政治大學幼兒教育研究所副教授

翁麗芳
台北教育大學幼兒與家庭教育學系教授

一、前言

全球性的民營化運動（Prizatization Movement）興起於 1980 年代初期，為各國能建立既精簡又有為的政府，提出了行政革新的新方針，讓部分原先由公部門承擔之功能，轉由私部門或市場機能延續運作，以縮減政府的公共服務活動及資產所有權（詹中原，1993：5）。臺灣中央政府自 1993 年在行政院揭櫫「組織精簡化、機關法制化、員額管理合理化及經營現代化」行政革新的四項原則後，為達全面行政組織改造，精簡用人及撙節人事等背景下，也步入此波全球性行政改革的運動，至今不輟（蘇彩足、施能傑，1998：7）。2001 年行政院頒布《行政院及所屬各機關推動業務委託民間辦理實施要點》可視為中央政府全面推動各級行政單位民營化具體的宣示。該要點指出政府業務委託民間辦理的四個目的：（一）調整政府角色及職能，形塑導航新政府；（二）活化公務人力運用，降低政府財政負擔；（三）善用民間資源與活力，提升公共服務效率及品質；（四）帶動社會競爭力，共創公私協力新環境。顯見公部門期待民營化的措施不僅要能降低政府財政的負擔，更要能因民營化所帶來社會資源運用的重組中，推動嶄新的社會面貌。因此推動公辦民營的基本精神乃在於「公私間的協力」（Public-Private Partnership, PPP）關係之建構，著重結合公私雙方的資源與優勢，並依共同參與、責任分擔與平等互惠原則分工合作，公私雙方為共同目標及願景努力，以創造共贏局面（詹鎮榮，2005：5-6；林淑馨，2010：28），其運作模式通常有委託管理、特許經營與公辦民營等形式。1994 年臺北市社會局率先採「公辦民營」政策擴

充托兒所的設置，使臺灣有了第一所公辦民營「正義托兒所」的案例（行政院人事行政局，2011：32）。❶ 2012 年 9 月 14 日幼托整合頒布《非營利幼兒園實施辦法》施行前，全臺至少已有 32 間公辦民營的幼兒園，而此一正在萌發的「非營利公共托教體系」雖可讓政府卸下自行執行的厚重包袱，但卻也賦予政府要能對此發展中的體系負起監督、履約管理及考核機制的責任，以積極維護幼托機構的教保品質。

　　2003 年美國社會福利學者 M. K. Meyers 和 J. C. Gornick 收集了 14 個歐美工業化國家幼兒教育與照顧制度及幼托機構供應量，並依丹麥社會福利學者 G. Esping-Anderson 提出之社會民主、保守與自由三類型福利國家體制進行資料分析，結果顯示主張社會民主主義之國家傾向將 0 至 6 歲幼兒就讀納入公立幼托機構；而主張自由主義的國家則以私人照顧系統為主（Meyers & Gornick, 2003：405-406）。實質上，臺灣幼兒園的設置長期以來以私立居多，就 2013 年政府的統計資料顯示，私立幼兒園數仍佔總數額的 70.75%，就讀私立幼兒園的幼兒人數約達 70.52%（教育部統計處，2014）。雖然自 2000 年 9 月起行政院為縮短公、私立幼兒園學費差距，減輕家長經濟負擔，開始發放幼兒教育券，讓年滿 5 歲且就讀於立案私立幼兒園之幼兒每人每學年補助新台幣 1 萬元。但是就讀私立幼

❶ 社會福利領域的文獻中，多以「公辦民營」表「公辦民營」之義，如：臺北市社會局用詞為「公辦民營托兒所」、劉淑瓊（1998）文章「社會福利『公辦民營』制度之回溯與前瞻：以臺北市政府為例」、江亮演、應福國（2005）文章「社會福利與公辦民營化制度之探討」等；據此，本論文中出現「公辦民營」一詞者乃依原始文件或原慣稱。

兒園其它年齡層的幼兒家長仍需自行負擔學費。2011 年 6 月 29 日《幼兒教育及照顧法》公布後，其中第九條即明確揭示「直轄市、縣（市）政府得委託公益性質法人或由公益性質法人申請經核准興辦非營利幼兒園」，讓推動非營利幼兒園的政策正式入法，教育部依此法源於 2012 年 9 月頒布《非營利幼兒園實施辦法》❷，亦計畫將現有已出租或委託辦理之公辦民營幼兒園逐步轉型為非營利幼兒園，持續採公私協力的模式推動幼兒園的公共化政策。該政策導向看似參照社會福利國家體制，期待透過如「公辦民營」措施讓政府與民間團體積極合作朝幼托體系的公共化協力。然在公立幼兒園園數仍僅占全體 29.3% 的情況下，已邁入公民社會的臺灣要如何提供家長設置普及近便、優質平價公共化的幼兒園，以回應雙薪或單親家庭托育的需求，已然成為專業人士期望政府能保障幼兒家長教育選擇權的福利措施。本文即站在這樣的立場，先針對過往「公辦民營」的社會經營成效進行相關研究的探討，再透過對臺北市辦學績優公辦民營幼兒園個案經營歷程的探究，來思考幼兒教育公共化政策下「誰該對幼童的成長與學習負責？」，同時在回溯與重建創辦於 1999 年「臺北市公辦民營吉利托兒所」的歷史性變遷經營歷程中，評估「非營利的幼托機構」在建構支持幼兒發展社會網絡中的存在意涵。

---

❷ 2013 年 11 月 14 日修正全文 37 條；2014 年 10 月 3 日修正 11 條文；2015 年 10 月 15 日修正 2 條文。

二、公辦民營幼兒園相關成效研究

　　政策實施的過程通常可被視為一種系統的運作。隨著公辦民營幼托機構的數量逐年漸增，相關的調查與研究亦陸續進行。通常研究者會透過機構家長滿意度的調查研究，來瞭解民營化公共政策實施的實效性；而採個案探討的研究，則傾向對經營概況與管理效率的瞭解。至於公辦民營幼托機構是否善用民間資源與活力，節省政府員額與財務支出，雖無具體之相關研究結果，但是若依行政院人事行政局〈推動政府業務委託民間辦理實例暨契約參考手冊〉中的記載，如新竹縣湖口鄉公所委託民間團體經營的托兒所，實際上的確減少了經營成本，包括人事費 700 萬元與業務費 420 萬元（不包含設備費），且還增加租金的收入 1,695,000 元（行政院人事行政局，2001：88-89）；另外，2006 年就委託單位對機構人力及經費節省的自評資料上顯示，截至 2005 年全省除臺北市之外 11 間公辦民營幼托機構（3 間幼稚園、8 所托兒所），收托幼兒 2,235 人，共計節省人力 153 人與經費 53,403,734 元（行政院人事行政局提供）；而在 2011 年〈建構政府與民間夥伴關係推動實例暨契約參考手冊〉中所提供的成本效益分析結果，以臺北市三民托兒所及高雄市美濃托兒所為例，發現三民托兒所節省人力 20 人、人事費用 14,662,576 元、管理維護費用 8,524,966 元、服務 2,168 人次與權利金收益 1,388,904 元；而原編制有 17 名員額的美濃托兒所，轉型後精簡編制，將正式員額回歸公所，節省人事費 10,406,600 元，業務費則從 5,603,471 元縮減至 350,000 元，另還有權利金每年可收入 750,000 元。這些數據似乎顯現出幼托機構的民營化政策，不僅

提高了托育服務的數量，同時也替政府節省經費支出，達到節約經費的成效。然而，幼托機構的設置僅考量經濟效益嗎？確保機構的教保品質，提升公共服務效率更是經營幼托教保機構不可忽視的管理核心；換句話說，成立民營化的幼兒園，要能使參與其中的相關人士，如家長、社區人士或承辦單位對機構的經營賦予意義與價值時，才能展現出政策實施成效的實質性。

　　若從政策實踐績效回饋觀點出發，從公辦民營幼兒園家長滿意度的調查研究結果中看見一般家長對現存民營化幼兒園的教保服務內容持滿意觀點，肯定民營化幼托政策的經營成效（賀力行、林淑萍，2005；歐姿秀，2009；張義雄，2012）。其中賀力行與林淑萍所進行關於「公立托兒所公辦民營關鍵成功因素研究」是2004年行政院人事行政局委託的研究案，該研究以基隆市、臺北市、新竹縣、苗栗縣、彰化縣與臺南縣6個地區公辦民營托兒所的1094位家長為對象，進行滿意度調查。該研究結果顯示家長對於公辦民營托兒所提供的各項服務內容、種類及教保人員整體素質大多表示「滿意」（賀力行、林淑萍，2005：49）；隨後，2007年歐姿秀針對全臺26間公辦民營幼兒園的大班家長進行「委外幼兒園家長的認知與選擇」問卷調查，在回收589份有效問卷分析結果亦顯示家長對委外幼兒園的服務品質的正向評價，如：服務時間、意見諮詢與親職教育皆達83.58％的滿意度；在教保品質上，如：師資、生師比、幼兒課程與照顧等，滿意度亦高達79.75％（歐姿秀，2009：172）；接續2011年張義雄以大臺北地區19間公辦民營幼兒園1136位幼兒家長為對象進行家長滿意度研究，研究結果指出家長對硬體環境、行政服務、課程教材與師資教學上皆有高的滿意

度（張義雄，2012：142）。雖然臺灣現行僅有的調查研究均顯示家長對公辦民營幼托機構所提供的托育服務感到滿意，但是家長為何滿意及實質上滿意的內容仍有待進一步探究。而這些正向的研究結果，也回應了政府增設民營化幼兒園的同時，亦彰顯了家長教育選擇權的理念，為了確保學前家長的教育選擇權，教保民營化政策的推動中「如何確保機構營運的專業品質」成為急需關注的面向。

另外，關於公辦民營幼托機構經營概況的研究，2006 年歐姿秀為探討幼兒園委外經營的利弊得失，以促進幼兒園委外計畫之正向發展，針對 1994 年至 2005 年全臺 27 間運作滿一年以上的公辦民營幼兒園進行政策績效評估研究。經由文件收集、結構式訪談、觀察評量及問卷調查等方法收集委託單位、受託機構及幼兒家長的觀點，以進行全面性的目標評估、過程評估與績效評估。該研究結果指出：臺灣幼兒園委外計畫多立足於「節省政府經費」與「結合民間資源」兩項目標，但也分別著重「擴大社會責任」與「鼓勵幼托產業」的功能性目標；而民間受託單位傾向以「促進幼兒發展」與「提供家長協助」為托育性經營目標外，也區別出「積極推動理念」、「嘗試參與委外」、「著重商業管理」三種策略性經營目標；在幼兒家長選擇使用目標上，則關注幼兒園的「教保品質」、「家長服務」、「托育費用」等措施。總體觀之，從委外計畫與民間受託者目標組合之表現結果，顯示出政府「擴大社會責任」與民間「積極推動理念」雙重目標之績效表現最佳，也最能符合家長對幼兒園品質、服務與費用上的多元使用目標；而當政府以「鼓勵幼托產業」為委託目標，民間以「著重商業管理」為經營目標時，委外的績效表現最不理想（歐姿秀，2009：189-190）。該研究概覽臺

灣公辦民營幼兒園委託與經營的多元樣貌，突顯公、私雙方對幼兒園民營化經營的目標不盡相同。同時 2006 年翁麗芳、洪福財與歐姿秀受內政部兒童局委託進行「台灣非營利托兒服務概況研究」，該研究探訪全臺 5 所公辦民營托兒所－臺北市公辦民營三民／吉利／龍興托兒所、彰化縣芳苑鄉公所委託私立芝麻街托兒所辦理芳苑鄉立示範托兒所與高雄縣美濃鎮立托兒所。研究結果顯示臺北市公辦民營三民、吉利與龍興三所托兒所雖然是相異的承辦單位，但在同受臺北市社會局委託與規範下，皆形塑出關懷弱勢家庭幼兒的特色，也皆期望委託單位能依據各幼兒園不同的經營條件規劃多元化的委託目標，或增加受託單位的自主權以利發展特色，其中關於「托育品質和成本收費間的衝突」、「如何提升行政效率」與「增加管理彈性」等實質問題尚待調整。相對於臺北市，兩個鄉鎮市公所委託的公辦民營托兒所則未被要求要凸顯關懷弱勢的特色，但卻存在承辦單位面臨立案、經營者名實與運作後發生預期外問題的困擾（翁麗芳、洪福財、歐姿秀，2006：95-113）。在公私協力的信念下，這兩篇研究結果皆已提出落實教保民營化政策中的困境，雖同為執行政策的共同體，但在互動過程中已潛藏權力不平等及發展受限等困擾的問題。

即使相關研究結果整體而言肯定了公辦民營幼托政策的經營成效，參與之家長普遍認同公辦民營幼托機構的教保品質。然民營化幼托政策的行政措施將直接影響民間經營團體的實施成效，亦是不爭的事實。美國兒童生態發展學者 Urie Bronfenbrenner 在其《The Ecology of Human Development》（人類發展生態學）一書的序言內提及，從不同社會中我們可以領悟到：「社會公共政策

是具有影響人們的福祉與發展的力量，它決定了人們的生活處境（Bronfenbrenner, 1979：preface/ⅹⅲ）」。他從「個體的發展與學習如何受不同層次之生態環境影響」的觀點，主張成長中的孩童，除了直接受其微生活系統中事物的影響外，也間接受社會中之中間生活系統及政策制度運作系統，以及其所處之文化歷史脈絡鉅系統的影響。政府實施民營化幼托政策，設置公辦民營幼托機構，擴張家長的教育選擇權之餘，從生態發展觀點的關照下，該政策的實施亦將間接影響當前孩童發展與學習的生活條件。直言之，政府實施幼托民營化政策，將幼托機構的建築物，包含土地、建物、設施及設備等，委託民間團體經營管理，透過契約制定經營條件，將不只是一連串的行政程序，而是要能透過賦權的過程，使承辦單位得以在規範中發展形塑民營化幼托機構的社會服務形象與功能，並在專業的實踐中確保其教保品質。

三、研究方法

本研究採「個案研究」，以臺北市社會局所委託公辦民營吉利托兒所為研究對象，探究其公辦民營的經營歷程，包括如何履約及如何建構與維護其教保品質。該所曾於 2002 年、2007 年與 2009 年獲政府評鑑績優，其承辦單位為「社團法人臺北市親子成長協會」，由財團法人成長文教基金會統籌於 1999 年設立。基於基金會過往辦理「成長兒童學園」優異之績效，於 1999 年 10 月順利得標，正式承接位於臺北市北投區第 6 所公辦民營吉利托兒所的營運，展開實踐其長期以來期待在都市環境中尋獲一個「有陽光、有

草地、有泥土」且能永續經營的理想幼兒教育場所的願景。

　　該所座落在當地的民眾活動中心 1 至 3 樓，占地 265.6 坪，核定收托 150 名幼兒。內有市立圖書館，外鄰吉利公園旁，附近尚有慈生宮、軍艦岩及情人廟等文化地標，擁有豐富的自然與人文資源。成長文教基金會在原經營之安和園、通化園、關渡園與內湖園，因租約到期、租金調漲及土地問題無法立案陸續關園後，決定積極爭取承接民營化幼托園所，成為實踐台灣幼托公共化政策的一員，在跨越下一階段轉型非營利幼兒園前其已累積近 16 年公辦民營的社會實踐經驗，實值得作為台灣朝向幼教公共化政策發展之借鏡。本研究探究的範疇從 1999 年 10 月吉利第一次與委託單位簽約起至 2007 年 4 月研究者退出研究田野間所蒐集之資料為主，包括公辦民營歷程文件與檔案紀錄、相關人員訪談、在幼兒學習環境量表上的表現、家長滿意度的問卷與在園的觀察等。其中訪談內容著重在該所如何履行契約、形塑幼托機構教保品質及經營歷程，重要的內容轉錄出逐字稿及編碼備用；蒐集的文件檔案內容則作為個案經營歷程事件描述的依據，清晰的提供該所發展歷程的脈絡。基本上幼兒園的經營歷程是動態、複雜且具脈絡性的，會隨著時間的發展而受到多重因素的影響，因此資料的解析也在立場下進行脈絡發展的理解，該研究構念可參考右頁圖 1。❸

四、臺北市公辦民營吉利托兒所營運圖像

　　先讓我們簡要的回顧公辦民營吉利托兒所前身「成長兒童學園」，它成立於 1983 年，當初座落在臺北市安和路上一棟面積 100

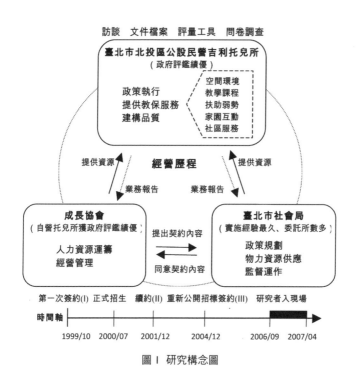

圖 1　研究構念圖

---

❸ 公辦民營幼托機構的經營歷程主要建構在委託單位、承辦單位與公辦民營幼托機構三者間的定位與互動機制上。一般而言，圖1中之委託單位、承辦單位與公辦民營幼托機構的依存關係結構，委託單位扮演著推動者的角色，其制定公辦民營幼托政策的實施目標與行政制度、提供承辦單位經營公辦民營幼托機構必需的物力資源、並監督公辦民營幼托機構運作；相對於委託單位，承辦單位則扮演著管理者的角色，其依委託單位期望與自訂的管理制度運籌人力資源、經營公辦民營幼托機構；公辦民營幼托機構則擔任執行者的角色，負責執行政策期望、提供教保服務與建構教保品質。在委託單位、承辦單位與公辦民營幼托機構各自定位下，三者分別依契約的內容與自訂的行政運作制度與他者產生互動，如公辦民營幼托機構需定期繳交業務報告給委託單位與承辦單位、承辦單位與委託單位需提供公辦民營幼托機構經營所需資源，委託單位、承辦單位與公辦民營幼托機構三者形成一協力互動的關係，進而影響公辦民營幼托政策的運作與公辦民營幼托機構的經營歷程。

坪左右的大廈二樓，簡稱安和園，在「找一個屬於孩子美好的園地」之信念下立案，因有感於大廈式幼兒園環境空間的局限，於1984年8月創辦人等同意在臨近通化街又承租一棟花園洋房，❹增設第二園以幼稚園立案，簡稱通化園。1988年在能永續經營的期待下轉贈豐泰文教基金會繼續經營，而當時租約到期的安和園遂搬遷至豐泰企業臺北的場地，改稱仁愛園。一年後1989年通化園也因租約到期租金調漲而關園。遂由仁愛園獨自承擔起維繫成長兒童學園教學特色的責任，其辦學品質深受專業社群的肯定。1990年至1995年期間在臺北市寸土寸金的都會空間，成長兒童學園仍期待能再「找一個屬於孩子美好的園地」，因此採與社區合作模式，在關渡的新天母庭園社區與鄰近大湖公園設置關渡園與內湖園，兩園皆面山近湖，然而基於土地問題，也無法永續營運。1997年5月，在豐泰文教基金會的協助下，「財團法人成長文教基金會」於長期不穩定的歷史經營經驗中，「如何能永續經營」的願景已然成為基金會成員共同的期望。在沒有財團的支持下，這個意念終究導向了承接公辦民營幼托機構的社會行動。

本研究將「吉利托兒所」視為理解公辦民營政策推動中挑戰公私協力的實踐田野。以下從「秉持順情適性的教育信念」、「關照弱勢幼兒的成長需求」、「發揮社區性教保專業服務」、「追求優質的組織人事運轉」、「品質與權利間的拉鋸」五個剖面分別闡述該所落實公辦民營政策營運歷程的面貌與經營困境。

---

❹ 1984年成長兒童學園的創辦人為：鄭淑敏、吳林林、吳靜吉、余範英、林懷民、張杏如、黃碧珠、鄭瑞實、許樊曼儂、周樂苾軍（薇薇夫人）等10人。

（一）秉持「順情適性」的教育信念

　　該所活動空間的規劃乃是承襲經營「成長兒童學園」所累積下來的實踐經驗；而課程與教學內涵也是延續「成長兒童學園」的教育理念與課程特色。在吉利托兒所的網頁上、家長手冊或宣傳單內皆有如下的陳述：

　　我們相信孩子有主動探索與感知的能力，能組織所獲得的訊息和感覺，並主動尋求交流和互動的機會；我們相信孩子所需學習的思想、理智、語言、甚至情感與人際韻律都存在於活動的過程中，存在於現象的觀察與相互比較中。因此，我們主張從建構性和創造性的角度出發，安排滿足幼兒成長需求與生活化的學習情境，期望幼兒從遊戲中發現興趣、發展潛能，進而體驗、關懷周遭的人、事、物。

　　另外，我們也提醒自己，成長和成就的規律應用在孩子身上固然重要，但我們更應該注意個別孩子的特質與學習需求、重視孩子全面性和優質性的成長，而不只是重視其外顯成就的結果與速度；因此我們反對給予孩子過度的壓力，反對讓孩子匆忙的脫離童年的速成做法；為此，我們盼望每位幼兒都能順情適性、快樂地成長—愛自己，也愛別人；能自處，也能與別人相處；喜歡學習，也能堅持學習，進而能自主、深入的探究與學習。

　　在反對揠苗助長的教育施為聲明下，吉利所宣示著要捍衛幼兒遊戲與體驗學習的權力。安排的多元豐富的自由學習環境，提供了幼兒與他者共構創造的活動場域，也描繪出該所孩童能順情適性快樂學習的圖像。承襲早期成長兒童學園的教學模式，「個別學習

活動」、「小組活動」、「戶外教學」、「兒童劇場」與「藝術活動」依舊是主要的課程運轉形式。透過教師規劃的美術、音樂、圖書、科學、積木、益智、扮演等學習區，讓「個別學習活動」落實幼兒個別化自主選擇的自由學習；「小組活動」顧名思義是一種小團體的學習型式，教師依孩子年齡的發展需要來規劃教學內容，強調基本能力的培養；而每週安排的「戶外教學」則配合所內教學主題進行參觀、郊遊或運動等活動；兩週一次的「兒童劇場」則為全園的觀賞活動，師生共同演出；另外，「藝術活動」也採小組活動的形式，以素材或概念為主設計核心課程，讓孩子們可以自由選修，如：版畫、音樂律動、插花、廟宇等。為了讓家長能暸解上述的教學型態，在招生宣傳簡章上，我們可以看見幼兒在吉利托兒所內一日生活面貌的活動照片。

在 2006 年期間臺灣依舊存有 77.4% 依賴簿本及教材，訓練幼兒讀寫算能力為目標的幼兒園生態中（劉慈惠，2006：133），吉利托兒所以幼兒需求與興趣出發的教育理念，在多元的教學型態、豐富的素材、尊重個別差異以及發展幼兒個別能力的經營特色相照下，更顯突出。但是自 2000 年 7 月吉利托兒所正式招生後，至 2003 年 7 月三年的求生期期間，他們不斷在融合社區家長期望、考量當地幼兒能力發展與教保人員的教學困擾，仍不免要面臨逐漸調整原定之課程與教學方案（柯秋桂，2006：44-45），除發展社區本位課程、擴展特殊幼兒教育專業知能外，作息時間與課程內容亦需要調整。為讓孩子每日能在戶外呼吸新鮮空氣，週一至週四上午 8：30 至 9：20 讓幼兒在公園內活動，如：騎腳踏車、玩球、溜滑梯、遊戲等。至於課程結構，由於發現幼兒無法深入自由遊戲或

工作情境學習，而需要縮短個別自由學習的時間，轉而針對幼兒能專注學習的問題強化小組與主題課程。加上所內經營初期多為初任教保人員，戶外教學與兒童劇場等皆需改為雙週輪流，而原有的「藝術活動」則需延後一年才能實施（柯秋桂，2006：46-48）。面對家長們質疑遊戲形式活動課程的學習成效，所方仍秉持順情適性的前提增進幼兒基本技能考量，將午後的小組活動系統性的規劃出數學、語文、美術與體能活動，強調遊戲式學習，如：在數學活動中安排棋藝與玩撲克牌，增進孩子的數、量與邏輯推理能力；語文活動以故事討論及唐詩欣賞為主，激發幼兒想像創作及思考表達，且在遊戲與吟唱中接觸英文（柯秋桂，2006：46-48）；該午後的遊戲化課程成功的讓家長看到孩子在遊戲中具有的學習成果。依北

---

❺ 至於幼兒於機構中的受教品質，我們透過「幼兒學習環境量表」來評估，並以所內一個中大混齡班為觀察對象。評估的結果顯示該班在「個人日常照顧」、「語言-推理」、「互動」、「作息結構」的分量表中皆能獲得 6 以上的評分；而在「空間與設施」、「家長和教師」分量表上亦接近 6；惟獨「活動」分量表上獲 4.5 分。推究可能的原因在於受限施測時間，難以兼顧如音樂律動、戲劇遊戲與鼓勵接納差異等選項。然整體而言，吉利托兒所中大班幼兒的學習概況在各項的表現介於「良好（5）」與「卓越（7）」之間。若與戴禹心與許孟勤在 2004 年之研究比對，他們以幼兒學習環境評量表分別對臺北市 8 間公立幼稚園及 9 間私立幼稚園施測，結果顯示僅 6 至 7 間幼稚園與吉利托兒所在「個人日常照顧、活動」分量表上具同等程級，亦僅 3 間幼稚園與吉利托兒所在「空間與設施、語言-推理、互動」分量表上有一致水準。依據其他幼兒學習環境量表相關之研究指出通常得分較高的幼托機構，幼兒的行為表現能力亦較高 (Hausfather, Tohari, LaRoche & Engelsmann, 1997:446)，也表現出較多元的興趣與參與活動的意願 (Peisner-Feinberg & Burchinal, 1997:471-472)，幼兒在認知發展較好且顯現較少的行為問題（Loeb, Fuller, Kagan & Carrol, 2004: 61；Love et al., 2003:1032）。雖然未再有其他實證資料佐證，但是相對的我們仍可以吉利托兒所已然是一所能提供幼兒較佳教保品質的幼托機構。

投喋哩岸在地社會文化改變轉換課程的實踐形式，秉持專業信念的結果，使吉利托兒所為社區、家庭與幼兒園創造雙贏的局面。❺

（二）關照弱勢幼兒的成長需求

為符應臺北市社會局扶助弱勢的目標，吉利托兒所自 1999 年 10 月簽訂契約起，就須屢行優先收托弱勢幼兒的承諾，這對成長的教師團隊來說是一個嶄新的挑戰。契約中將弱勢幼兒區分為「特殊幼兒」及「弱勢家庭幼兒」兩類，前者係指發展遲緩或領有輕、中度身心障礙手冊之幼兒；後者則含括低收入戶、中低收入戶、原住民、父母一方為中度（含）以上身心障礙者、兄弟姊妹之一持有身心障礙手冊者、經臺北市社會局社會福利服務中心轉介之危機（含單親、特殊境遇婦女之子女）家庭。吉利托兒所期望每位就讀幼兒都可得到妥善照顧與學習，在符合契約規定的收托比例及維持幼兒的受教品質情況下，當需收托弱勢幼兒人數漸增時，所內教保人員的工作量也相對的增加。依契約規定，吉利托兒所須收托全所收托人數至少 3% 的特殊幼兒。成立初期，幼生流動率高，新進教保人員經驗與能力不足，為維護教保品質，所內僅能收托一位輕微自閉症的幼兒。

收進來 因為你要對這孩子負責 那不了解就要想辦法弄到了解（訪 951101[2] 教保組長 C）

為了儘快建立起所內照顧特殊幼兒的社區服務網絡運作模式，吉利托兒所開始接受「財團法人心路社會福利基金會」巡迴輔導員到所協助。每學期 1 至 3 次學習如何評估幼兒學習情況、如何規劃

特殊幼兒的個別化教育方案（IEP）等內容。至 2004 年 2 月止，所內特殊幼兒的人數均維持在 10 名內，同時 2003 年至 2004 年期間還積極辦理系列特殊教育的研習，與早期療育或學術機構合作進行研究。2004 年 3 月之後特殊幼兒人數已超過 10 人，隨即增聘一位教保人員兼所內特教工作，系統性的推動特殊幼兒個別化教育方案，為每位特殊幼兒訂定個別學習目標，同時該工作也成為全所教保人員的例行工作。2006 年 4 月臺北市社會局公告《托兒所收托發展遲緩或身心障礙兒童助理人員服務實施計畫》後，吉利托兒所獲補助增聘專任特教助理，並邀請特殊兒家長共同參與照顧弱勢幼兒。

> 不然以前很好玩 就是家長也沒什麼在管 然後老師拼命在做（訪970222[2] 教保人員 G）

在家園攜手共進下，家長有機會學習如何幫助家中的特殊幼兒，在家輔導更能有效促進特殊幼兒的成長與學習。面對園所收托弱勢幼兒的教育問題，通常班級內有特殊幼兒的老師通常會在缺乏特教知能，反而需付出額外心力和時間的情形下，感分身乏術與力不從心，即使想提升個人特教知能，但受限於研習機會少，研習時間無法配合，家園共同協力方案亦難以推動（王天苗，1998：4/2002：3）。在吉利托兒所的個案上，我們看見一所具幼教專業素養的承辦單位，會依契約秉持盡責的態度，盡力讓融合教育的方案落實在地的社區服務。雖然臺北市社會局已委託相關社會福利團體提供托兒所特殊幼兒巡迴輔導服務，並支援托兒所不足之醫療及特殊教育資源，但是主要的教學與照顧特殊幼兒的角色仍需由托兒

所內的人員承擔。（文 951205[1] 巡迴輔導簡介資料）。因此充分及合理的「人力資源的配備」，會是幼兒園能兼顧教保品質及特殊幼兒發展需求的關鍵。

另外，吉利托兒所的收費標準須經臺北市社會局審核許可，對部份弱勢家庭孩子來說，就讀吉利托兒所仍會是一筆財務負擔。為了減輕弱勢家庭的經濟壓力，依據政府托育補助辦法吉利托兒所會積極的協助弱勢家庭向政府申請托育補助。2004 年園內也制訂優待減免辦法，讓經濟有困難的弱勢家庭幼兒也有機會入園學習。通常來所就讀的弱勢家庭幼兒多由社福機構轉介而來，轉介後社福機構多極少再涉入，在此情況下吉利托兒所需獨自承擔關懷弱勢家庭幼兒的責任，如幼兒無故缺席時需主動電訪，或親自家訪。

> 我們自己努力做 一點效果都沒有（訪 970408[3] 所長 B）

在徒勞無功的情況下，通常要等到聯繫相關社福機構後始獲得改善，諸如「如果再不來讀書，就不給補助」（訪 970408[3] 所長 B），也因此吉利托兒所開始察覺仍需積極與社福機構建構緊密的資源網絡，方能有效地落實社區服務的工作，但是如何協助弱勢家庭幼兒的教養問題始終是吉利托兒所承接公辦民營以來的挑戰。

（三）發揮社區性教保專業服務

在 1999 年 10 月所簽契約的第 23 條，明列了「為加強與社區間之互動，乙方須於年度計畫書中明定辦理下列事項：（一）每年至少辦理兩次社區發展遲緩兒童初步篩檢工作；（二）每季至少辦理一次社區親職講座；（三）辦理其他報經甲方核定之社區性服務

方案每年至少二次。開辦初期吉利托兒所即展開其承辦的社會任務，承接社區活動，如「父母成長團體－健康下午茶」講座三場，但該活動並無獲得家長的青睞，參加的情況並不踴躍（文 891200 吉利托兒所年度工作報告）。在生疏的關係中，為了瞭解社區民眾，自 2001 年 9 月至 2002 年 2 月期間，吉利托兒所開始有意識的形塑自身社區服務的形象，首先將園內的親職講座與親子活動開放給社區民眾參與，並開始走入社區協助相關團體舉辦藝文活動。在涉入社區的同時，藉由親子活動「哄哩岸文化之旅」開始親近鄰近的慈生宮、打石場與東華公園，並邀請社區人士協助導覽（林晏羽，2002：59-62）。自 2004 年 5 月 27 日開始能履約，於每學期辦理一次社區發展遲緩兒童的初步篩檢工作；2005 年 3 月至 2007 年 2 月期間，更是每學年至少辦理二次報經社會局核定之社區性服務方案，每半年至少辦理二次社區親職講座，使提供之社區服務活動次數愈來愈趨近契約內要求的辦理頻率，也逐漸展現出公辦民營園所多元社區服務的面貌。

> 在做的過程 其實沒有想到社區 先想到的是招生穩定 但是後來發現說不對 我必須要先回到社區 瞭解社區需要什麼…先回到社區聽聽他們 然後我也才發現 這個社群是要去博感情的 我不能用知識份子的傲慢 應該說是有一種清高 就是埋起頭來做教學其實不會去聽很多（訪 941014 所長 B）

放下專業人的傲慢，深化公辦民營推動幼兒園與社區交融的基本信念，經過數年自我培力辦理社區服務活動經驗，吉利托兒所建立起在地多重的資源管道與人脈關係。在活動辦理中，體會社區

化的教保專業服務需奠基在社區人情交流「博感情」的關係中，附帶也增生社區居民對這所在社區中新成立教保機構的認同。

> 像它會辦一些活動阿 請一些專家來演講 這些都讓社區 提高社區的生活水準阿 還有親子的關係阿⋯⋯因為它這個吉利托兒所 第一它本身辦得很不錯 風評很好 就讓人家去了解它 大家一了解它是公辦民營的 就會對公辦民營的產生一點好印象 如果說辦的很不好 這個人家會指責你社會局 臺北市政府（訪951030[5]里長）

從上面里長的這番話中，我們看見民營化的教保政策需要能促使社會中優質的幼兒教育方案走入社區。吉利托兒所發展社區服務的歷程，從自身對社區意識的覺醒，到能啟動自身專業能量發展出社區的多元服務，歷經續約評鑑、重新公開招標，它都持續在當地服務，無形中落實了幼托教保機構在社區中發揮社會福利的功效。吉利托兒所在投入社會福利運行網絡的同時，也搭建起臺北市社區民眾與市政府間的橋樑。

（四）追求優質的人事組織

關於人員編制方面，在吉利托兒所歷次契約簽訂中，委託單位僅提及「乙方應根據各相關福利法規之規定，設置各相關科系專業人員，以專責推展辦理本契約書第二條所訂之服務項目」。換言之，吉利托兒所的人員編制僅須符合法令規範即可。在經營面上，吉利托兒所的人員編制主要有園長、教保組長及教保人員（含護士），此外尚有總務會計、廚師、清潔師、行政助理、下午班老師、社工員與特教老師等，每學期維持在 13 至 18 人之間。除園長由成

長文教基金會聘任外，其它人員皆由園長聘任。雖然園內教保人員均為大專院校相關科系畢業，但園長強調「學歷」絕非其聘任人員的重要指標，更重要的是工作者需要能認同原成長兒童學園「順情適性」遊戲開放的教育理念。

2000 年 6 月招生前吉利托兒所即徵聘第一批「有幼兒教育經驗」的教保人員，一年半後依團隊營運人才需求再增補。2002 年 4 月至 2004 年 3 月期間，隨著幼兒人數與特殊幼兒漸增，增聘了學前特教專業知能人員，且為了讓教保人員能充裕備課與處理班級行政事務，還特聘兼任老師支援下午活動。在收費標準審核限制的狀況下，吉利托兒所始終無法調高學費以擴編研發人力，無法像早期成長兒童學園有「研究員」的編制，民營化的園所在政府既定的收費框架下想要有更上一層的專業發展實窒礙難行。

2003 年林佩蓉在其「臺北市托兒所經營成本分析研究」中，分析了 93 學年度臺北市 5 所公辦民營托兒所的經營成本，其中顯示吉利托兒所的師生比為 1：8.6，遠較法令所規範的低，且教保人員學歷背景介於大學與專科學校之間，高於其他公辦民營托兒所。但吉利托兒所的教保人員平均年資、每月平均薪資與每月人事成本均較其它的公辦民營托兒所略低，僅管如此，其總人事費占總支出的比例卻較其它公辦民營托兒所略高，其教保人事費占總支出比例 44% 居最高。在師生比低聘任的教保人員相對較多的情形，人事經費自然偏高。該報告中也指出針對臺北市公立、公辦民營與私立托兒所計 27 間的經營成本分析結果，教保人事費佔經營總支出比例最大，其次為租金（林佩蓉，2003：84）。換句話說，當教保機構需以提高師生比例來為了維護機構的教保品質時，在既定的財務框

架下，幼兒園內教師合理的工時及薪資待遇勢必是被壓縮的。

　　基於教保人員人事費會影響機構經營成本，且直接反應在帶班教保人員與幼兒之比例上。若要幼兒能受到較多教保人員之照顧，人事費成本自然提高。一般而言，教保人員薪資受年資與學歷支配，若薪資福利待遇好，園內人事的流動率或許不高，間接也牽動機構經營的教保品質。吉利托兒所教保人員的教育水準高、師生比低，是其能形塑與維護較佳教保品質的要素。然而薪資偏低，人員流動頻繁之隱憂實不可避免。雖然吉利托兒所的教保人員會因婚姻或生涯規劃而流動，但由於園內重視課程與教學品質，看重全體幼兒（含特殊幼兒）的個別學習需求，且工作過度忙碌，也是另一項留不住教保人員的重要原因（柯秋桂，2004：85）。鑒於每年會有1至5位教保人員異動，所長開始積極留意編班原則，建立教學支援制度，調整人事福利，降低工作量，以增加教保人員長期留任的誘因。另外，也提供多元豐富的在職進修機會，發展實驗課程，不定期進班觀察協助，定期舉行團體教學討論，以凝聚全園教學的共識。此一維護與落實幼兒教保實務專業探究的氛圍，也進一步促使所內教保人員對幼教專業的認同。

　　然而我們都知道，園內教保人員的更替，易使幼兒與教保人員間較難維持良好的社交與情緒的依附關係（Barnett, 2003：3）。萬一人員離職，吉利托兒所會盡可能維持至少一名原班教保人員陪伴該班幼兒直至畢業，以減少因人員更替帶來的幼兒轉換適應的困難。自2003年9月起也增聘支援下午班課程活動的老師，讓教保人員每週多出1至2個下午備課及處理班級行政事務的時間。此外，所內參考資源與教學資料庫的建立，也降低新手教保人員摸索與備

課搜尋資料的時間（柯秋桂，2004：84-143）。在人事福利制度上，依臺北市社會局的公辦民營托兒所年度預算編列標準明細表規劃，除原有之福利金、自強活動、工作服、研習進修與退（休）職金等福利項目外，2002 年 4 月調整增加全勤獎金、考績獎金與三節生日禮金。然受經費的限制，儘管嘗試各種努力，吉利托兒所始終無法比照公幼調高薪資來慰留教保人員，僅能藉由建立明確的人事徵聘、考核管理、配合國家退休與保險制度，保障教保人員工作的福利來努力維持穩定性。

（五）品質與權利間的拉鋸

吉利托兒所收費的標準經臺北市社會局審核，即按一般會計公認原則及稅法規定開立專戶專款專用，並接受臺北市社會局的查核。收費項目包括六個月的保育費 16,000 元；每月月費則依不同年齡階段而異介於 5500 至 7000 元間。自正式招生後，初期因招生人數不足且不穩定，的確收支不平衡。為維護教保品質，經營期間曾申請減少核定收托人數，並在勞退新制實施需結清往年退職金，以及物價指數調動時節，申請調漲收費標準，以解決經費運作上的困難，但卻屢遭臺北市社會局以收托人數達九成始可申請調漲學費，及收費標準須考量家長負擔與社會經濟狀況等理由予以駁回。直至 2005 年 11 月經臺北市社會局審查小組會議後，吉利托兒所始自 2006 年 3 月能調漲幼兒每月月費約 500 元。

面對初期在財務上出現需要借貸的窘境，所長認為投標前未能瞭解民營化學費制定標準細節是主要導因，此也是吉利托兒所組織經營上最大的失策。

我們以為我們跟社會局合作 應該可以永續經營 只要我們有績
優 也沒有什麼了不起的 對我們來講 績優應該不難啦 自己以為
嘛 那覺得就是說 也覺得應該會這個永續經營 但也是犯了一個毛
病 也就是沒有問清楚 費用這麼難調 這真的是我最大的錯誤（訪
941014 所長 B）

「經費充裕」是不是幼兒園品質精進關鍵性的因素？一般而
言，當教保機構的收費標準確定後，「收托幼兒人數的多寡」就決
定了該機構能運用的經費數，但是在有限的活動空間裡，為維護教
學品質，收托幼兒的人數依舊是有上限的。幼兒人數偏多，教保品
質勢必受影響，幼兒園內經費的運用、幼兒收托人數及教保品質三
者間是相互牽制關係。臺北市社會局曾建議吉利托兒所增加收托人
數以增加營運經費，但基於專業品質的考量，吉利托兒所並未採
行，也因需自行承擔每年因社會物價調漲、教保人員年資增長所需
的調增支出；換句話說，即使吉利托兒所有心投入經費，經營更理
想的幼教專業機構，卻不得不折服在「公辦民營化政策」規範下，
受「巧婦難為無米之炊」困境的煎熬，走在品質與權利的拉鋸中。

臺北市社會局在制定公辦民營托兒所收費標準時，多以顧及
家長權益為前提，不希望承辦單位因此獲利。在吉利托兒所的個案
上我們看見，承辦單位向政府申請承接公辦民營任務時，也需要有
能自行承擔經營風險的預備。誠如歐姿秀所言，臺北市社會局不宜
片面考量家長期待，或是抱持「非營利等同於成本價收費」的不適
切原則，將公辦民營托兒所的收費管制在成本邊緣而增加經營虧損
之風險。她建議宜在非營利、但兼顧經營風險、未來發展性及確保

教保品質的前提下，由民營化之相關主管及承辦單位，共同整體評估、研討、妥善規劃制定合宜的收費標準，並期望兼顧公辦民營托兒所非營利的經營原則及避免圖利他人之嫌（歐姿秀，2002：31）。

如何在教育品質與合理經營利潤間找到合宜的平衡點，不管過去與未來，這將會是社會中能否樹立起多元且具專業性非營利幼兒園的關鍵性挑戰，這也會是超越齊頭式正義公平時代的轉捩點。

五、代結語－建構支持幼兒發展與學習的網絡

Eva L. Essa 與 Melissa M. Burnham 主張「幼兒教保服務品質指標宜立基在益於幼兒的社會互動、認知、語言、情緒與身體動作的發展」這樣的觀點，將幼兒教育與照顧的本質回歸到「以幼兒為主體」的關注，強調幼兒園要以「是否提供幼兒健全發展」為機構品質評鑑的核心。強調幼兒園應奠基於促進幼兒發展的前提下，提供教育及照顧服務（簡稱教保服務）（Essa & Burnham, 2001：60）。舉凡空間環境、課程、教學方法、日常生活照顧、安全、飲食、親職教育與師資皆屬於教保服務的內涵，在實踐面上，這些教保服務內涵就是為了促進幼兒的發展與學習而存在。換言之，以幼兒為主體，遵行幼兒本位精神，營造關愛、健康及安全之幼兒學習環境，支持幼兒適齡適性及均衡發展成長是幼兒園之根本職責，政府以委託民營政策推動設置公共化幼兒園，亦當以此觀點領航。

從社會功能角度而言，幼兒園身處幼兒及其家庭生活的社區環境中，理當有能力推展社區教保服務及親職教育，即發揮其教保專

業知能，作為社區教保資源的據點，延展服務至社區內父母之家庭與親職教育，包含未就讀該幼兒園的幼兒與其家庭，讓幼兒園教保服務之實施與家庭及社區密切配合，如：吉利設置臨時托育方案、辦理親職講座、親子成長團體與親子活動皆開放社區人士參與，朝向實踐公共托教體系願景提升臺灣整體幼兒教保環境而努力。同時幼兒園在確保服務對象幼兒能健全發展與學習的基礎下，與社區家庭共同攜手，透過政府制度的平台，連結其他專業資源體系，如社福、醫療、警政、傳播與輔導等系統，那在公共托教體系的建制下，實現健全學前幼兒教保服務品質的願景才指日可待。

2012 年《非營利幼兒園實施辦法》施行後，雖然公辦民營的名稱變更消失，但幼托政策的思維仍未脫離朝向公共化邁進。三個協力單位，委託單位、承辦單位與非營利幼兒園間之定位與職責依舊，政府端仍需負起主導擬定政策目標、提供資源、制定契約與甄選適合的民間團體經營，並向民眾負責、確保非營利幼兒園營運品質的監督角色；而身為管理與執行的承辦單位與非營利幼兒園，則在秉持促進與維護教保專業發展的信念下，依循契約內容與相關行政規範，發揮社會福利與教育功效。

> 我就說我們當園長要幹嘛 學費被你們控制 老師薪資被你們控制 然後呢 人數被你們控制 然後現在連我們要考核老師也被你們控制 我們這園長角色功能是什麼 我真的不能理解耶（訪 1031018 所長 B）

「控制」還是「監督」？在政府財務赤字的情況下，公私協力讓非國民義務教育的學前階段政策有了邁向「公共化」的路徑。

而在廣設非營利幼兒園的前期，政府為公辦民營幼兒園投入建物設備經費，開啟與民間團體連結攜手經營的可能性，更開啟了臺灣公共教保服務的新模式，突破過往公、私分立的界限，樹立起所謂的「第三部門」。在國教署計劃未來 4 年內要普設 1000 所非營利幼兒園的政策宣稱下，三者若能在共構幼兒、家庭與社區之優質教保服務品質的共同目標下協力互動，澄清辯証模糊的界限及立場的失衡，超越「控制」幽谷，共同勇於承擔與付出，那經由公共托教體系來提升社會生活的全面品質之願景也才讓人能有所期待。

參考文獻

王天苗（1998）。發展遲緩幼兒融合式幼教模式之建立與實施成效之研究（I）。行政院國家科學委員會專題研究成果報告（編號 NSC87-2413-H003-009），未出版。

行政院人事行政局（2001）。推動政府業務委託民間辦理實例暨契約參考手冊。臺北市：作者。取自 www.tpgpd.gov.tw/ 委外參考手冊 /index.htm

行政院人事行政局（2011）。建構政府與民間夥伴關係推動實例暨契約參考手冊。臺北市：作者。取自 http://www.dgpa.gov.tw/public/Attachment/21613584295. pdf

林佩蓉（2003）。臺北市托兒所經營成本分析研究（臺北市政府社會局補助研究）。臺北市：臺北市立教育大學。

林晏羽（2002）。親子文化之旅。成長幼教季刊，50，59-62。

林淑馨（2010）。日本型公私協力：理論與實務。臺北市：巨流圖書。

柯秋桂（2004）。幼兒園邁向學習型組織之行動研究—以教師教學關注為例（未出版之碩士論文）。國立臺灣師範大學，臺北市。

柯秋桂（2006）。課程運作的建構歷程及現況—以成長托兒所「吉利園」為例。載於「中華民國教材研究發展學會」舉辦之「後現代課程管理研討會」會議手冊（41-55），臺北市。

翁麗芳、洪福財、歐姿秀（2006）。台灣非營利托兒服務概況研究成果報告（內政部兒童局委託研究）。臺北市：國立臺北教育大學。

張義雄（2012）。公辦民營幼兒園之資源基礎對家長滿意度影響之研究—以品牌權益為中介變項（未出版之碩士論文）。國立政治大學，臺北市。

賀力行、林淑萍（2005）。公立托兒所公辦民營關鍵成功因素。行政院人事行政局委託研究。新竹市：中華大學科技管理所。

詹中原（1993）。民營化政策—公共行政理論與實務之分析。臺北市：五南。

詹鎮榮（2005）。民營化法與管制革新。高雄市：復文。

劉慈惠（2006）。學前幼兒被期待學些什麼？—以兩所幼稚園家長為例。師大學報：教育類，51（1），131-158。

歐姿秀（2002）。從幼兒園公辦民營政策談臺灣托育服務的迷思。「誰在照顧你的孩子—隔代教養面面觀實務研討會」發表之論文，高雄縣婦幼青少年館托兒所示範教學資源中心。

歐姿秀（2009）。臺灣幼兒園委外計畫評估研究—以 1994-2005 年為例（未出版之博士論文）。國立臺灣師範大學，臺北市。

蘇彩足、施能傑（1998）。各國行政革新策略及措施比較分析。臺北市：行政院研究發展考核委員會。

Barnett, W. S. (2003). Low wages = low quality: Solving the real preschool teacher crisis. NIEER Preschool Policy Matters, March, 1-9. Retrieved from http://nieer. org/resources/policybriefs/3. pdf

Bronfenbrenner, U. (1979). The ecology of human development: Experiments by nature and design. Cambridge, Mass. : Harvard University Press.

Essa, E. L., & Burnham, M. M. (2001). Child care quality: A model for examining relevant variables. In Reifel, S., & Brown, M. H. (Eds.), Early Education and care, and reconceptualizing play (Vol. 11, pp. 59-113). Killington, Oxford: Elsevier Science.

Meyers, M.K., & Gornick, J. C. (2003). Public or private responsibility ? Early children education and care, inequality, and the welfare state. Journal of Comparative Family Studies, 34(3), 379- 411.

囤積式幼兒園課程的批判與轉型

以老礦眷幼兒園為例

鄭宇博

基隆市愛米爾幼兒園主任

張盈堃

政治大學幼兒教育研究所副教授

一、前言

「老礦眷幼兒園（化名）」是由我母親家族所創立，座落在一處房價每坪不到 10 萬的社區，是我長時間接觸的幼兒教育田野，也是未來工作與實踐教育理想的場域。經過數年的觀察，這個社區中多數的家長早出晚歸，從事勞工階層的工作，然而天下父母心，勞工階級的家長一樣有望子成龍的期待，希望透過自己對孩子教育的付出，讓下一代的成就超越自己，達到階級流動的目的。雖然不要讓孩子輸在起跑點的觀念人人都有，不同人卻有不同的實踐方式。以幼兒教育來說，透過遊戲、操作進行學習的方法堪稱主流，標榜蒙特梭利、華德福、瑞吉歐、開放教育的幼兒園也如雨後春筍般林立。但與此同時也有許多教師與家長，將起跑點解讀為正式教育的起點，於是認同與遊戲學習背道而馳，以準備上小學的技能做準備作為教育方式。應運而生的便是教育現場出現更多，以結構性的讀、寫、算技能教授為主軸的幼兒園，老礦眷幼兒園也是其中之一。30 個年頭過去了，老礦眷幼兒園中資深的教師與經營者漸漸發覺，自己坐落的社區雖然人口不停成長，孩子的成長條件卻每況愈下，學業成就也令園所的教師們擔憂，以往在幼兒園所教授的注音、數學、唐詩……，雖然受到社區家長的歡迎，但相對於觀察力、解決問題的能力、感覺統合等能力而言，讀、寫、算的技能，似乎是孩子帶不走的能力（並未對其未來求學產生正面的影響）。是否應該落實正統去邊界、統整不分科、以遊戲與操作為主軸的幼兒教育？成為教師與經營者在服膺現實與追求理想間拉扯的問題。

近年政府強力干預幼兒教育現場，透過幼托整合、基礎評鑑

等政策的實施，對於從托兒所轉型為幼兒園的教師與經營者皆造成強大的壓力。[1] 在長時間因應勞動階級家長要求而實施傳統（填鴨式）教育的園所而言，教學現場面對的矛盾與焦慮，同時也促成經營者與教師共同思考課程改革的契機。

二、老礦眷幼兒園的田野描述

老礦眷幼兒園的社區裡每日的清晨總是可以看到許多穿著整齊襯衫的上班族，等著接駁車從社區前往台北工作。在交流道下更有藍領階級的工人等著上工，待到晚上回到家時已是披星戴月。老礦眷幼兒園中時常到了晚上七點仍然燈火通明，每日要在幼兒園度過十二小時以上（從早上七點開園生活至晚上七點閉園）的孩子大有人在。從這一點就不難看出這個社區的親子關係疏離，延伸至青少年時期通常產生更多學習的不利條件，附近市立完全中學輔導室，甚至將這個社區列為重點輔導的對象。對這個社區的居民來說，過去的美好與榮景恍如隔世。擋土牆與河堤等人工設施將自然環境隔絕在人們的生活之外，留下的只是灰暗的水泥叢林、壅塞的交通。應該是信仰中心的廟宇，也未成為社會教化的泉源，反而成為孩子對於學校主流文化反抗的根據地。對於這裡的家長而言，也許大環境不是他們可以改變的。但是究竟這裡的父母帶著什麼樣的

---

[1] 托兒所本由社會局管轄，在改制前的評鑑模式與本為教育單位的幼稚園大相逕庭。

觀點,看待這個伴隨孩童成長的環境?什麼是他們心目中理想的教育圖像?

老礦眷幼兒園的教育模式,在為小學學業做準備的家長期待下生成,因此崇尚讀、寫、算技能教授的課程模式不但教師們習以為常,甚至得到家長的信任。當教育部積極推動幼兒教育現場走向開放時,對早已習慣填鴨式教育的家長、教師都造成一定程度的衝擊,家長認為以遊戲為主軸的教學模式等於什麼都沒教,教師與經營者也不知道除去填鴨式的教育後,教學工作該如何進行。老礦眷幼兒園多數教師為大學幼保系畢業,不具備幼兒教師的資格(教保員),經營者長期處在以分科教學為主流的中等教育現場,因此對於開放式教育以及自由遊戲為主軸的幼兒教育課程模式也相當陌生。幼兒園家長多從事勞工階級的職業,多數信任囤積式的教育方式,期待可以透過教育促使階級流動。因此,老礦眷幼兒園長期重視孩童認知能力的訓練,採用分科教學輔以大量的簿本練習。近年來在幼兒園基礎評鑑的要求下,經營者與教師共同面對著從讀、寫、算的課程模式,轉型成統整、不分科教學模式的壓力。雖然教師與經營者均透過多次研習,接觸統整課程的概念,也在基礎評鑑輔導後進行教室內空間結構的改變,但是實際在課程實踐上依然有依賴教科書、著重記憶與背誦的現象,且在宣稱進行主題課程的過程中,也隨著教師對統整課程的認同程度,有著強弱不一的主導性。

老礦眷幼兒園佔地約 100 坪(300 平方公尺),建築物佔地70 坪(210 平方公尺),建築物一共三層樓,一、二樓是幼兒園空間,三樓兼營短期文理補習班。幼兒園學生人數約 50 人,設有米

老鼠班（2~3 歲）、小白兔班（3~4 歲）、獅子王班（4~5 歲）以及長頸鹿班（5~6 歲）。除了米老鼠班教室在一樓外，其他教室皆位在二樓（原本一樓教室由小白兔班使用，2014 年 2 月依照輔導委員的建議，將 2~3 歲教室遷至一樓，與 3~4 歲教室互換）。園所人力編制包括園長 1 人（實際經營者妹妹，除了重要活動外不會入園，亦不具有實質權力）、教師 4 人（每班一位教師），分別由 3 位幼保專科以及幼保系畢業的教保員、1 位幼教系畢業的幼兒教師擔任，行政人員 2 人（兼安親班教師）、廚工一人、司機一人以及兼職實習教師一人。

老礦眷幼兒園的作息從每天早上 7：00 開始。大約在 6：50 分左右負責人將鐵門拉開準備進行交通車行前檢查，園長、主任在 7：00 前入園準備迎接孩子們。第一班車約 7：00 出發，之後孩子便開始陸續入園。早上 7：00 到 8：00 園長在廚房備餐，由主任負責值班。這段時間入園的孩子會在門口的鞋櫃換上室內鞋，然後在一樓走廊的座位上用早餐、相互交談或在等待區遊戲。主任除了迎接孩子外，也不時管理秩序。8：00 前老師們先後入園並把孩子們帶入各班教室，比教師晚入園的孩子直接進入教室用早餐或自由遊戲，主任於 8：00 後開始進行行政工作。上午 8：00~9：00 是孩子主要的自由遊戲時間，交通車會在 8：30 入園，大多數的孩子會在這時到達，8：30~9：00 部分班級會至戶外進行自由活動。

早上點心大致在這時完成，園長準備替午餐備料，廚工則送點心到教室。9：00 孩子開始用點心，園長開始處理行政事務，由廚工進入廚房繼續中餐的備餐。早餐後除了米老鼠班外各班的孩子會主動收拾環境，包括擦拭餐碗、湯匙、餐桌並將裝盛食物的器皿

送至廚房清洗，接著進行盥洗。❷ 當盥洗結束的孩童陸續回到教室後，教師會引導孩子從事走線活動，❸ 培養進入早上課程的情緒。該活動通常持續五分鐘，孩子會漸漸的安靜下來。當孩子多數靜下來後，教師會邀請孩童盤坐在線上，準備開始早上的課程活動。

　　老礦眷幼兒園的課程活動分為「主題活動」以及「認知課程」兩大架構，教師通常根據教材提供的課程內容進行課程規劃。早上的課程活動從 9：30 到 11：30（約 2 小時），由團體討論揭開序幕。教師在進行數十分鐘不等的課程活動後，讓孩子重複教師示範的動作進行操作。第一階段課程結束後（約 10：30~11：30 之間）教師安排如注音符號、數字練習等課程，多以簿本練習為主。美語教師每週兩次進班帶領生活美語的活動，通常持續 30~50 分鐘不等，課程利用上午時間進行，方式也以教師帶領的教學活動為主。孩子大約在 11：30 前開始準備用午餐，12：00 左右盥洗完畢後至棉被櫃取自己的棉被準備午休。❹ 午休時教師會利用時間書寫家庭聯絡簿，或進行其他教學準備工作。除了每週四 13：00~14：00 園所固定進行園務會議以外，教師多會利用 14：00 前的空閒時間短暫午休。

---

❷ 盥洗除了上廁所外還包含簡單的潔牙動作。

❸ 教師在教室內用膠帶圍成圓圈，孩子們沿著膠帶貼成的線維持一特定姿勢行走。所謂特定姿勢包括雙手擺在背後、雙眼注視自己要走行的路徑、前進時每一步的腳跟都必須盡量貼近上一步的腳尖。

❹ 孩子入學時會自己攜帶棉被，幼兒園根據政府規定準備具有夾層的棉被櫃，提供孩童存放，並要求家長每兩週帶回清洗一次。

12：30 左右小學課後照顧低年級的孩童陸續回到園所，主任結束幼兒園的行政工作開始協助小學孩童完成作業。午休時間在14：00 結束，教師會喚醒孩童並準備下午的活動。下午活動時間通常較為零碎，在回顧早上的課程活動內容後，通常會讓孩子繼續未完成的工作。15：30 過後才藝班教師入園（舞蹈、美術、珠心算），部分孩童離開教室進行才藝課程，留在教室的孩童則是開始用下午茶，點心結束後則進行自由遊戲。16：00 孩童開始收拾書包準備放學，教室將當天操作完成的學習單與家庭聯絡簿擺在一起，接著將今天使用的教材帶回家中與家長分享。16：20 負責當週隨車與櫃台值班的教師將孩子帶到其他教室進行自由遊戲（混齡），等待家長或第二班交通車。

　　16：30 第一班交通車出發，家長接送的孩童也開始陸續離開學校。17：30 第二班交通車出發，半數以上的孩童已經回家，教師便準備將少數的孩子集中至一樓的等待區，教師會利用這個空擋進行打掃工作、整理環境，孩童這段時間則以欣賞兒童節目為主。18：00 幼兒園的一天接近尾聲，教師在這個時候下班，值班的工作由園長接手，這時通常剩下不到 10 位孩童。有時孩童會在這個時候要求操作拼圖、積木……（在等待區的教具），有時孩子也會選擇繼續觀賞兒童節目，園長則視情況回應孩子的需求。下午19：00 小學孩子結束課後照顧，部分搭乘最後一班交通車回家，部分則與幼兒園剩下的幾位孩子一起等待家長接送，主任則在這個時候下班。大約在 19：30 左右孩子才會全數離開園所，園長方才結束一天的工作，幼兒園的一天正式結束，可參表 1。

表 1 老礦眷幼兒園作息

時間	活動	人員
7:00~8:00	晨間接送	主任、園長上班
8:00~9:00	自由遊戲、體能活動	教師上班
9:00~9:30	早上點心、盥洗	
9:30~11:30	早上課程活動	
11:30~12:00	午餐	
12:00~12:30	盥洗、準備午休	
12:30~13:00	教師書寫家庭聯絡簿、準備教材	
13:00~14:00	教師午休（週四園務會議）	
14:00~15:30	下午課程活動	
15:30~16:00	下午茶、才藝班	
16:00~16:30	收拾書包（參加才藝班孩童進行下午茶）	
16:30~17:30	放學時間、混齡自由遊戲	
17:30~18:00	集中至一樓等待區	
18:00~19:00	教師下班、園長值班	教師下班
19:00~19:30	課後照顧離園、主任下班	主任下班
19:30~20:00	全數孩童離園、園長下班	園長下班

三、老礦眷幼兒園再現的問題

　　從幼兒園空間的規劃以及人力的配置，其實已經可以看出台灣私立中小型幼兒園的特色，根據對老礦眷幼兒園教室以外的觀察，歸納出以下三點不利於統整課程推動的因素：1.以教保員為主，缺乏幼兒教師；2.工作時間長且人力配置的混亂；3.家族事業造成的教師權力不對等。首先，從人員的背景可以發現，幼兒園的師資以幼兒保育系畢業的教保員為主，教保員在學校的訓練過程著重照護技術的培養，對統整課程的涉略比起出身幼教系或幼教學程的

教師稍嫌不足，也成為推動教學正常化的不利因素。其次，許多中小型私立幼兒園為家族企業，重要職位由親戚擔任，例如老礦眷幼兒園園長、主任、兩位教師以及負責人皆為親戚關係。在訪談中發現這樣的關係架構，造成家族成員與其他員工名義上平等，但實際發言權不對等的現象。例如家族成員在會議時掌握主要的發言權，其他教師不論在課程的探討或園所的經營上，相對較少表達意見，當園所進行重要決策時，經營者也傾向詢問家族成員的意見，久而久之形成一種沉默的文化，阻礙溝通的進行。最後，是人力配置的混亂，實際經營者不具有專業幼教背景，反而具有幼教背景的園長不具有實質權力，造成幼兒園未能得到專業的領導，不利於提升幼兒園教學品質；幼兒園行政人員由安親班教師兼任，安親班主任兼任幼兒園英文教師的現象，也有同樣的問題。其他教師除教學工作外，也必須負責分攤部分行政事務，除影響教師備課外，也令條件較好的幼兒教師卻步。

除上述三個不利的條件外，囤積式教育與好靜不好動的好孩子圖像更是老礦眷幼兒園呈現的表徵：

（一）囤積式教育

在小白兔班的一天作息觀察中可以發現，自由活動的時間不但少，而且與課程沒有連結。首先，從自由遊戲時間教師與孩童的互動可以發現，教師在自由遊戲時間也大多負責排解紛爭以及管理秩序的工作，並未進行觀察記錄。由於私立幼兒園教師必須負責繁重的行政事務以及清潔工作（相對公立園所教師），教師通常視這段自由遊戲時間處理行政事務（如看聯絡簿、整理教學檔案），或

進行公共區域環境的清潔。換句話說，學習區的設計並不是課程的主體，而是用來填充零碎時間的工具，統整教學著重在自由遊戲中進行觀察、發現，並且以學習區的操作作為發展課程的基礎，進而透過經驗建構課程的脈絡。在這樣的作息結構下，無法滿足上述的基礎條件，自然難以形成統整課程。除此之外，現成教材的強勢主導，也是統整課程難以建構的主因。老礦眷幼兒園使用大量的現成教材，除了練習簿（數字本、注音符號練習簿）以外，還包含主題活動。教師自主規劃的教學活動，除了特定節日外，❺ 大多依照現成教材設計的教師手冊排定。換句話說，外編教材已經為課程設定好一套劇本，教師根本不需要進行觀察，就可以將教材提供的知識灌輸到孩子的身上。這個概念與重視學生經驗與師生共同建構的教學原則背道而馳，教師在學期初選定數本教材，從主題教學、兒歌讀本（國、台語文教材）、數字練習、生活美語甚至美術皆有教材與之搭配，教學內容進度由教材主導，素材也多以教材商提供的半成品為主，學生大體上透過簿本被動的建構學習歷程。這樣的模式正符合 Paulo Freire 囤積式教育的概念。❻ 其主要缺點導致學生對於知識內容認知抽象且空泛，園內資深老師在後續的訪談中，認為這些課程都是帶不走的能力。除此之外也使得課程結構缺乏彈性，教室內學習區的教具鮮少更換，幼兒園的倉庫內也堆放大量教師認為

❺ 老礦眷幼兒園每年固定安排春節、母親節、端午節、畢業季、中秋節、萬聖節、聖誕節的主題課程，有時搭配成果展進行。

❻ 囤積（banking）指出學識是給予無知的人的恩賜。學生被視為容器，教師可以在其中「塞滿」知識。在 Freire 的概念中與之對比的是「提問式」教育。

再也用不到的教具。形成這樣的課程模式主要原因，主要是確保家長可以感受到孩子在學校的收穫，進一步肯定幼兒園豐富的課程內容。

（二）好靜不好動的好孩子圖像

除囤積式教育以外，好靜不好動的好孩子圖像也在老礦眷幼兒園的一天中呈現。在幼兒園、與小白兔班的一天中不時可以看見教師管理秩序的畫面，包括團體討論的時間、操作以及用餐，教師多會提醒孩子：「安靜！不要說話！」。除此之外，也會出現孩子向教師打小報告的現象。好靜不好動的教育圖像形成，主要有以下三個原因：首先，這涉及傳統的社會文化；其次，與之前討論的囤積式教育有關；最後是家長的階級與理念。

教育部在實施幼托整合後，以《幼兒園基礎評鑑指標》與《幼兒園教保活動課程暫行綱要》（以下簡稱《課綱》）的施行，致力推動幼兒園教學正常化（以遊戲學習為主的教學）。❼ 但事實上這些政策與措施，在未與家長與幼兒教育現場達成共識前實施，使得許多園所必須在合法與現實上找尋生存的縫隙，教師也被迫在理想與現實間拉扯，甚至發展出陽奉陰違的策略。例如評鑑指標明訂「各班課程應採統整不分科方式進行教學」，並有「各班課程不得

---

❼ 《課綱》對兒童圖像的描述，認為幼兒對生活環境中的一切充滿好奇與探究的能力，在不斷發問、主動試驗與尋求答案的歷程中學習。他們需要親身參與，含周遭的人、事、物互動，在其中觀察、感受、欣賞與領會。他們會時刻觀察與探究生活環境的自然與人文現象，主動地理解、思考與詮釋其所探究的現象，尋找現象間的關係，嘗試解決其所面臨的問題（教育部，2013：2）。其對幼兒學習發展的論述，一撇過去填鴨式的教育方式，改為較開放的態度面對孩童的學習。

進行全日、半日或分科之外語教學」的規定，但綜觀教學現場，由於台灣多數幼兒園為私立園所，必須迎合家長對孩童的教育期待。因此在落實基礎評鑑的政策時出現教師在政府與家長之間拉扯的現象，教師一面疲於奔命的參加統整課程的研習，回頭卻陽奉陰違的執行分科教育。園方對於訪視委員的到訪如臨大敵，無不忙於加工或掩飾課程記錄，以迎合評鑑委員的味蕾。由此可見教育改革的行動對教育現場而言，反而成為一種新的壓迫型態。

由於家長的要求（或對於家長好惡的想像），老礦眷幼兒園建構出一套讓家長看得見的教育模式，這套模式即便是認同統整課程的教師，在政府政策的支持下也不得不屈從。因此在老礦眷幼兒園中可以輕易發現大量的簿本，以及抽象認知符號教學。從教師的訪談中可以發現，認同統整課程的教師，必須在理想與現實中拉扯。更嚴重的問題是，原本認同統整課程的教師只須在（自己）可以接受的範圍內，施行囤積式的抽象符號教學。但由於新政策的實施，這些教師也被迫加入了陽奉陰違的行列。而陽奉陰違的實際行動，便是將所有的簿本以及抽象符號教材，在訪視委員入園時以各種方式隱藏。此外，包含聯絡簿中與家長的對話都必須小心謹慎，不得透露任何有關抽象認知符號的訊息。

老礦眷幼兒園在過去的數十年崇尚早學、幼蒙為主要目的的分科教育，也就是先前提到的囤積式教育模式。這樣的模式在近年來受到相當大的挑戰，這個挑戰同時來自外部政府政策，2011 年開始大力推行的幼教政策，打出了「教學正常化」的口號，傾向將過去幼教現場絮亂的囤積式教育模式清除，回歸以遊戲與經驗為主體的統整課程模式。這樣的政策透過《基礎評鑑指標》以及《幼

兒園教保活動暫行綱要》等官方論述，清楚的表達其立場，並透過五歲幼兒免學費，以及幼兒園基礎評鑑等政策進行貫徹，❽ 對台灣多數的幼兒園造成莫大的壓力。除了長期施行分科教育的老師難以適應外，幼兒園也需耗費心力，在家長與政府之間處得平衡。除部分標榜全美語的幼兒園，自願退出教育部合作名單外（15000 元的學費對他們而言可能只是鳳毛麟角），許多幼兒園必須在教育部定義的托育時間外進行分科教學（一般為下午 4:00 以後），更有甚者乾脆在訪視委員來訪前，如臨大敵地將幼兒園施行分科課程的課表、教材等全數隱藏，並且小心翼翼地過濾親師聯絡簿中，所有違反評鑑指標的字句。諸如此類陽奉陰違的策略，在教育現場處處可見。但基礎評鑑指標的施行一年比一年嚴格，老礦眷幼兒園面臨外部政策的壓力下，終於達成以務實的課程改革，取代在基礎評鑑前「串供、滅證」的行動。

　　老礦眷幼兒園家長的階級文化，以及教師過去的經驗與專業養成，使得幼兒園內部對於課程改革的施行，依然呈現意見分歧的狀態。在課程模式的建構方面，部分老師認同統整課程的教育模式，認為透過經驗累積的學習歷程，能夠建構相對紮實、有意義的知識。部份教師依然認為傳統的囤積式教育不能完全消失，他們主張透過系統性的抽象符號學習，可以成為孩童未來學習的基礎，但也不否認統整課程對孩童學習歷程的正向意義。課程改革必須透過

---

❽ 五歲幼兒就學免施行方式，是透過教育部選擇符合其教育理念（符合基礎評鑑指標）的幼兒園所進行合作，補助五歲幼兒每人每學期 15000 元。換句話說，不符合統整課程模式的幼兒園，將難以取得合作資格，進而影響招生情形。

紮實的溝通與重複的釐清，尊重人的自我意識以及主體性，達到觀念上的明確共識、觀念之間連結的體制化與一致性、教師與學生間的敏銳共識以及清楚的評定標準。否則就會是一種衝突與危機的徵兆，而不是教育的最終狀態。

四、開放式課程中幼教師的角色與定位

近年來臺灣的幼兒教育改革如火如荼地進行，將統整不分科的課程模式，視為幼兒園教學正常化的指標。換言之，一套更開放的幼兒教育模式已經逐漸在臺灣成形，但事實上這個現場存在許多的誘惑、陷阱與迷思。開放教育的理念強調以兒童為中心，以操作、延展以及教育人權為核心實施原則，其中又以學習區的概念最受重視。在傳統講述式幼兒園轉型成學習區模式的過程中，許多價值觀的衝突開始浮現，其中一個最核心的問題來自教師對兒童活動「介入」程度的拿捏。一位現場教師在教學研討會中提出：「落實學習區的確可以幫助孩子自主學習及解決問題的能力，但時常我難以判斷自己何時應該介入、如何介入，才不至於打斷孩子的學習。」

許多施行開放教育的現場教師，也時常受到相同的質疑，在開放課程實施的過程中，的確會考量孩童的發展需求以及興趣，但在課程發展的過程中，難免因發生歧異與衝突，犧牲部分孩童的興趣。開放教育是否真的以兒童為中心（余安邦，2001）？亦或如國王的新衣一般有許多可議之處？類似的質疑彷彿芒刺在背一般難以拔除。事實上在教學現場，開放式教育的確沒有固定的形式（廖鳳瑞，2001）。在眾多宣稱施行開放教育的機構中，實踐方式都略

有不同，只能以哲學式的實施原則概括論述，難以以一套明確的指標界定孰是孰非，但這套模糊的定義，正面臨強制實施，卻無法加以明確規範的矛盾，這是造成幼教現場許多衝突的原因。許多轉型中（傳統式教育到開放式教育）的教師，在過與不及之中反覆碰撞、無所適從。教師會在孩童操作不符合標準流程時粗暴地介入，中斷孩子的思考並直接給予標準答案。久而久之養成孩童對成人的依賴，教師在教學現場一如鐵口直斷的神棍，成日忙著替大排長龍的信徒指點迷津。部分過於小心的教師，畏於參與孩童的學習活動，深怕一個錯誤的決定便打斷孩童的學習歷程。這類教師與孩童的學習經驗脫節，不只無法幫助孩童有效學習，忽略對孩童應有的關注。在學習環境的經營上也出現許多問題，以教室秩序為例，過度介入的教室，從規則制定到執行，皆由教師一手包辦。在孩童無法自行排解爭執的情況下，養成孩子事事都需要向教師報告（告狀）的習慣，教師在現場一如警察、法官的綜合體，窮於應付孩童對其他同儕的爭執、抱怨與不滿，學習環境自然呈現一種浮躁的氛圍。為了壓制這股躁動的氣壓，許多教師被迫選擇行為主義的教育邏輯，以懲罰的方式規訓孩童，最終與開放教育的人性化目的背道而馳。

　　傳統式教育與開放式教育的主要差異，在於對世界與知識的觀點。傳統式教育以知識為核心，以問題做為學習的媒介，試圖單一方向產出人性的結果。換句話說，傳統教育著重課程計畫進行，以標準化測驗做為衡量知識價值的手段，最後將認證過的知識（人性價值），內化到學習者的身上。也就是一種灌輸的方法，一種宰制的過程。這個過程有較高的效率複製上一代的知識結構，但也難

以演化出更優勢的基因。開放式課程以人性為出發點,透過觀察提出問題,以對話輔以其他的教育方法做為解決問題的工具,最終目的回到對人性的反思,回應並建構人性的價值。所謂開放式是對知識的邊界模糊化,並視作可以重新定義與詮釋的客體,透過反覆辯證的多元優勢不斷進化。

由此可知,對話是開放式教育的重要方法,相較於傳統式教育對人性單方向傳承,更重視人性價值的反思與行動。這個過程可以稱之為命名(Freire, 2006:88),也就是對世界概念或知識的重新建構。Freire(2006)提出人與世界關係與其他動物有著基本的不同,探討以對話做為反思與行動方法的重要性,世界之於其他動物,代表的是決定性的因素,主宰動物的多數生活模式,如繁殖的時間、活動的範圍。然世界之於人,代表單純的訊息(或稱作挑戰),人類可以決定回應與否或如何回應(行動)?世界作為動物的絕對主宰,對於人類卻存在相互主宰的關係,也就是哲學上探討「在己存有(Being in itself)」以及「為己存有(Being for itself)」的差別。由此概念探討人與知識的關係,也應該是互為主體而非單向接收,換句話說,人與知識(世界)的關係是對話而非灌輸。

對話的基礎來自語言,廣義的對話在日常生活中時時發生,但在開放式教育中的對話,必須帶動反思與行動。若要達成這個目的,對話個體間水平式互信(horizontal)以及批判性思考能力成為必要條件。反之,對話的內容變成沒有交集的各自表述,無法帶動反思的下場成為咬文嚼字的廢話,而缺乏反思的行動則成為「知其然、而不知其所以然」的盲動(Freire, 2006:88-94)。開放式教育回應 Freire 的觀點,以教師與學生開放性的關係,取代教師各方面

的專斷，以教育人權為依歸，以草根式由下而上的方法提出問題，以問題做為媒介進行反思與行動。課程進行以個人或小團體為單位，捨棄分齡以及大團體的統一講述，目的是尊重每一位個體的發展目標，以及學習的自由與選擇權，統整課程模糊生硬的科目界線，同時允許知識被反覆質疑、驗證，甚至重新被建構（陳伯璋、盧美貴，1991：51-61）。上述的教育方法，與 Freire 敘述的問題陳顯教育概念大致吻合，因此我們可以將開放式教育視為回歸人性的教育方法、一種「全人教育」。在現今臺灣的幼兒教育現場，正是以這種全人的取徑做為主流，比起中小學等教育模式更開放，與整體教育現場灌輸的氛圍大相逕庭，這是現場幼兒教師無所適從的主要原因。從 Freire 的觀點探討開放教育，必須以有效的對話做為基礎，而對話的先決條件便可以做為現場教師定位的座右銘（參圖 1、2）。

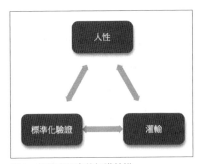

圖 1　傳統式教育的知識結構

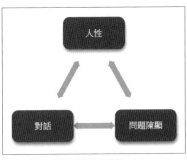

圖 2　開放式教育的知識結構

五、結論：花園與園丁

　　水平式互信與批判性思考，是 Freire 探討對話的先決條件，前者是教師與孩童的關係，後者是教師與孩童都必須具備的能力。反觀目前教育現場，多數教師對孩童的能力抱持存疑，且觀察紀錄也只停留在現象的描述，以及表面因素。對於如何引導孩童的中長程計畫，許多教師無法進行反思。雖然教師在許多能力上明顯不足，在老礦眷幼兒園中透過領導與教師的互信關係，教師得以在會議討論中，充分地汲取成長的養分。在每次的會議中盡可能著重紀錄片欣賞、反省筆記檢討以及簡短文本共讀上。也安排教師參訪相對開放的課程模式，希望提供教師更多元的素材回饋教學現場。同時也在不構成教師過多壓力的前提下，協助教師建構更多元的學習環境，在會議中進行討論，共同建構更友善的合作方式。換句話說，師生間水平式互信可以從經營者與教師開始，而批判式的思考也可以基於互信的基礎一步步精進。

　　福祿貝爾首創幼兒園的原意是一座孩童的花園，學習者的成長如花木，無論園丁關注與否都會長成。園丁可以創造最合適的環境（陽光、空氣、水），但生長只能由幼苗自己完成。在幼兒園中教師與孩童的關係亦同，建構民主教室中共識、對話的友善環境，一如園丁給予花木最適合的位置成長，然而無論教師關注與否，成長是必然的結果，也是孩子必須依靠自己完成的任務。一如《孟子》中最經典的故事提到：「天下之不助苗長者寡矣。以為無益而捨之者，不耘苗者也。助之長者，揠苗者也；非徒無益，而又害之。」而這個故事巧妙的詮釋了開放式教育的核心精神。

參考文獻

教育部（2013）。幼兒園教保活動課程暫行大綱。臺北市：教育部。

余安邦（2001）。哪株紅杏不出牆？開放教育的誘惑與陷阱。應用心理研究，11，175-212。

陳伯璋、盧美貴（1991）。開放教育。臺北市：師大書苑。

廖鳳瑞（2001）。開放教育的迷思：回應余安邦。應用心理研究，11，212-261。

Freire, P. (2006). Pedagogy of the Oppressed: 30th Anniversary Edition. New York, NY: Continuum.

幼兒園園長領導之個案研究

以課程與教學為例

蘇慧貞
台南市海東國小附設幼兒園教師

簡楚瑛
政治大學幼兒教育研究所退休教授

一、緒論

從明定園長資格之相關規定條文（請參幼兒園園長、教師登記檢定及遴用辦法，第十二～第十四條）觀之，針對園長一職，並沒有其他專業知能和學科的修習限制、差異要求。究竟園長一職，所面對的工作情境和所需的能力為何？為引發本研究之動機原因之一。

在偶然機會下，因為我擔任研究助理而進入幼教研究場域，與教職員互動中得知園長到任約有 3 年時間，園內目前的樣貌因為本研究對象利園長的帶領而與過往有著相當大的差異。幾位教職員對園長到任前後的描述是「還好利園長來，不然我會想走。」「園長還沒來，我就已經在橘子（幼兒園）了，當園長來後，整個園由戰亂時期慢慢轉為穩定。」旁人的敘述引發了研究者對園長的好奇。進而想了解園長是如何帶領園所，經由時間推移、人事環境的交互作用而形成現今所呈現的圖像？

國內幼教領域內相關領導之研究不多（邱德懿，1987；王慧敏，1988；蔡淑芩，1989；黃瑞琴，1991；高士傑，1996；許玉齡，1997；黃素華，1997；簡楚瑛、李安明，1999；許玉齡，2000；簡楚瑛，2000）。本研究除對幼教領導投以更多的關注外，企盼能從幼教現場的實際情境提出更多真切之案例供實務工作和學術研究者參考和共同討論，使學術研究的結果更能應用於實務工作上，此為引發研究的動機之一。

具體而言，本研究的研究問題，係以長時間的脈絡為背景，在一些事件下來看園長從進入一個園所至今的歷程中，如何領導幼兒

園？

二、關於領導策略文獻之探討

　　沒有一種最佳的領導策略，策略需與情境做搭配（Lashway, 1997；Ortan, 1984）。本研究亦認為沒有任何一個策略是單一普遍有效的。以下所呈現之文獻資料，其研究對象為各層級學校之校長，基於同為「學校」及「領導者」或可作為幼教領域之參考。其中 Curtis 與 Carter（1998）之論述場域及對象為幼兒園園長，然並非研究結果資料，多為陳述性質內容。

　　Cyphert 與 Ingersoll（1974）針對大學院長所做的研究，界定大學行政領導策略的幾個元素：有品質的科系、創新的教學、基本的研究功能、學生事務、經費支援、修正政府和行政架構的企圖。Caldwell 與 Gould（1992）就自己的學校（Victor Valley College）經驗，如何努力克服組織對改變的抗拒，提出 7 個策略使領導者授權他人並影響他人改變：

　　1. 有願景的計畫：使得改變是在一個有意義的脈絡下，且對於改變須有理由。

　　2. 評估：知道什麼必須改變，例如評估學校的氣氛。首先作者發問卷詢問教職員工他們認為機構的優缺點、希望和夢想、對新的領導者的期待；評估的第二步驟是評估自己的風格、優缺點；評估的第三部份是評量組織架構：架構是形成或是對抗改變的？

　　3. 發展個人的領導策略：包括挑戰過程、尋求機會、實驗和冒險；激勵一個分享的願景：想像未來、徵募他人的幫忙；促使他人

行動：形成合作、增強他人；型塑方式：豎立模範、設計小小的成就；鼓舞人心：認同他人的貢獻、慶祝成果。

4. 發展信任：需要時間和耐心，誠實、有效而及時的溝通、正直、一致是條件。

5. 改善溝通：一個領導者對自己在做的事情會覺得清楚，不要期望其他人會知道你正在做什麼。必須改善溝通，正式的有一週的公布或公告會改善士氣，使人們對於訊息有所流通；非正式的如離開辦公室和人們交談，走動式的管理是你能接受到一些訊息，別人也是。

6. 發展有效率的團隊：領導者不可能靠自己一個人使組織改變，團隊的成員和領導者要能彼此瞭解對方的期望，一旦發展一個團隊要持續的增強。

7. 發展一個適合改變的結構：Caldwell 與 Gould（1992）並提出改變的路徑並不是直線的，也從不期望它是直線的。

Helmstedter （2001） 自美國加州隨機選取 40 位小學校長，研究小學校長改變學校環境的領導策略。研究結果發現校長用以建立多樣性、敏感且具包容性學校環境的 35 個領導策略，其中前六個策略分別為：建立寬闊的溝通、提供校長的支持、分享領導與決策、提供教職員發展、建立社群的參與和示範行為。相較於上述實證性研究的結果，Leithwood 與 Janzi （1990） 提出理論性的陳述，認為學校領導者可以從下面 6 方面展現轉型領導（亦即要達成轉型領導此目標之策略）：「闡述並與人分享願景、形成組織的目標、對部屬提供個別性的支持、智識啟發、適當的行為塑造、對部屬表現有高的期待。」轉型領導為改變中的組織環境，產生一些對領

導的新觀念，不同於過去許多對於領導和領導角色的概念——傳統的組織理論將領導的力量根植於垂直的架構、正式的角色中，如：Taylor（1911）的效能模式、Weber（1946）的理想科層制、Fayol（1949）全球管理原則都賴於單向式的指揮控制結構、對上級權力的認可多於少數有能力的部屬（引自 Leonard& Leonard, 1999）。

此外，同為陳述性質之內容的 Curtis 與 Carter（1998）一書，針對幼兒園園長提出「管理與監督；訓練與指導；建立團隊及支持團隊」之三大角色，並就每一角色提出多項原則，每一原則下又提出多個策略，舉例如下：

相對於以領導者為研究對象，Blase 與 Blase（1999）則以「被領導者—教師」為研究對象，對象是美國東南、中西部、西北部800 多位教師，設計開放式的問卷提供教師機會界定以及詳細的描述校長每天執行教學領導所使用的策略及其影響。研究資料分析結果產生兩個主題：和教師交談以促進反思（Talking With Teachers to Promote Reflection）及提升專業成長（Promoting Professional Growth），包含 11 項教學領導策略：給建議、給予回饋、示範、徵詢以及懇求意見、校長示範教學技巧、詢問、讚美、強調教與學的研究、支持教師間的合作、發展教師間「教練」的關係、鼓勵及支持重新設計教學活動、將成人發展、成長的原則應用到教職員發展的階段、實施行動研究。

國內文獻部分，以「領導策略」於不同欄位及不同搜尋系統查詢相關領導策略之文獻，所得結果並不多。閱讀較適合文獻後，摘要符合本研究的研究方向的內容如下：

林秀蕙（1997）所提出領導策略乃針對「賦權過程」，作者認

為若是要賦予部屬更多的能力，應要能選擇正確而有效的領導策略。對於賦權過程之階段性，提出每一階段均有其適當的領導策略。並注意成員之行為反應作為修正或繼續進行下一階段之依據。

黃宗培（1999）針對情境領導理論所提出的四種領導型態，進一步詮釋其深層意義，提出四種領導策略，整理如下表1。

表1　四種領導策略

指揮式領導策略	督導式領導策略	支持性領導策略	授權式領導策略
給予大量指導，少予支持性行為，密切監督其行為表現。	提供指導予部屬的同時也提供部屬討論、澄清機會。	大量雙向溝通和支持性行為，並配合少許的指導。運用討論、支持性和激勵性行為以助問題解決。	領導者不需事必躬親，也不需大量鼓舞與支持性行為。授權後不必過多的干涉，但一些雙向或是多向溝通的行為是必要的。
部屬準備度、工作能力、意願與發展層次屬於低度時。	部屬沒有能力、卻有意願或信心去嘗試時。	部屬有能力，對工作沒有信心或是工作意願不高。	部屬有能力、有意願、充滿信心、準備成熟度均高時。
適用情境：部屬的發展層次			

黃嘉雄（2000）針對落實學校本位課程提出六大領導策略分別是：建立學校的共同願景；重新定位學校領導者的角色；將行政重心轉移為課程與教學領導；塑造專業、參與、分享與開放的學校文化；營造學校課程發展的有利條件。

李克難（2000）探討國民中學校長運用政治模式領導策略之現況為其研究問題之一，設定四個面向分別為：設定議題與願景、描

繪政治版圖、掌握協商談判過程、建立人際網絡與聯盟，利用問卷得研究結果發現校長運用策略之多寡依序為：設定議題與願景、建立人際關係與聯盟、描繪政治版圖、掌握協商談判過程。並利用訪談，請 10 位校長提供其運用策略，摘要其內容如下表 2。

表 2　校長運用之策略

設定議題與願景	描繪政治版圖	掌握協商談判過程	建立人際網絡與聯盟
●校務發展計畫 ●學校擴建計畫 ●師生表現績優獎勵辦法 ●參與課程實驗計畫…等計畫的確立與達成。	經由走動式管理與建立多重管道、多層面溝通機制，能清楚獲知哪些校內外的相關組織獲成員支持。	校長使用協商策略處理教學、輔導、行政、親職教育等各方面事務。至於談判是在不得已的情況下才使用，對其存有負面印象，認為少用為宜。	認為學校校務能順利推展，最需借重學校行政組織、家長會、學校教師會、社區行政機構、社區民間團體、上級教育機關之協助。

綜上所述，發現學者（Curtis & Carter, 1998 ；Caldwell & Gould, 1992）所提出的領導策略較偏向「實際行動的細部描述」，Curtis 與 Carter 書中更是極盡詳細描述之能，例如：書中寫到「評估空間給你的感受」之策略——建議園長可以「擴展自己對於幼兒園環境的想法，收集各式含有各種環境（如：教堂、廟宇、銀行大廳、高科技辦公室、玩具屋、幼兒園教室等等）的雜誌或是月曆圖片，並以小團體的方式與員工和家長討論：環境中的哪些元素在影響你的感受？你在這樣的環境裡可能會有什麼行為？如果你長時間待在這樣的環境，對你會有什麼影響？」等問題（1998：76-77）。對於讀者而言，這樣的領導策略彷彿是有如準媽媽、一個人的料理、

窈窕養生等各類主題食譜一般，讀者可以看見各式菜色有哪些，並提供給讀者每一道菜烹煮的每個細節，花花綠綠的食材、順序都清楚描述，似乎連食器也都介紹了；相對於如此詳述的領導策略，大部分的學者所提出領導策略較偏向 Cyphert 與 Ingersoll（1974）之研究所定位，是領導策略的「元素」融入「行動」。再回到上述的比喻來說，也就是面對一桌的菜色我們僅知每一道菜的名稱，卻難以詳細、深入的瞭解其中的食材、各式食材的搭配組合以及烹煮的過程。這樣明顯而有趣的區別，提醒了研究者自己若是要彌補學術與實務的鴻溝，則要應該盡可能地清楚呈現領導策略的美味食譜，作為他人領導之指引。由於，閱讀過去的文獻資料，並未發現有研究資料的結果或是理論性質的敘述文獻將領導策略作層級的劃分。據此，本研究希望此篇研究之領導策略的呈現能為想要做一道菜乃至於一桌菜的園長，提供詳盡的操作手冊供其選擇與變化運用。能將一個抽象名詞下的策略作詳盡的呈現和描述，此為我對自己的期許。並沒有區分領導策略所歸屬層次的意圖。加上我認為策略之價值在於靈活運用及依情境變異所做的轉化或選擇，就好比某樣菜色可以是路邊攤的小吃亦可以是國宴上的一道菜。其味道之鮮美乃受食材及其料理的方式而決定並非因為它「被」歸屬的層級。

三、研究設計與實施

我於 2001 年 2 月底起以歐教授（擔任橘園課程輔導之教師）助理的身分，進入橘園。主要工作為課程之觀察紀錄者、園方相關資料之收集、教授與園方之聯繫等。這一段時間由於擔任助理的角

色，使我和整個園的接觸自然而頻繁。一直到同年 6 月底，方向園長表明想以園和園長為研究對象，開始了本研究。

（一）研究現場

1. 研究對象

　　利園長（化名）在第一線擔任教學的教師經驗有 3 年，此後歷任 3 家幼兒園園長，在橘園為第 3 家。計算其擔任園長一職的年資約近 15 年多，師範學院幼師科畢業，於 2001 年 6 月完成了師院幼教系的進修課程，獲取學士學位。園長認為自己是個性熱情、喜愛助人，有正義感，看見不平的事會仗義執言。對事情與人的看法都用正面去思考。（010614）（文件 010227）。同時利園長是急性子也要求員工工作要在一定的時間完成。有一點點愛乾淨，看見不整潔或是凌亂，不能接受也會要求員工。（文件 010227）。

2. 園內的人事組織

　　橘子幼兒園（化名，以下簡稱橘園）為附設於某大學之下的幼兒園。招生二十餘年卻未經立案，且在人員之聘用（園長、主任均不合格）及經費上皆有不合理之處。於 1996 年 8 月才正式立案。目前（2001 年 9 月起）的人事組織為 8 位教師（研究中稱為 T1-T8）、1 位園長、1 位廚工、1 位工友及 120 位小朋友。從 1996 年正式立案至今，其人事紀錄如下圖 1。

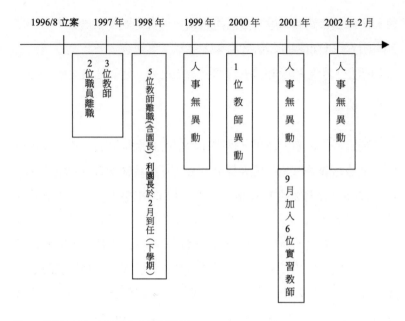

圖 1　橘園 1996-2002 年之人事異動圖

（二）研究方法與程序

1. 資料收集方法

（1）訪談法：為本研究主要方法。訪談對象以園長為主，視需要而訪談數位教職員工。

（2）參與觀察法（輔以錄音）：觀察場景包括園務會議（每學期舉行 2 次）、教學會議（隔週舉行 1 次）、輔導課程。為避免記憶流失，現場紀錄的內容無法完全掌握當時的過程和情境脈絡，輔以錄音，並在離開現場後 1 天內完成電腦的謄錄工作。

（3）文件檔案：如園務的行政檔案、教師的教學日誌等相關

資料，作為確認和增強所訪談的資料以深入探究的依據。

（4）研究札記：每次進入研究現場進行觀察及訪談之外，於現場所聽、所見和所經驗的人事所做的紀錄，包括研究者的想法、情感和反省。

2. 研究歷程

資料收集方式與研究歷程可參圖 2。橫向來看此圖顯示，本研究所領導歷程乃是從利園長入園擔任園長一職至 2002 年 5 月止，

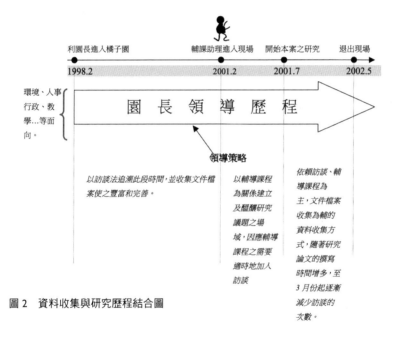

圖2　資料收集與研究歷程結合圖

這段時間之過程。由於進入的時間點並非園長入園的時間。因此，

需回溯 1998 年 2 月到 2001 年 2 月間的內容。從縱向來看，表示園長領導內涵並非僅是單純的一個面向，舉例如：教學、行政、和環境設備等面向均是。如此的劃分，更凸顯領導歷程之複雜性（領導內容的面向和時間之交錯）。

3. 資料的處理與分析

本研究參考 Strauss 與 Corbin（1998）紮根理論研究方法之分析與程序進行資料的分析。資料的處理與分析過程先後大致可以分為幾個步驟，但絕非線性過程，步驟間仍尚有來回的現象。

訪: 什麼是道歉點心?

園長: 道歉點心就是有一次早上..就是有時候我們都會教學會議(情境：起於會議)，週休二日就好像時間一直找不出來啊，那..有一天是星期五早上七點半嘛(挪動後的會議時間)，結果阿玲啊就拉肚子啊，在家裡就拉肚子拉得比較晚，差不多拉到 7 點 45 分(遲到了)，大家全部人都在等他(群體反應：苦苦等待)，那天他就剛好當主席好死不死(等候的原因)，結果他就很不好意思很不好意思這樣(出錯後態度)，結果他就自己拿一張紙請大家登記說他要請我們吃冰冰蒟蒻啊(員工彌補與致歉行動)，後來(再次情境)就有一次聖誕節辦活動(辦活動)蔣老師主辦他規劃我工作是照相，結果玩得太高興一張照片都沒照(園長出錯：工作未完成)，所以我也請冰冰蒟蒻(追隨前者的行動)。昨天晚上我們又開教學會議這學期最後一次的教學會議，差不多九點半喔開完了，就要針對下學期第二主題課程做設計，大家就想說約今天早上說 7 點半，我就說那有可能(有點挑戰意味)每次約 7 點半，都到 7 點 45 就說到 7 點 45 分好了(自動延長時間)，我就說以什麼為準? (強調確立規準)有人說以打卡鐘為準。小姨今天還拼了坐計程車喔(員工態度)，然後阿玲啊後面的全部都遲到了，好像 3.4 個都遲到吧(未達規準)，我們就說欸，你們幾個人合起來蠻有錢的(暗示)，那可不可以不要吃冰冰蒟蒻可不可以吃那個(要求更換食物內容)，結果今天中午(當天行動)醒過來就很快欸怎麼有這個可以喝了(園長手中握有一杯咖啡)。很好玩真的，好像大家自然而然(經過 3 次)就型塑(產生)有「道歉點心」(象徵名詞)這樣。

表 3（括號內並加有底線之字是概念化命名）

先以開放編碼用以界定資料中所發現之概念，及其屬性和面向的分析；進行概念化（conceptualizing）命名指研究者從資料中指認出重要的事件、事物、行動／互動等抽象的表徵（吳芝儀、廖梅花譯，2001：107）。命名的同時不能忘卻研究的脈絡情境。如表3找出面向和屬性，發展類別、次類別。屬性（Properties）：類別的特徵，以界定類別，並賦予意義；面向（Dimensions）：類別之一般屬性產生變異的範圍，使類別具有特定性，且使理論具有變異性。舉例：「賦權的範圍」是一次類別，「賦權東西的購買」是一面向，屬性則是「東西適用—東西不適用」，又何時賦權？為何賦權？賦權的步驟？等資訊都可以是次類別。每次分析可以獲得次類別的命名與聚集，個別的資料分析完成後，幾經閱讀和修正，再提出主類別（並非於一次分析同時完成所有類別的發展）。匯集多個次類別於是而成一個「賦權」的主類別。

其次再主軸編碼，關連類別及次類別的歷程，稱為主軸。目的在將開放編碼中被分割的資料再加以聚合起來，以對現象形成更精確且更複雜的解釋。以「輔導課程」之主類別為例，將之放在領導歷程之情境脈絡來思考，乃是園長於評鑑後所提供給教師的「長期專業訓練」；與此「長期專業訓練」相關者尚有「短期之研習課程」，兩者屬於園長「課程與教學」領導之主類別下之「評鑑後」次類別。其主軸之串連如圖3：

圖3　主軸編碼之例圖

四、研究結果—課程與教學篇

評鑑前

假設教師是實際擔任教學演出的那群人，那麼「園長」在這一場演出中，做些什麼？園長會不會有偶爾客串演出的時候？演出的劇碼又是誰來決定？研究者從「（一）訓練（教師成長）—直接 vs. 非直接的；（二）影響—決定部分的戲碼；（三）協助與支持演出—幕前世界 vs. 幕後世界」來說這一段領導歷程。

（一）訓練（教師成長）

教師是擔任教學演出的人員，專業成長就好像過程中不斷的訓練一樣，提供給教師演出的能量和技巧。利園長給予教師的訓練又分別兩種：一為直接的，亦即與幼教教學有直接相關；另一則是非直接相關的。

1. 暖身：要求教師合班，教師合班就像是訓練前的暖身動作，是必要的條件。

> 他們過去就是 1：15 在帶，老師也喜歡這樣，他們不喜歡跟人家合班，～我有告訴他們我勢必…我的作法有點比較強勢，就是我的規劃一定要合班，一定要兩個老師帶一班 30：2，我說為什麼我要這樣做？因為要多給你們機會去研習進修，你一個人帶就不可能。（園長 010227）

2. 直接的訓練：直接訓練的型態為走出校園去研習，充實相關的教學技能；另一則是大家一起分享所共同閱讀書籍的內容。研習

活動方面，時光倒轉至「教授在園輔導」前，園長為教師安排一些研習，有福綠貝爾、摺紙和彩虹屋，安排這些研習的原因是

> 福祿貝爾是我自己親身的體驗，教孩子的過程老師的受惠～那因為剛好我認識國內林盛蕊教授～也是我跟他很熟我跟他私下交情很好，我覺得他教的最好，我上過他的課，我就跟老師講真的很棒，你們先去學，學好了以後你看適不適合我們的孩子你再回來教～摺紙是福祿貝爾的 11-20 ～彩虹屋的話是因為我們要學佈置，那彩虹屋這一方面比較強，我們就去學。（園長 010723）

而共讀方面，則在 2000 年 9 月之後的教學會議上，大家不定期的一起分享閱讀某書後的心得。利園長認為看書就跟教師研習一樣是一種教育，特別是在工作職場需要不斷的培訓。

> 共讀是我在臨時動議提出來，大家都能接受。然後看書的時候就大家出來選。（園長 010704）

進行共讀活動要考量的是大家讀書的速度不一致，決定進度的方式是前一次決定下次的進度，並搭配園務工作多寡而彈性決定。決定書目的方式乃由大家推薦、決定。書目並不限於幼教專業，書本則由園所經費提供一人一本，T3 老師向園長說「我那天看一本《是誰搬走我的乳酪》，我覺得很好，可以作為下次共讀的書」（會議觀察 010710）。從一個共讀活動中，教職員工不只是學習專業上的知識，同時也學習瞭解他人。

> 從別人說的過程當中你可以去瞭解到，蛤，他的觀念是這樣，他

竟然這樣想，我覺得透過這樣的共讀～也可以去看到別人（教職員工 010716）

3. 非直接的訓練：利園長對於教師成長的定義並非侷限於與教學相關的範圍之內，研究者稱之為非直接的訓練，教練是「利園長」自己。讓教師們輪流主持會議，1999 年 11 月橘子幼兒園的會議不再像過去是由利園長主持，而改變成由教師輪流主持每週（每兩週）一次的會議。園長希望教師能多方面學習以及在橘子幼兒園充分展現自己的才能。利園長仍是先發佈訊息，直到教師正式接手主持會議之前，是有一段適應期／學習期的。

剛開始是我帶，我就有告訴他們說我會把這模式給你們，你們可以去做變化，我也告訴他們，我為什麼要讓他們帶，真的就是要給你們學習。（園長 010426）

至於家長會的主持，1998 年在利園長進入橘子幼兒園之初，家長會形式為園長全面主持。

以前老師都不敢～以前幾乎都沒有在班級就在大活動室，全部都我帶，所有問題連班級問題都是我解決我在答覆。（園長 011116）

但園長如法炮製教師輪流主持會議一般，仍先向教師表示未來的希望為何，直到從 2000 年開始方式改為園長主持一小時，其餘時間由教師面對各班的家長向家長說明並回答問題。園長說這樣的形式「就是讓他們看我怎麼跟家長互動～要培養老師有獨當一面的能力。」（園長 011116）

2001 年 3 月我和教師在聊天中，T7 教師提起這次家長會那天，園長一來對著 T7 教師說：「我今天只是列席厂丫！」，就放手讓教師主持的片段畫面，T8：「園長她想要培養 8 位園長啦。」（研究者札記 020325）

（二）影響—決定部分的劇碼

上述的福綠貝爾教具並不僅止於研習，研習後則成為園內課程之一。此外，也因為利園長個人對雲門律動的認同，將之引進幼兒園來，雲門律動課程又成為園所的另一課程內容。

> 律動是因為我來，因為雲門他們在推幼兒律動的時候規劃的主任就跟我密切接觸～他們的教學理念我非常非常的認同。（園長 010723）

（三）協助與支持演出

下面是園長舉例自己協助教師於幕前的演出：有一回教師主動提出想為孩子準備校外教學的午餐（飯糰），一早全部的教師集中在廚房作準備，園長立即支援替補教師平常早值看門口的工作。

> 像我們若是碰到這樣不管大小型的活動，老師需要大量投入在幕後工作，我園長幾乎就要完全支持、投入，大門口沒人看我就要去，我就會給他們很大的支持。（園長 010710）

教師欲採買教學用素材需要暫時離園：教師欲利用中午休息時間外出採買教學用之素材，園長則接手擔任教師的角色。

像 T7 老師、T8 老師他們之前說他們中午要去買布，我就說沒問題，我中午就幫他們看。我就開玩笑說：沒問題，你們 4 點 29 分再回來，因為 4 點 30 分下班嘛。讓他們不要因為小朋友 2 點半起床就要趕著回來。所以就說讓他們感覺很放心。（園長 010710）

於特殊（突發）狀況協助照顧孩子以利教師繼續教學：利園長一直給教師的訊息之一是「我是你教學的支持者也是支援者」，教師可以在需要時要求園長進入教室幫忙；而園長在校園內，一遇到孩子有突發狀況，也會主動處理孩子的狀況，使教師的教學不致打斷。

只要你班上有任何需要我幫忙的地方，個案，你需要我進去你就叫我進去～包括孩子大小便，你來不及換，你要課程的進行，沒辦法你就交給我，我可以幫你。有時候我出去（離開園長辦公室）碰到，我就說你先去上課，這我來處理，或是說他們在班級裡進行，但是孩子出來上廁所，不知道孩子尿濕，我就幫他處理，再讓孩子進去。（園長 010716）

在幕後，園長提醒教師、鼓勵教師自信地面對登台演出一事，並賦予教師權力採買所需之「道具」。

提醒動作是否有遺忘：利園長以教學日誌作為瞭解教師的媒介，有時園長會在會議上將自己觀察和感到困惑之處向教師提問，他說這是對教師教學的一種提醒。

～我說孩子都沒有提出來說車子底部下面是什麼樣子嗎？輪子動

不動？因為他們做的輪子都不會動，我說老師你們沒有問孩子孩子也沒有這樣的問題嗎？有時候我會這樣子問。（園長 010227）

鼓勵教師自信面對：

我自己的教學還不夠那麼有自信。園長就是在讀書會（指共讀），讓我知道說這沒有什麼好害羞的，你這地方不行可以聽聽別人的意見。（教職員工 010716）

賦權教師：園長賦權教師購買教學上所需求的物品，回應教師告知的言語，一句肯定、稱讚的話，既可使教師確實感受被賦權；同時也使教師感受教學的用心被肯定。

T7 老師去逛夜市看到小東西想買回來給小朋友當獎品，他會買回來，跟我知會一聲說，園長我有買什麼要做什麼用途。我就會說：「很好耶、謝謝你幫我們買。」他會覺得被支持。我要給他支持的原因是因為表示他很用心，所以我會給他肯定。

評鑑後

就在下面數個因素的相加之下，橘子幼兒園於評鑑後開始為期長久的「教授在園輔導」課程，繼續朝向目標前進：（一）橘子幼兒園於 2001 年 1 月接受評鑑結束後，獲得兩項績優獨缺「教保內涵」一項，評鑑顯露了園所這方面的不足；（二）利園長認為幼稚園附設於大學基金會之下，大學之名等同優良的品牌，可是幼稚園的教學內涵卻無法「名符其實」；（三）園長認為自己對於「課程與教學」相關知識和能力並不足以幫助教師。園長提出「教授在園

輔導」的想法並尋覓到認為適切的教授後，因此，園所開始了長期並具連慣性的研習課程。頓時，整個舞台幕後出現了一位專業的編舞者，那麼園長此時又扮演什麼角色與作用？將所有工作交給這位專業的編舞者，自己則在退居到一旁觀看休息嗎？下面就從（一）直接訓練—長期的主軸課程 vs. 短期的補充課程；（二）協助演出—幕前世界 vs. 幕後世界；（三）安撫與施壓—教師情緒的波動 vs. 園長焦慮的爆發，來看評鑑後的這一段課程與教學的歷程。

（一）直接訓練——長期主軸課程 vs. 短期補充課程

1. 長期主軸課程的運轉

若說教授是這一場演出的編舞者，那麼園長無疑是協助控場、不斷在旁觀賞排練過程以及丟出各種聲音、問題的總監吧！園長不需演出所以不需要真正下場去練舞，但是他究竟在一旁做些什麼呢？

製造輕鬆愉快的學習氣氛：氛圍影響人的心情、學習與行動。利園長經常會在課堂上出現一些引人發笑的動作或言語，點綴與裝飾學習這回事，學習不再是那麼枯燥、乏味與嚴肅。

> 當歐老師在檢討教學日誌時，不斷的有班級主動向坐在投影機一旁的園長遞出自己的教學日誌投影片，希望園長可以放上去待會被作為公開討論的範本。這時，每有人往前遞給園長教學日誌，園長伸出手做收錢狀，一邊還稍仰著頭翹著嘴對著老師們笑。還有老師故意掏出錢來，園長：「說！幾張（指錢），夠嗎？」，當某一班的教學日誌快檢討完時，園長：「這張（指投影片）趕

快收起來，因為這張沒有給我好處，這張有給我 3000 元」又有教師往前將教學日誌遞送園長，園長說：「怎麼沒有夾鈔票，這麼不懂事。」語畢，大家笑了起來。

T2 老師所寫的省思日誌，被歐老師誇獎說可以作為代表。T2：「謝謝」，園長馬上大聲喊道：「T2！今天宵夜看你的了！」大家又笑成一團。（觀察輔導課程 011031）

給點意見提供教師解決問題之道： 課堂乃由教授主導，雖是教授與教師間的對話，但園長如有想法仍會就教師提出的話語給予及時的回應。

歐教授問到蘋果班的偶台製作過程有沒有錄影記錄？

老師：家長都沒有空。

園長：你們要像草莓班開口跟家長要求，就是具體的說你可不可以這星期星期幾幾點到幾點來幫忙拍攝。（觀察輔導課程 011116）

發問問題：在課堂上，園長時而像教授的角色一般，請教師就其回答多做說明，好讓在場的人更清楚教師思維及教學活動改變的原因。

歐教授：玩具分享還在嗎？

T4 老師：不見了。

園長：為什麼不見了？

T4 老師：因為沒時間就讓孩子在下課的時候自己分享。

園長：有沒有達到目的？

T4 老師：有。（觀察輔導課程 011125）

喝采稱讚：長時期利用假日及非上班時段的研習，對教師來說確實是一大負荷。利園長總是利用機會在課堂上抒發自己的感動以及稱讚、肯定教師的付出。

　　園長：我蠻感動的，聽 T7 老師在講她這幾天這樣，然後半夜又爬起來打通單請家長支援這樣用心備課是他以往不會做的，我覺得很珍貴。（觀察輔導課程 011010）

　　中午吃飯的時候，園長突然拉高聲音對大家：「T3 老師今天真的要誇獎他，他生病耶還來，可以得 10 張好寶寶貼紙。我在園長團契裡面有一個園長就說園裡面有新舊老師相處的問題，我說我們怎麼都不會，我們有一個老師教了很多年但是他很認真耶，也很敬業。」（觀察輔導課程 011125）

　　報告教授：讓教授知道平時大夥的狀況，幫助教授仍可以掌握教師們的狀況或是瞭解問題。有時園長會在會議上有時會描述班級的狀況或是全園的一些活動，目前的規劃等等。

　　這樣子歐老師在帶我們這樣的成長，老師就比較知道什麼地方要加強。（園長 011012）

　　一上課，園長對歐教授：「老師，他們這星期壓力很有壓力喔！」（觀察輔導課程 010429）

　　園長對 T1、T2 老師：「要不要跟歐教授分享一下媽媽日的親子活動？」（觀察輔導課程 011208）

2. 短期的研習活動

教授在園輔導課程過程中，利園長多次徵詢教師之意見，主

動為教師課程來設想與安排短時間（半天時間以內）的研習活動，以協助教師轉型之所需。

> 園長對大家：歐老師有談到說美化的部分是內在的，是由你老師內在的轉化你才有辦法去教出來，所以我會想要去請人家來教你們不是教小朋友，你自己懂得再教孩子、引導的時候很容易～所以你的需要為中心～我會去找這個師資～那你們提出來還要學什麼我趕快去找師資。你們隨時想到跟我講，沒時間就寫小紙條放我籃子。我就趕快來找。（觀察輔導課程 010908）

2001 年暑假，歐教授請大家利用暑假閱讀幾本書，開學會議上每個老師都說自己書沒有讀完。園務會議就要結束時，園長提出：「我想請專家來教我們怎樣讀書抓住重點，能快一點把一本書看完。」（觀察園務會議 010901）；2001 年 12 月園長為全園安排一場瓶瓶罐罐的研習，活動安排的原因是當時有兩個班級在進行「瓶瓶罐罐」的主題；2002 年 5 月 輔導課程的重點在討論教師對於教學錄影帶的剪接，園長對歐老師說：「我也有在規劃錄影機剪接技巧的研習」，大概是暑假的第一週，連學校的家長、服務課程的人也要一起受訓。（觀察輔導課程 020529）

（二）協助演出——幕前世界 vs. 幕後世界

幕前的世界

相較於過往，利園長於此階段幕前的世界，時而專注的觀看教師的演出，同時也積極的參與演出。

站在一旁觀看演出—觀察教師的教學，前面已敘述園長在教授到園輔導的課堂上，會向教授傳遞一些訊息使教授能更瞭解園所的教學、教師的需求和問題，因此利園長對教師教學的觀察乃是其訊息來源之必然要件。

> 園長：～我具體回饋就是你那天在帶小朋友走木椿時，旁邊有小朋友跌倒，你應該就把你的課程繼續進行下去，可是你不是而是就停下來處理小朋友，旁邊的老師沒有立即接手幫忙處理，所以為什麼你穿鞋子要練習那麼久，因為你的活動就常常被打斷。（觀察輔導課程 011010）

積極參與演出：延續教師在教室內的教學內容，園長雖沒有直接入進教室教學，但是利園長藉由和接觸孩子的機會，對教師在教室內的教學焦點作延伸以協助教師教學的轉型。

> 像我自己若是說能夠和孩子在一起的時候盡量能夠把老師要帶給孩子的東西帶給孩子。像家長以前來帶孩子孩子在玩沙就把孩子帶走東西留給別人收，然後家長現在就會告訴小朋友說你要收好啊，會盯會收拾好再回去。我會說：「對！你是負責任的小朋友，很好。」（園長 011211）

也和大家一起練習跳—和教師一樣完成寒假作業，2002 年 2 月教授給了一個寒假作業，做一件創意作品，開學後的第一次課堂上，除了教師們的分享，園長也展示了他的作品。

> 我做的是手工香皂，這些都是要拿來送大家的～那像這個袋子（指

裝香皂的袋子）就是銀行裝零錢給我們的袋子把它彩繪一下就很漂亮。（觀察輔導課程 020309）

利園長行動的用意在於帶動大家「歐老師說要作寒假作業，我園長也可以不要作，但是我希望可以帶動他們，所以你看我就做了手工香皂。」（園長 020311）

提出劇碼的更動並擔任編舞工作：全園性課程內容改變的帶動，2002 年 1 月 近學期末的時候，園所的外聘體能課程宣告結束，未來將由教師自行設計和教學，園長為了減輕教師的擔憂主動提出要負責下學期教案的設計。

因為體能老師一直很不好，我們已經換了第三個體能老師了。那在上學期末快結束的時候就停掉。有時候我要帶動教師們，我就自己先來做。為了要減輕老師的疑慮和擔心，我就說那下學期的課程我來設計，其實我設計的不好，老師們也不一定完全適用，但是他們會去變化。我設計的好不好不是重點，重點是我要示範和參與。（園長 020311）

幕後世界

在幕後的世界，不同的是園長更忙碌於這個演出世界了。

幫忙找（道具用）材料：協助教室內材料的取得，轉型中的橘子幼兒園採行的是方案課程，依著課程的發展，教室內對於材料的需求經常是立即性的，利園長協助提供教師大量、大型或不易得的材料。

最近他們任何需要就趕快幫他們找，像 T3 老師他們有需要大量的布，我也很主動幫他們聯絡到朋友是布商，前幾天載了大量的布，有的是裁剪好的，送我們。

有一天 T3 老師就跟我講他需要 3 個大冰箱的那種紙箱，我就馬上打電話隔天中午就馬上送來了。

善用與外界互動的機會和策略，可以方便與豐富園所資源的取得，利園長就善於應用這樣的技巧，提出園所未來可能預購的想法，與商家作某種程度的交換。

譬如說，這個廠商就是我們跟他買冷氣機的廠商，其實我們還有兩間教室冷氣機要增購或是汰舊換新，我就用這種當籌碼就有一點先丟出我們要預購大概多少錢，那你那裡有沒有 3 個冰箱的紙箱，我要跟你買，他說不用我給你我幫你載過來，像這樣。

或是向廠商說明園所的活動需求，請求廠商的協助，並於事後使之具體瞭解自己的付出對園所的幫助何在。

這是草莓班他們親子日義賣的（園長拿出一堆木夾，夾子上黏有一些立體小飾品，夾子下方有一塊小木板，是一簡單的桌上型資料夾）

我：像園長做夾子的小木板是？

園長：板子是跟我們木工拿的，我就動之以情說我們要義賣麻煩你發揮你的愛心，然後我做出來的成品就給他看，我說你看你的愛心在這裡～他就好高興就是剛剛那位木工。（園長 020118）

提醒動作：提醒教授指導的內容，課堂上教授提醒素材提供宜多元，利園長在過後則特別注意教師教學上的材料變化。將園所內固有的素材，提供給教師知道並能運用。

> 像今天看當草莓班在做動物園的圍欄就用寶特瓶在做，我今天中午進廚房就跟 T9 講說：T9 你後院有木工角的長木條，我說你要記得拿出來因為我害怕我一吃飽飯就忘記～若是說我們把木條就放在素材區讓他們有多一點的東西去建構，是不是會更理想，那我只想到的是這樣。（園長 011012）

或是自己動手利用不同的素材，示範個樣品以刺激教師的想法。

> 我是透過教學日誌看到他們在做冰箱的吸鐵，但是我發現老師提供的素材很傳統，我忽然就想到我去他們教室有看過，他們教室有貝殼，啊，他們去戶外教學還沒有回來時，我就趕快去教室拿 3 個貝殼來畫來做，等於就是有點像做一個 sample。我說我不是要你去學我，我只是要讓你有些想法，丟些想法給你這樣。（園長 011026）

多刺激：提供教學參考資源和發問，除了材料的協助、提醒和想法的刺激，當教師求助於園長時，園長則會特地至書局為教師尋找可作為參考用的書籍。

> 最近他們中小班就「瓶瓶罐罐」（指方案主題），我昨天看 T1 一直在上網找資料啊，他問我說有沒有參觀的地點跟瓶瓶罐罐有

關係，我說：不可能有，但是可以提供給他相關的，我昨天去金石堂買書我就特地幫他找，幫他買了2本書，裡面有類似他們要的東西。就很即時的趕快給予幫助。（園長011116）

有時為主動提議可能的教學參考資源，並擔負協助詢問之工作。

園長：我怎麼記得環保局他們好像會再生夾子、梳子，你下次把記錄本電話寫一下我來幫你打。（觀察會議011125）

注意舞台的設備：主動著手幼兒作品展示架，因著課程的轉型，使得園所重視幼兒作品的展示，園長隨著課程的發展主動與木工接洽為教室內訂作「架子」以供教師展示幼兒作品。

園長對歐教授說：架子我們已經訂做了。就是從錄影帶裡面看見可以放展示品什麼的，20號以前在各班就會釘好了。有的長有的短，看各班的需要。這下面還可以掛東西（指著架子下面有掛勾）。（觀察輔導課程011116）

提供點子：課程與教學活動設計的點子，課程轉型中的橘子幼兒園，發展出園所的目標和特色作為課程決定的指標與努力方向，其中「幼兒園與家庭結合」為其特色之一，園長在會議上提出自己的想法。

時間已近中午，園長要大家一邊用餐一邊討論，園長說：「我只是拋出這樣的想法…就是親子活動可以在班上小型的舉行，不一定要等到全園的一起，這次我出國我姊姊跟我分享說他們的學校

就是會有一個例如說：奶奶日，邀請奶奶到學校，孩子就是做一個首飾，或是串一串水果給奶奶，可能一個小時的時間就結束了。也可以是媽媽日或是爸爸日，就是給大家一個想法。」（觀察會議 010901）

有時則是針對個別「班級」的活動，做點子的貢獻。

像園長會提醒我們說，你們現在還是可以在進行方案的時候加入一些兒歌，邊建構邊念像無尾熊（因為該班正在進行動物園方案，建構無尾熊館）的兒歌，就類似這樣提醒。（教職員工 020325）

回饋與激勵：除了上述在課堂上對教師給予鼓勵，平時利園長和教師的互動中也不忘激勵教師。因為橘子幼兒園在未來有計畫出書的可能，當一有機會時，園長就以他人為例，積極肯定教師的能力和成長，賦予教師高度信心繼續朝目標邁進。

剛好昨天因為要訂光佑的書我就把目錄給他們傳，寄來我就跟他們說這一本真的很好（作者）王文梅，我就在跟他們分享，我就說你們的能力都比王文梅好，但是人家為什麼今天可以做到這樣，你們為什麼做不到？絕對可以，超過於他。包括這幾天我一直回饋給各班老師的一個情況，譬如說 T3 老師，我說 T3 老師去年的時候跟今年的時候完全不一樣我是指書寫的部分，我說今年和去年比，你整個跨了一大步耶。（園長 011026）

也曾以大陸市場作為目標，提供教師未來職涯之可能圖像，來激勵教師於此時盡量的裝備、填充足夠的能力於己身。

你就知道大陸市場多可怕，而且那大陸的幅員廣大那市場真的很大很恐佈，我之前不是一直講你們真的要裝備自己的能力，像你們出去講我都可以幫你安排 3000 人的場次～（觀察會議 011125）

由於過程中出現班級間成長速度的差異，園長也特別對個人給予鼓勵。

在參觀蘋果班教室內孩子所建構的作品時，我恰巧站在園長的身邊，看見園長轉身小聲地向另一班級的 T5 教師說：「你不要擔心，你看他們開學到現在才做這樣。」（觀察輔導課程 011018）

促進人員彼此間的交流請益：建議與鼓勵教師彼此間的諮詢，為了達到園所教學的特色「家庭與學校的結合」，班級間相繼地舉辦親子日的活動，園長建議蘋果班的教師可以向剛剛舉辦過相同活動的草莓班教師詢問活動細節的安排，以作為自己規劃教學活動的參考。

我也鼓勵蘋果班老師去問草莓班老師包括什麼包括餐點，像原先他們的餐點他們也不訂餐盒也只是喝個熱飲而已，那我都有具體告訴他我說你去問草莓班草莓班的感覺非常好，他們煮玉米濃湯那我說你若是很堅持要熱飲我也不會強迫你，我那天我自己親身看見的感覺非常好很溫馨很貼心～就是說很多事情我看到我告訴他感覺他不太能採納我就會回過頭告訴他你要不要去問當事人，我會用這樣方式我也感覺蠻好的。（園長 020118）

邀請大家一起來做功課：閱讀書籍，補足對理論的認識，因

為教授的授課，利園長發現自己對於教學的基礎也就是理論的認知並不清楚，於是以問卷方式了解教師的閱讀意願，提議共讀的書目。

> 我最近有想要好好的把紫色封面的那本好好的看，因為發現很多的東西好像蠻模糊的，很多很粗淺的～所以我昨天就用調查表在問，發現大家都很需要，實習老師、園裡面大家都要買那就說一起買，買了一起共讀。（園長011211）

個人學習（充實自我）：輔導課程轉型至 2002 年 3 月時，教授逐步希望老師們可以書寫文章呈現橘子幼兒園的教學（師生互動）、課程設計與發展等等議題，園長說因為感受到教師書寫工作的焦慮，所以正在閱讀手上的書，希望來日可以給老師些許幫助。

> 歐老師最近不是請大家寫東西嘛，其實我最近可以感覺到他們要寫出來的焦慮，我就想我自己先看，真的可以給老師幫助以後，我再看看可以給老師什麼幫助。（園長020325）

（三）安撫與施壓：教師情緒的波動 vs. 園長焦慮的爆發

1. 安撫教師波動的情緒

第三次上課後（距離課程開始不到 2 個月）由於教授要求的作業增加，在園內的會議上教師們出現了一些聲音「那我還寫不出來（台語）」、「回家你就有壓力在那裡」、「我個人覺得我已經非常認真在做了，我已經做得很有壓力了！」、「壓力」兩字不絕於耳。

面對教師的反應，園長說：「要不要請老師再隔一週才上課，大家休息一下，你們如果真有壓力，不然就是暫緩，或是下學期再繼續。」又一陣討論後，有教師提出延長上課時距「如果說上課時間不要那麼密？」有人則反應若是暫緩實屬可惜「我覺得這樣很可惜」。

其中 T4 教師似乎格外地覺得有壓力和困擾，園長對 T4：「不是為了要交作業而去做，我剛剛從你口中聽到的會覺得你好像有生氣的意味在，為了交作業又交不出來，好像又有一些衝突和挫折，那我覺得如果這樣倒不如叫老師這次上完就不要來了」（會議錄音010417）

園長對我說明自己這樣做的原因是「有時候我會在關卡裡下很大的決心要他們抉擇，因為要不要做在於他們，我只是一個催生者，我喜歡的不是我一個人決定的。」

會議過後，情緒壓力較大的 T4 教師似乎情緒降低了些，隔天他就開玩笑地跟園長講說：「對不起，我不應該這樣子。」

利園長也在緊接著會議後的下一次課堂上向教授反應教師的壓力，園長對歐教授：「老師，他們這星期很有壓力喔！」由教授協助處理與解決教師們的壓力問題。

T2 教師談起當時這段狀況時，她說利園長提出暫停的建議沒有強迫教師一定要繼續的處理方式，讓她看見園長的包容，對教師的體貼而非僅求顧全自己的面子。

在教授來上課的過程中也有幾位老師覺得有壓力，但是園長沒有很小孩子地說你們當初說要，現在又不要，我才不管你們，還是

要繼續下去。園長他就說：「欸，如果你們真的很累，我們就休息一下。」他也體諒我們老師，你們要教學又要上課，真的很辛苦。那我們要不要停一下。可是後來園裡面老師就說不要，就說不行，我們停了下來就會很懶，所以大家還是繼續努力。所以在這一點上我真的看見園長很大的包容力。通常別的園長可能會講說那我怎麼跟人家教授交代，又要叫人家來，又要⋯，如果是只以一個考慮的層面而言。（教職員工 010706）

2. 施壓：園長是不是生病了？

2001 年 9 月距離輔導課程之初已過了一學期，面對人力、時間和金錢的投入，改變所帶來的不確定性和對成果的寄盼，園長出現不同於以往的表情和要求「這幾天我的表情就會比較嚴肅，開始不笑，有些教學日誌他們放在班級，有些打一打放在電腦裡面或是在家打一打裡面也沒有拿過來裝，我就跟他們說麻煩你下班以前一定要給我。」和教師討論他們所設計的教案「那天我就跟蘋果班說我看過你們的教案設計我也回饋一些想法給你們聽，那她們所寫的東西裡面我就問他們。」（園長 011005）

同時改變自己一天入園後的行動「以前都很少進入到教室，那從上個星期開始我就是很密集，每天早上就去走，我就改變成一種走動式管理，以前我都是先協助值班老師看大門，有時甚至請他們早點進教室。現在我一進來東西擺了以後我就進到教室的角落去繞一圈，全園每個教室，然後老師在我就馬上給他回饋，你哪個地方要做修正可能是安全，對她們來講是某個程度的壓力。我有感覺得到。」

利園長這些舉動確實使得教師有所不安，T4 教師對我：「園長最近好像壓力很大會開始關心我們的教學，也不太信任我們的感覺，以前園長就是負責行政，現在不是了。」

當教師均在猜疑園長究竟是怎麼了的時候，園長於會議上說了一段話，解除大家的疑慮。話語中兼具體諒與激勵，既陳述教師付出的心血，勉勵大家不要白費過去一段時間的努力並提醒教師努力學習的價值乃在於個人能力的提升，能力提升才能因應未來環境的變動。

> 事實上你們應該想一下，園長為什麼要費這麼多心思請老師來帶大家，你們也花很多時間，我是還好我是一個人飽全家飽我媽媽可以不用去管他，但是你看看其實這當中我很感動是各位的家庭，尤其是先生小孩必須被犧牲掉，我會擔心是因為你們既然花心思下去就要有收穫～因為我們已經投下時間和金錢，所以我在這給大家勉勵。至於歐老師給大家的東西是量身訂做的，不是給我園長的，給大家的回饋都不是取笑，是為各班量身訂做的，所以大家要珍惜。還有我要說一件是：機會永遠是給準備好的人，為什麼這樣說，因為大環境變得很快～我希望你把自己準備好……我覺得我園長敲一天鐘我就提供最好的環境給大家，我是說可能有比橘子幼稚園更好的環境讓你做選擇，你可以往上跳。甚至你有可能到大陸去發展。你不要把自己侷限，你經過在橘子這樣的練功，你可以成為非常棒的，可以到外面去帶別的團體。（觀察會議 011010）

整個詭異的氣氛也就在園長的主動說明下落幕了。所幸短暫

的低氣壓並未造成教師反彈的情緒，從老師們的言語中可看見教師仍認同園長當初所提出的訓練的課程

> 我覺得上了那麼多次的課，非常幸運。打從到大學以前都念幼教，如果不是經過歐老師這樣指導，我們可能教了二三十年都是這樣，然後教學技巧也沒有辦法進步，我覺得很幸運，可以來到這裡，你在別的地方沒有這麼好的機會。

五、再看園長的領導

（一）園長領導與內外部因素之交互關係

過去文獻（李明中，1997；薛婷芳、廖鳳瑞，1999）均發現評鑑的正向意義，我從橘園利園長之領導歷程再次看見。「還好我們教學沒有得到績優，因為我們本來教學就不夠好，而且會不會因為得到績優而認為自己教得好，而不再繼續努力」（ID010704）當然，並不是評鑑制度都能為每個園所造成長遠或是立即的改變。然而，對橘子幼兒園來說，評鑑制度卻是幫助園所瞭解自我、檢討與修正的必要條件之一，並對橘園之成長與改變有著絕對的影響力。然，不能忽略的是橘園於評鑑後的變革尚需另一必要條件——園長清楚的目標。

> 訪：如果沒有找到歐老師呢？
> 園長：還會再想其他辦法，尋尋覓覓，還是會找別的老師，這是勢必的，尤其是教保沒拿到績優，我們就更知道一定要趕快補

足。（ID010227）

評鑑的結果和園長領導的目標之交互作用，關鍵且劇烈地影響了下一段歷程的演化和園所未來樣貌之發展的可能性。

（二）園長的「課程與教學領導」

1. 落實課程／教學領導的方式

訪談過程中，利園長多次重複說著「課程的部分就是很不足」、「我的專長在行政」、「沒有辦法做到像歐老師那樣或是像你（指研究者）這樣給她們批改教學日誌」（ID011005），然而，這並不代表利園長缺乏課程與教學之領導。利園長之課程與教學領導方式包括有：

協助教師專業成長與發展：從不連貫的研習課程、共讀活動的安排至提供長期之教授在園輔導課程等。

對教師表達較高的期望：橘子園的 T8 教師說：「園長鼓勵我的一句話就像我給孩子鼓勵的那種效果一樣」，可見鼓勵與期待力量之大，並不因教師是成人而有減損。

教學日誌的閱讀；會議上聆聽教師分享教學內容；隨機的與教師對談；利用戶外自由活動時間與孩子在一起，均是園長瞭解教師教學與學生學習的機會。了解後則進一步的幫助教學素材的協助採買及取得；人力的支援；參考資源（書籍、戶外教學參觀地點）的提供；園所設備等。園長既要主動的發現，也需開放空間容納教師的聲音以知教師之需求。

鼓勵及促進教職員工間專業上的溝通、互動與學習：園長對

T3 教師：「家長參與的經驗，我覺得 T3 老師你們班那個經驗也很好，也可以分享給其他班。」（OC020425）

2. 條件與可能的限制

課程與教學領導是園長的重要工作，但是園長卻非是唯一的領導者；直接指導也非唯一的途徑。de Bevoise 指出「教學領導係指學校校長為了提高教師的教學品質和學生的學習效果，而由校長本身或是賦權他人，或由其他相關人員從事與教學之各項改進措施。」（引自楊振昇，2000）。要澄清的是於此情境下園長並非（也不應該）完全置身於外。「就像我上次講的課程的部分我就是很不足，但是當一個園長你還是要留意這部分」（ID011005）以利園長為教師安排研習活動為例，園長須有搜尋適當資源與溝通能力，即讓對方瞭解園所的需求，以及瞭解教師需要的能力。

3. 園長個人色彩對課程與教學的影響

園長選擇教授在園輔導的方式作為達成優質教學目標的手段，福綠貝爾課程和雲門律動課程成為橘園固定的課程內容，這些都是在園長領導下所產生，這是鉅觀地來看；從微觀處來看，一次短短的暑假課程活動都有受園長影響的可能。園長說：「你知道九芎樹做什麼最好？客家人的擂茶，有放綠茶粉、芝麻、糖去磨，我買了一個擂茶缽回來，九芎最好，聽說芭樂樹更好。園長邊說邊搬出缽給我看和一些網路上印下來關於製作擂茶的步驟和介紹資料，這些是要給 8 月暑假上課的老師帶小朋友用的，可以做餐點。」園長對暑假課程活動的提供，受園長「個人喜好」的影響；研習課程的提供也與園長個人的人脈關係有密切相關，如福綠貝爾課程、增進閱讀的研習課程；選擇教授在園輔導也是因為園長認為自己在教學上

無法給予教師幫助，所以提出「我們要找人來幫助我們，一定要找外面的人。」

　　園長個人的經驗、能力、偏好和所擁有的資源網絡對於園所課程與教學的影響更為澄徹地顯現出來。

（三）過去脈絡及教師感知的影響

　　教師們上課表現的動力和精神是我心中長期以來的驚嘆號也是問號。後續行動能持續的動力，有無受過去的影響呢？我認為使教職員工能犧牲假期及下班後的時間，負荷長期的輔導課程及學習動力的持續，應是那時的重要背景條件之一，而所謂的已形成的「重要背景條件」則是過去樣貌形塑後的產品。

　　瞭解現象的脈絡總是複雜而多重的（蔡敏玲，2001：281），下面研究者提出幾個面向，幫助自己和讀者能更瞭解當時的重要條件背景，掌握這個研究細微的、多重的意義：

1. 賦權（empowerment）

　　從賦權發生的情境脈絡觀之，園長要求教師兼任行政工作的同時，亦於工作中賦予教師決定之權力（如：所欲購買的書籍）；提出共讀活動，共讀的書目、進度則由成員建議再由眾人共同決定。賦權於橘子幼兒園是促成改變的條件之一。當改變伴隨著賦權，就如 Daft 所言賦權是使權力和責任共享，亦能有效增加部屬的工作動力（機）和信心（Daft, 2001：502）。

　　「園長要是什麼都抓住，大家就不敢去參與，到最後就變成都是你園長的事。如果常常都是園長在帶，大家就會覺得你就是一種權威。」（教職員工 010716）。教師的話語反應教師心理的知

覺（權威的園長）會受結構形式（園長主導許多事物）上的影響。賦權有結構性和心理性的，亦即擁有結構和知覺兩種層面，完成賦權必須兩者兼具（引自廖仁智，2001）。利園長不僅在結構上賦權，賦權後對於教師行動的短短回應「謝謝你喔，你那麼貼心，我也需要被照顧」、「很好耶，謝謝你幫我們買」；平時極力邀請並接受教職員對於園內任何事項（非限定於教師行政工作）之想法和參與均有增加教師心理上被賦予權力的知覺之可能性。

橘園的 T2 教師：「我覺得人不管是什麼身份。他需要自信和尊嚴。我覺得園長他有讓我感受到這點～我覺得工作會持久，就是你一直感受到被需要，就像戀愛一樣。」賦權所帶給教職員工的被需要感和心理愉快的感受；以及讓教師有權力能解決工作上的問題使工作更順利，不致因為層層通報或過程中時間的延宕而拖延工作與問題的解決，這些都影響教職員工為幼兒園努力和持續工作的意願，也或許可以作為解釋教職員工的動力來源因素之一。「我們有那個權力的話，是很容易去解決紛爭還有很多的不必要的麻煩～我會覺得特別喜歡因為這樣子的話我的工作會比較順利。」（訪談教職員工 020426）

另外，從橘園的家長會、親子活動的舉辦、會議的主持可以發現利園長階段性地賦權予教師。家長會的主持與規劃，有明顯三階段的不同和權力與責任的轉移；親子活動上，利園長表示最初（過去）自己的角色和工作與現在主導活動的教師已是完全的置換，更具體來說，以前是她一人規劃，由大家承接各細部的工作內容；現在自己則是處於等待被分配工作的位置。

「如果是不瞭解的人就會覺得你怎麼給我這麼多工作」，但

是若是「能瞭解園長是在賦權就會知道園長是在讓你成長，他是很棒的主管願意賦權給你讓你有機會發展自己。」（IT 020426）教職員工對賦權的瞭解和態度有著密切的關係，因此，賦權的同時，使教師明瞭賦權之於工作的好處，改變部分的觀念，是必須的配套。「有些人則擔心自己無法勝任」（邱如美譯，2002：142），除了態度上的改變，技巧的培養也絕不亞於態度。

2. 近程戰果的出現

曾向園內一位最資深的教師發問：「利園長進來以後大概改變了什麼？」T3教師的回答：「看得到的，幾乎都改變了。」她的話毫無疑問地證明了利園長所領導的變革長征。

John P. Kotter 在《領導人的變革法則》一書提出真正的企業轉型需要很長的時間。如果沒有近程的目標，無法慶功，改變策略或企業重建的複雜計畫可能失去動力。對大多數而言，如果看不出來半年到一年半有初步的斬獲，他們便不會加入變革的長征行列。變革缺乏近期戰果時，很多員工不是選擇放棄，就是加入反對陣營（邱如美譯，2002：15）。串連這一段文字和研究本身引發研究者想起橘園的「近程戰果」—評鑑獲兩項績優。

Kotter 提出成功的近程戰果至少有三個特質：清晰可見、毫不含糊、緊扣變革計畫（邱如美譯，2002：158）。檢視橘園近程戰果之特質是台北市教育局制度下的產物，此成果之有憑有據，不折不扣，並非園長所能自我吹噓而來。又評鑑項目的分類使得近程戰果的內容毫不含糊，園務行政和環境設備的初步成果不需爭議。其有效形成證明了過去教職員工的犧牲與付出是有代價的，為大家加油打氣，也維持了教職員工的支持熱度「我想要跟著園長走，就是

我感覺到他的方向」（IT 010716）和未來繼續變革的動力。

　　3. 願景的傳遞與信任度

　　利園長在訪談中不斷地提及「願景」二字，究竟是怎樣的「願景」在吸引教師的意願，和激起教師們共同為幼兒園努力的意志呢？協助員工走出原本的環境，著手必要的工作和改變？

> 那我要改變一些型態～老師剛開始會不太習慣，那我有把願景告訴他們，就是我絕對不會虧待你們，我會讓你們看到，因為之前的薪資的結構上很低，我會逐年的再調薪，我們的目標是跟公幼一樣，甚至是薪資跟公幼一樣，但是福利制度比公幼還好。有些還是公幼沒有的，譬如說一些教材教具啊都不用經過繁瑣的申請手續。而且是可以讓你非常展現你的教學的。（園長 010227/010706）

　　顯示利園長在改變之前已提出讓大家移動腳步到大樹下的新鮮蘋果——「薪資」、「福利」和「使教師展現教學」。清楚地點出犧牲所將換來的利益和個人滿足遠勝於今天乃至明天保持現狀所擁有的一切（邱如美譯，2002：92）。

　　「願景」也許能激起組織成員往目標奮起邁進「像我剛來的時候，覺得蠻亂的，那後來就想說應該是前景可看，所以就留下來然後試試看」（T6010225）。但，能保證組織成員動力的持續和不會產生中途的抗拒嗎？在橘園，我看見真正使組織成員克服壓力並轉換成行動動機的尚有與願景交織的「信任度」。

> 我看的園長是一個非常守信用的人，他也很清楚的具體的讓大家看見，比如說薪水上，他一定馬上有行動出來。比如說畢業典禮

就有一些獎金……以前過年過節都那個（錢）很少……他都在幫我們調高（教職員 010716/011107）

信任度來自利園長果真讓教師們（逐漸）吃到新鮮的蘋果，也就是闡述願景後園長個人的實際行動「當我們評鑑得獎的時候他也做到當初承諾的，利用評鑑績優向董事會爭取多一點的福利和薪水。其實還沒得獎之前他已經做了很多的努力，有一年公職人員沒有調薪可是當年我們有調薪。」（教職員工 010716/020426）

賦權、近程戰果的出現、有效願景的描繪和信任感的建立，這些都使得教職員工們辛苦的心甘情願。若是擁有一群充滿懷疑的員工時，變革就很難成功（邱如美譯，2002：109）。

六、研究者角色的回省

某天，我和指導教授對話，清楚地記得老師說：「我們不在評價那樣的好壞，而是在藉由你的眼睛看見和尋找這裡面隱藏了什麼議題是可以提供給他人一些深度思索或是努力的方向……」，之所以記憶特別清晰是因為這一番話讓我逃離了自身所構築的一座雲霄飛車，那座雲霄飛車總在高高低低的「評價」園長，時而我覺得這園長真好；時而又認為園長實在有蠻多問題的。若不是老師按下停止的按鈕，恐怕我仍坐在雲霄飛車上，身體是不堪負荷的，頭腦則是渾沌的。

此外，因為身兼教授在園輔導課程之「助理」以及「研究者」的雙重身份，以及因這等雙重身份被看待的方式帶給我一種微妙的

情緒——並不認為自己是單向地在別人的土地上挖掘什麼，而認可自己也確實以「助理」的身分認真地在為橘子幼兒園做點什麼。如果沒有助理的身分，也許我會有一種深層的愧疚感「我到底去跟人家拿了什麼，只為了自私地完成自己所想的？」這樣的愧疚，可能會使研究者的敏感度又降低了一些。

本文從歷程的觀點出發，來研究幼兒園的園長領導，發現與嘗試理解本研究對象於其所在幼兒園內，所領導的變革長征如何產生與延續。從教師的立場來看，長時期以來園長與教職員工之間的互動與關係的建立；園長對於願景的描繪和執行力；彼此對此幼兒園的所勾勒的圖像等，都影響著教職員工是否願意追隨、接受改變及行動意向的強弱。當園長能注意到教師的需求，也真正扮演促進改變的角色時，園長正為自己、為教師和為整個幼兒園營造出新的世界。

（本文曾於 2004 年發表於「教育與心理研究期刊 第 27 卷第 3 期 頁 429~456」，經作者同意修改補充同意轉載。）

參考文獻

呂木琳（1994）。有效安排教師在職進修因素簡析。載於中華民國師範教育學會主編，師資教育多元化（59-78頁）。臺北市：師大書苑。

尤崝（2000）。私立幼稚園園務會議決策制定之過程：以一個幼稚園為例（未出版之碩士論文）。國立新竹教育大學，新竹市。

王慧敏（1987）。教師成就動機、園長領導方式對臺北市幼稚園老師工作滿意影響之研究（未出版之碩士論文）。國立政治大學，臺北市。

吳芝儀、廖梅花（譯）（2001）。質性研究方法入門：紮根理論研究方法（原作者：Anselm Strauss 及 Juliet Corbin）。嘉義市：濤石文化。

李文正、張幼珠（譯）（1999）。成功的托教行政管理：園所領導之鑰（原作者：Jillian Rodd）。臺北市：光佑文化。

李明中（1997）。臺北市幼稚園園長對幼稚園評鑑觀點之研究（未出版之碩士論文）。中國文化大學，臺北市。

谷瑞勉（1989）。幼兒教師流動狀況探析。屏東師院學報，2，99-138。

邱如美（譯）（2002）。領導人的變革法則—組織轉型成功的八步驟（原作者：John Paul Kotter）。臺北市：天下文化。

邱德懿（1987）。兒童福利人員工作滿足及其相關因素之探討—臺北市托兒所教保人員為例（未出版之碩士論文）。中國文化大學，臺北市。

高士傑（1986）。幼稚園園長領導形式、教師準備度與組織效能關係研究（未出版之碩士論文）。國立臺北教育大學，臺北市。

許玉齡（1987）。台灣省幼稚園園長領導措施與教師工作滿意之相關研究。台灣省政府教育廳委託專案研究成果報告。

許玉齡（2000）。影響幼兒園園長領導措施的情境與理念。行政院國科會專題研究計畫（編號：NSC89-2413-H-134-005），未出版。

郭進隆（譯）（1994）。第五項修煉（原作者：Peter Michael Senge）。臺北市：天下文化。

黃素華（1997）。幼稚園園長領導形式與教師組織承諾之研究（未出版之碩士論文）。國立屏東大學，屏東市。

黃瑞琴（1991）。質的教育研究方法。臺北市：心理。

黃嘉雄（2001）。落實學校本位課程發展的行政領導策略。教育資料與研究，33，19-25。

廖仁智（2001）。國民中學學校本位經營模式建構之研究（未出版之碩士論文）。國立高雄師範大學，高雄市。

趙婉娟（2002）。走向開放式幼兒教育中—教師學習區規劃歷程之個案研究（未出版之碩士論文）。國立新竹教育大學，新竹市。

蔡敏玲（2001）。尋找教室團體互動之節奏與變奏—教育質性研究歷程之展現。臺北市：桂冠。

蔡淑苓（1989）。幼稚園園長領導形式與教師工作滿意之關係（未出版之碩士論文）。國立台灣師範大學，臺北市。

盧明、張召雅（1999）。幼教教師留任問題之探討。劉湘川（主持人），跨世紀幼教師資培育回顧與展望學術研討會，國立台中師範學院。

薛婷芳、廖鳳瑞（1999）。從幼稚園參與評鑑之經驗看幼稚園在教保轉變之歷程—個案研究。國立臺北師範學院學報，12，571-602。

簡楚瑛（2000）。幼稚園園長與托兒所角色及其所處園、所文化環境互動關係之研究。行政院國科會之研究計畫（編號：NSC89-2413-H-134-008-F22），未出版。

簡楚瑛、李安明（1999）。幼稚園園長對領導者與管理者概念之調查研究。台灣省政府教育廳專題研究計劃成果報告。

Blasé, Joseph., & Blasé, Jo. (1999). Principals' instructional leadership and teacher development: Teachers' perspectives. Educational Administration Quarterly; Aug.35, 349-378.

Bloom, P. J. (2000). Images from the field: How Directors View Their Organizations, Their Role, and Their jobs. In Culkin et al. (Eds.), Managing Quality in Young Children's Program (pp.59-77). New York: Teacher College Press.

Helmstedter, C.W. (2001). The identification of leadership strategies elementary principals used to foster a diversity-sensitive, inclusive school environment. University of La Verne. Ed.

Leonard, L. J. & Leonard, P. E. (1999). Reculturing for collaboration and leadership. The Journal of Educational Research, (92), 237-242.

Daft, R L. (2001). Organization Theory and Design (7th ed.). Cincinnati, OH: South-Western College.

Caldwell, P.F., & Gould, E. (1992). Effecting Change in a Resistant Organization. From ERIC database. ED354960.

工作塑造

幼兒園教師專業成長新途徑

劉怡萱

臺灣大學土木工程學系研究助理

徐聯恩

政治大學幼兒教育研究所副教授

一、前言

　　幼兒教育師資是幼兒教育品質的關鍵，合格的幼兒教師除需接受良好的職前師資培訓外，更重要的是，持續不斷的專業成長與發展。教師專業成長的途徑很多，呂木琳（1994）曾列舉十五種教師專業成長的方式，如：演講、小組共同發表、觀看電影或錄影帶、聽錄影帶或收音機、教室觀察、示範教學、晤談、討論、閱讀、腦力激盪、教室參觀、實地參觀、角色扮演、指導練習，與微縮教學等。詹志禹（1999）也曾列舉十項方式，如：到高等教育機構正式進修學分或學位；參加各級學校、教師研習會（中心）以各種社會機構所提供的演講、工作坊或研討會等活動；到社區大學修課；自主學習（例如閱讀、上網、操作等）；進行參觀、訪問或教學觀摩；參加各種讀書會；參加各種教學實驗；參與課程研發；從事行動研究；發表或出版教學心得與成果。顧怡君（2002）則以分享個案方式，推薦從專家導向的進修模式，轉換成自我增能的模式（empowerment model）。而 Wrzesniewski 與 Dutton（2001）所提出的工作塑造（job crafting）觀念，即屬於此一自我增能模式。

　　所謂工作塑造是指主動積極形塑個人的工作內容、範圍、人際關係與意義，並藉由職責範疇、工作關係與角色認同的形塑，使工作更符合自己的興趣、技能與動機，進而提升工作成效與滿意度，並發揮個人潛能；簡單地說，每個人都是工作的靈魂人物，要讓自己成為工作的主人。Wrzesniewski 與 Dutton（2001）指出人們對工作的看法，一向採取工作由主管設計的思維，忽略員工主動參與工作設計的動機與角色。事實上，每個人都擁有界定工作的自由

度，即使在例行工作中，仍有發揮自身影響力與獨特性以完成工作的機會。

由於幼兒園教師具有專業性，在工作中擁有自主權與彈性及協同工作，而且工作環境中充滿變化、不確定性與壓力（Cooley, 1995），而 Leana、Appelbaum 與 Shevchuk（2009）認為幼兒園教師是探討與實踐工作塑造的最佳現場之一。他們還指出從事工作塑造可以讓幼兒園教師在緊繃的工作壓力下，尋求與自我技能、興趣、動機及工作執行方式達平衡的重要途徑。同時，由於幼兒園教師的工作具高度複雜性（Rowan, Raudenbush & Cheong, 1993），許多工作實際上並沒有唯一的合宜方式，幼兒園教師更需要覺察出環境中多樣的工作塑造機會。

本文首先說明工作塑造的相關概念，繼而以台北兩位幼教老師的實際經驗，勾勒幼兒教師進行工作塑造的樣貌及其效果，然後再說明教師從事工作塑造時，必然面臨的挑戰與調適，以及三個學習課題，此是激發幼兒園教師工作熱情的一種新思維，希望開拓幼師專業成長的新頁章。

二、工作塑造

一直以來，人們對工作的思維主要是以工作設計（job design）的角度來看待組織成員與工作之間的關係。管理者考量組織目標及工作需求，規劃出「工作說明書」供部屬遵循，或許主管有時也會參酌員工的生涯規劃，進而調整工作內容，但員工總只是僅負責工作執行面。然而 Wrzesniewski 與 Dutton（2001）指出，每位員工其

實都可以成為工作的主人，擁有界定工作的自由度即使在例行工作中，仍然有發揮自身影響力與獨特性以完成工作的機會。他們將工作塑造的範圍分為職責（task）、關係（relationship）以及認知（cognition）三個層面。職責層面係指個體從事工作塑造時，關注焦點為形塑改變自身的工作範圍，包含工作任務數量的增減、工作任務範圍的縮擴，以及工作任務執行方式的改變，其目的在於藉由職責工作塑造以克服當前的工作困境，例如：業務經理承接額外的活動策畫任務，像是人事、物流、金流、資訊流、商流整合等，改變舊有職責內容，達到銷售最佳成果；關係層面係指個體從事工作塑造時，關注焦點為形塑改變自身與他人互動的性質與程度，包含互動的性質與頻繁程度。其目的在於藉由改變自身與他人的關係以克服當前的工作困境，例如：總經理改變自身的工作角色，成為年輕同事的導師，主動和年輕同事建立關係，並教導他們，亦將教導者視為自己工作的一部分；認知與認同層面係指個體從事工作塑造時，關注焦點為形塑改變自身對工作的看法或信念，包含個體省思自身工作的意義、工作對自己的意義、工作心態的轉換等等，其目的在於藉由重新省思工作意義，重塑自己的工作，使個體對自身的工作感到更有意義與使其順利進行，例如：研發主管改變對自身工作的看法，將新任務視為個人成長修煉，而不只是單純從事管理工作，將自身的工作意義提升為個人成長導向。

　　組織成員從事工作塑造的初始動機，可分為三類：（1）確保工作主控權：主控權為人類之基本需求，員工為避免在工作狀態中感覺被隔離、異化，會透過工作塑造來確保其在工作中握有某些程度的控制權。同時，現代組織成員越來越有掌控本身工作內容、

範圍的機會與傾向，而且確能協助其提升工作成效與發揮潛能；
（2）建立正向的自我形象：提高自我形象是一種本能需要，人們
期望創造並維持一種正向自我觀感，因此，當組織成員希望在工
作中建立正向形象時，會激發成員從事工作塑造的動機；（3）強
化與他人的關係連結：組織成員有與他人連結、建立關係的需求，
並希望獲得他人肯定，因而會受到他人影響而激發其從事工作塑造
的動機（Wrzesniewski & Dutton, 2001）。而成員的工作取向（work
orientation）也可能會影響工作塑造的動機與行為。所謂工作取向
包括：重視金錢收入與物質獎酬的工作取向（job orientation）、重
視地位及權勢的晉升的生涯取向（career orientation），以及重視享
受工作樂趣、成就感及自我實現的召喚取向（calling orientation）；
另一方面，不同的工作背景脈絡會帶來不同程度與型態的工作塑
造。工作塑造的客觀機會主要決定於工作互賴性和工作自主程度。
譬如互賴性較高的工作，可能限制成員進行工作塑造的機會，而缺
乏授權或監控程度較高的工作，也容易限制成員進行工作塑造的機
會。

　　Ghitulescu（2006）曾針對661位特教老師探討他們進行工作塑
造的情形；Leana、Appelbaum與Shevchuk（2009）也曾探究幼教場
域的工作塑造。幼兒園教師在職責層面的工作塑造，可能的樣貌
有：（1）運用新方法來改善教學工作，像是設計教學遊戲、創作
歌曲複習舊有知識；（2）教學中安排特別、有創意的學習活動，
像是烹飪、社交體驗、自然實驗；（3）自行準備教學材料到教室，
像是從家中帶來教學素材，以豐富教學成果；（4）重新規劃教室
內角落的陳設與內容；（5）改變作業方法使工作變得得心應手，

像是簡化行政作業流程；（6）改變不具成效的工作，像是改善午餐或轉銜時間的運用。在關係層面上，主要在於互動對象的擴大與人際關係的經營，包括：搭班教師、其他班級教師、甚至國小教師；家長、主任與園長等。在認知層面上，包括：肯定幼教工作是有意義的且重要的，認為它對於人類的生活福祉來說是具有顯著影響力的；認為自己是幼教「園丁」，覺得這份工作可能會影響許多人的一生。

三、幼兒園教師工作塑造樣貌及影響

本研究參考 Berg、Wrzesniewski 與 Dutton（2010）的訪談大綱（Interview Protocol），進行幼兒教師工作塑造之訪談。訪談內容包括兩大部分：工作塑造的樣貌與影響及從事工作塑造動機、遭遇的挑戰與調適，以及相關的學習歷程，詳如表 1 所示。

表 1　工作塑造訪談大綱

工作塑造實例的問題探究	工作塑造實例的後續提問
第一階段提問	Motives
	●為什麼你會做出這改變？
Job Crafting in General	●是否有任何關鍵事件、里程碑
從你開始工作到現在，有做過什麼改變嗎？若有，它是如何改變的？	或轉捩點，可以幫助理解導致你改變的原因？
說明／探究	
●什麼樣的任務或項目是你每天工作的基本要素？這些任務或項目是如何成為你工作的一部分？若有，你是以什麼方法去使工作變得更貼近自己？	

第二階段提問

Task Crafting

儘管組織會規定成員們應該從事的工作責任，但有時候成員們反而會為自己訂定一些工作責任。你有這樣從事你的工作嗎？若有，可以告訴我你是什麼時候以及如何做到的？

說明／探究

●你有增加額外非正式要求的工作職責嗎？或是減少？或是採取不同形式？

●你有改變你執行職責的方式嗎？

●相較你工作的開始，這些職責如何補足，使你現在的工作有所不同？

●有任何差異是你自發行動的結果嗎？

Relational Crafting

你有積極主動地改變你在工作中與他人的關係嗎？

說明／探究

●舉例來說，有時候人們會決定自己在工作中想與他人互動的頻率、為了工作的執行而與誰交談、或界定誰才能參與他的工作。你有運用任何這類形式的方式去塑造與他人之間的關係嗎？若有，可以告訴我你是什麼時候以及如何做到的？

●從你開始工作到現在，與他人關係上的改變為何？

●有任何差異是你自發行動的結果嗎？ Cognitive Crafting 你有積極主動地改變你對工作的看法嗎？

●若有，可以告訴我你是什麼時候以及如何做到的？

說明／探究

●你認為你的工作目的或意義是什麼？

●你是怎麼樣得出這個結論的？

●從你開始工作到現在，這個想法有改變過嗎？

Challenges

●當你在做這個改變時，你有面臨到挑戰或障礙嗎？若有，你是如何克服的？

●有任何人制止你做這改變嗎？

●在這改變之中，你的工作環境扮演著什麼樣的角色呢？

Facilitators

●你有特別做什麼事使這個改變發生嗎？

●當你在做這個改變時，有獲得任何人的協助嗎？

●組織能協助你做這改變嗎？

●你能自己做這改變嗎？

第三階段提問	Motives
	●為什麼你想要做這改變？
Desired（but not yet enacted）Crafting	Challenges
如果你有機會在這個組織中去創建自己的工作，你	●是什麼原因阻止你做這改變？
的責任是什麼？相較你目前的工作，這個工作會有	Facilitators
什麼不同？	●有什麼方法能使你做這改變？

　　以下藉由兩位幼兒園教師的經驗，來說明幼兒教師的工作塑造樣貌與影響。

（一）A教師

1.職責塑造

　　A教師覺得自己在幼教現場最大的改變應該是，自己以前教學的時候理論會佔據她比較多思維，她都會從理論出發去看孩子，認為這個年齡層的孩子就應該要會做哪件事情，會比較一板一眼，可是她忽略了孩子有個別差異，所以她在教學的時候會發現這中間有落差，孩子總是達不到她的期望。一開始A教師真的很痛苦，因為她不了解為什麼跟以前學的不一樣？後來她慢慢觀察，也去請教其他比較資深的老師、聽聽其他老師們的經驗分享，加上自己在過程中真正去陪伴孩子，漸漸地她發現原來孩子真的有個別上的差異，而以前讀的理論都只能當作參考值，實際面才是最貼近孩子的，也是她應該注重的。所以A教師才把自己的思考模式轉變成以孩子本身的行為表現、興趣、特質為出發點，至於理論對A教師來說，只是當她發現孩子在某方面的發展似乎落後他人的時候，她就可以拿出來佐證說這個孩子可能是低於常模的，然後她就可以

再去進一步思考這個孩子是不是在某些層面是需要被輔助？

　　就拿畫畫來說好了，理論上 1～2 歲是塗鴉期、2～3 歲是命名期、3～4 歲是前圖示期、4～8 歲是圖示期等等，可是孩子可能因為他的文化背景刺激不足，或是能力表現還沒到達，就會使得他沒辦法達到理論上那個年齡應該有的程度，這時候 A 教師就會很挫折，認為是不是因為自己不會引導？後來她發現自己太重視把理論套入孩子的成長模式之中，而忽略了個別差異這塊，於是她開始調整自己的步調，當這個孩子沒辦法達到某種程度的時候，A 教師可能會多給他一些言語引導，或是陪他一起畫，提高整個示範的比例，漸漸地她發現孩子有慢慢地在進步，可能以前他連蝌蚪人都畫不出來，到後來他甚至可以畫出讓人很驚豔的東西。

　　那 A 教師是從畫畫這件事情看到自己比較大的轉變，也因為這件事情，她開始會反思自己是不是在其他部分也會太要求、太理想化或理論化？所以 A 教師是從這個部份慢慢去擴展及改變其他部分的，現在 A 教師越來越喜歡這份工作，因為她覺得每個孩子都是很特別、很新奇的，而且她了解自己不能用理論去套孩子，而是要從孩子身上去佐證理論，她表示因為她的思維改變了，連帶讓她的很多做法也跟著改變。

　　A 教師覺得改變的過程中最挑戰的部分就是心態上的調整，因為以前她都是用那樣的模式，現在想要改變，自己內心也會很著急，所以只要她一有問題，就會去詢問她的搭檔或是比較有經驗的老師，透過討論跟尋求意見，或是直接把問題當作一個溝通內容，提出問句如：怎麼做會比較好？她們平常是怎麼做？然後 A 教師就會嘗試去做，看看這樣自己是不是也可以。A 教師表示改變的一

開始當然會很難，但慢慢地到現在也五、六年了，只要都用這樣的看法及想法去看孩子，尤其對低年齡層的孩子，這樣的做法對他們或對 A 教師自己都會比較平衡，她也不會對孩子期望過高，孩子也不會覺得她太高壓，所以整個改變最大的障礙還是自己的心理層面！

2. 關係塑造

A 教師表示自己以前會很難去面對家長，她覺得面對孩子是一回事，面對家長又是另外一回事。因為家長的思維，她常常需要去猜測，加上以前是新手老師的時候，常常會說話很直，但後來她慢慢發現自己在講話語氣、態度、方式、還有話術上面應該要有一些改變，譬如說如果要跟家長表達孩子的狀況，需要轉個彎去講這件事，然後多稱讚他孩子；另外，A 教師覺得有時候她要跟家長描述孩子的狀況，每個家長的接受度又不一樣，像是有的家長是可以接受 A 教師直接跟他說他孩子的問題點在哪裡？孩子可以怎麼去改進？家長可以怎麼去做配合？但是也有的家長只希望聽到 A 教師跟他講說他孩子到底好在哪裡？孩子進步的程度如何？所以以前 A 教師不太會看家長，幾乎都是用同一種方式去對待每個家長，結果當 A 教師提到他孩子在學校的狀況不太好的時候，有的家長就會有很大的反彈，認為：「不可能！我的孩子在家才不是這樣！」所以 A 教師一開始覺得自己很難去拿捏。

可是現在經驗豐富了，A 教師開始了解每個家長都不一樣，她知道對於 A 家長她要用 A 方案去面對，對於 B 家長她要用 B 方案去面對，就是要調整自己的模式，每次都要切換不同的模式對待不

同的家長，她認為親師溝通一定要掌握的祕訣是先說孩子好的地方，再慢慢切入問題點，但還是要看家長的接受程度到哪裡？如果家長的回應是支持的，她就可以再往下講深入一點；但如果家長在那個點上就已經卡住了，那她可能就先到此為止，或是再往上推一層不要這麼深入，再來就是不要把他孩子的問題點講得這麼大，A教師覺得只要自己盡量把孩子的問題點以一種輕鬆、緩和、或是開玩笑的方式向家長表達，有的家長就會比較接受，而這部份只要磨久了就不會有什麼大問題！

現在親師溝通對A教師來講已經沒那麼困難了，當然她也曾經失敗過，像以前她嘗試跟家長溝通他孩子比較特殊的狀況，但A教師認為畢竟自己也不是評估者，她也不能隨意斷定孩子的症狀，只能用猜測的認為孩子可能需要一些醫院的鑑定，可是家長不願意承認，慢慢地孩子的問題點越顯越多，A教師還請特教老師進來希望能夠協助說服家長，可是家長也不願意接受，最後那個家長決定帶小朋友轉校，A教師覺得那是她教學生涯中最大的挫折點，除了因為自己沒有辦法把家長勸下來之外，她最惋惜、最難過的是自己沒有辦法幫助那個孩子。所以A教師認為親師溝通說簡單也可以簡單，說難也可以難，簡單就是她可以不把這些狀況當作一件事，只要每天跟家長說他孩子有多麼好就可以了，而困難就在於她希望自己可以在跟家長溝通的過程中去幫助孩子，但A教師相信這只是一個特例，大部分的家長遇到這樣的狀況，只要老師委婉的說，讓他去正視自己孩子的問題，然後學校這邊先改變，家長發現他孩子在學校有改變，其實家長也就會願意改變。

3. 認知塑造

　　A 教師認為自己對幼教的想法是越來越好，對她而言，她覺得自己從開始接觸到現在這個階段，幼教這份工作的責任是一直附加上去的，以前 A 教師覺得只要能照顧好孩子就好了，慢慢的她發現不只如此，除了把孩子照顧好之外，還要顧慮孩子的發展，所以她開始會依據孩子的發展去設計適合的課程，但是過程中也要看孩子能不能適應這樣的課程？孩子彼此之間能不能協調？畢竟也不是一對一授課，所以 A 教師還要注意孩子跟其他的同儕能不能相互結合及和平相處？另外，孩子的態度情意上面，她又要怎麼去做處理？A 教師發現自己要顧慮到的層面越來越廣了。

　　而從以前到現在，A 教師的想法都是要當一位好老師，只是這個「好老師」的定義是每年都在做改變的，像是從一開始她只是想當一個照顧好孩子的老師；漸漸變成不僅要照顧好孩子，還要傳達給他正向的觀念，要讓他有好的品德，A 教師覺得這都是經驗的累積，讓她越來越知道自己的責任重大，慢慢自己的教學理念也會出來，她更確定自己要給孩子的東西是什麼。A 教師覺得自己一定要放長遠去看，她希望自己教出來的孩子在社會的立足點是正向的，是可以平和的跟別人相處、是能夠專心於自己正在做的事情、是抱持認真態度去做每件事情，所以她覺得幼教老師這個職位很重要，3~6 歲真的是在紮根，她相信只要孩子在這個時候把品德紮根好，那個持續性是很夠的，即使之後受到好或壞的同儕影響，只要孩子有那個根在，A 教師認為他都會去反省思考自己現在在做的這件事情是對不對？可不可以？或是他應該要做哪些修正？所以 A 教師覺

得自己的工作真的非常重要！

　　A 教師也分享曾經有過的職業倦怠。像她第一次帶滿班 30 個孩子的時候，她覺得真的好恐怖，幾乎每個孩子都要把屎把尿的，那時候她覺得好痛苦，但是後來 A 教師想想覺得不能再這樣下去，所以她除了跟家長溝通說希望他們在家也能配合之外，在學校她也開始幫孩子建立一些生活自理能力。A 教師表示幼教工作的確工時長、工作量也大，每個人一定都會有無法負荷的時候，但是像她就會回頭想自己當初選擇這份工作的原因是什麼？還有她花了 6 年的時間好不容易才考進公幼，那自己考進來到底要的是什麼？難道是抱怨嗎？所以 A 教師會透過反思自己的初衷，認為如果自己一直這樣在負面的情緒狀態下，那當初就沒有必要這麼辛辛苦苦的考進來！因此她覺得維持住自己的信念很重要，而她的信念就是要當個好老師，有了信念就會支持她往好的地方去想，像是就算上班工作這麼繁忙，下班還是有自己的休息時間啊！然後在工作量的部份，A 教師現在會跟其他資深老師學習如何有效率的把事情處理好，因為以前她經常把工作帶回家做，常常讓她感覺更累，但現在她了解只要事情都在節奏上，做事夠效率，就不會覺得工作量太大；那就算工作量真的多又繁雜好了，也都是可以在工作時數內完成的，而只要自己能夠在學校把所有工作完成，回家就會是自己的一個完整時間，那那段時間想做什麼都是自己的事，A 教師強調只要回想自己當初為什麼選擇進入幼教？還有自己是多麼努力的考上這個工作？這些東西就永遠不會是問題點。A 教師工作塑造的樣貌與影響，摘要整理於表 2。

表2 A教師工作塑造樣貌與影響

	工作塑造樣貌與影響			
	之前		之後	
工作塑造實務	職責	從理論出發看孩子，認為某年齡層的孩子就應該要會做某事	職責	覺察個別差異的存在，開始以實務為主、理論為輔
	關係	與家長溝通直來直往，用同一套面對所有家長	關係	慢慢摸索講話的語氣、態度、方式、話術
	認知	照顧好孩子就好	認知	責任不斷附加，還包括孩子的發展、課程設計適應程度、人際關係、態度情意等
影響	●希望每個孩子都能夠達到理論上所說的預期程度 ●害怕面對家長，因為家長的思維難以預測 ●當一個照顧好孩子的好老師		●改以孩子本身行為表現為主，而理論僅為佐證看是否需要輔助 ●親師溝通沒那麼困難，懂得切換模式對待不同家長 ●傳達正向觀念給孩子的好老師	

（二）B教師

1. 職責塑造

B教師分享自己以前做過很多工作，那之前她是當記者，不過到目前為止她也已經在幼教職場上待了差不多12年了，她覺得自己以前的經驗有些也是可以放進幼教，像是她的攝影技術、多媒體知識、電腦技巧等等。那以電腦技巧做舉例，是她讓學校E化，

整個改成自動化系統的，因為她剛進來這個學校的時候，覺得這裡的書籍非常混亂，原因在於從以前學校就沒有做好分類的工作，且當時全園書籍至少有 1000 多本，可是借閱方式卻採平面紙筆書面記錄，這對老師跟孩子來講都很不方便，所以也造成當時借書的頻率很少。那她就主動跟園長建議如果園內的所有書籍可以改成自動化系統管理，這樣只要用電腦做分類，然後條碼機一刷，就可以借閱圖書了，這樣不只是老師跟孩子很方便，也更可以達到園所推行「閱讀文化」的這個目標。那園長答應了，也知道 B 教師的電腦能力不錯，所以她就把管理全園書籍這件事情交給 B 教師負責。

當然 B 教師在進行學校 E 化這件事情也是碰到了一些阻礙，第一個是經費問題，因為她知道那個自動化系統其實不便宜，硬體設備、條碼機跟條碼零零總總可能就要將近十萬多塊，所以必須要募經費；第二個是老師們對於這個系統的操作不熟悉，因為大家都習慣用紙筆記錄，所以之後如果要改成自動化系統，可能有些人會覺得很麻煩；第三個是人力問題，B 教師必須要找人一起幫忙把全園的書籍統整起來，而且圖書分類對幼教老師來說其實是跨領域的。這些都是 B 教師認為之後她在推行的時候必須一個一個慢慢解決的問題。

首先是經費問題，B 教師回憶當時她進來的那一年剛好是課程模式轉型成方案的時候，那時候她們是進行「麵粉」的主題，所以就舉辦了義賣活動，後來募得的款項加上家長會補貼，就湊足買系統的經費了；再來是老師的電腦部分，一開始 B 教師就把全園 E 化這件事情的效益告訴老師們，同時告訴他們前提是每個人都必須要學習且熟悉這套系統的操作，然後遊說他們一起去參與研習，

等到老師們實際體驗到自動化系統的效益，他們就更願意配合並產生動機去學習了；那最後就是圖書分類，B教師有先去參考其他幼兒園的分類方式，還有參觀信誼小袋鼠的親子書城，再考量學校並沒有教孩子認字這樣的狀況，最終決定採用顏色作為全園書籍的分類，因為B教師覺得不應該讓管理者跟使用者完全脫離，所以這樣的方式不管老師或是小朋友都可以一起幫忙整理書籍。

那B教師也很開心學校採用自動化系統之後，帶來一些額外的附帶效益，像是她們全園的書籍雜誌變得更多、面向也更多元；然後運用電腦進行管理，可以減少以往的錯誤跟重複性問題；又因為園內書籍雜誌的深度與廣度增加，連帶也讓她們學校的整個閱讀能力都提升許多，B教師甚至發現孩子在這個過程當中也漸漸建立起全語文了。

不過B教師也提出自己的看法，她認為工作塑造的先決條件就是這個組織有沒有辦法去讓裡面的成員能夠自由的發揮創意，如果成員在這裡工作是可以做任何的改變，或是他是被接納或被協助的，那每個從事工作塑造的員工就可以有一個更大的發揮，B教師相信這個部份是可以加乘的，也就是最終的效益會更大！

2.關係塑造

B教師覺得自己在溝通方面改變很多，像是在說話的方式上，因為她以前是新聞系的，所以很習慣講話要出口成章，很愛引經據典，或是帶一些文學的東西，就是用比較文謅謅的方式跟人家講話，可是一直以來她都是接受這樣的訓練所以很習以為常，甚至認為這樣講出來的話才比較清楚、豐富性比較高，所以即使是面對孩

子，她也沒有降低自己的高度去配合，直到園長跟其他老師的提醒，她才發現面對家長，家長還可以了解，而且也許會覺得她這個老師講話蠻有料的；而面對孩子，他們是真的完全聽不懂 B 教師在講什麼；那面對其他老師，這樣的說話方式，B 教師也笑言說其實其他老師都還蠻受不了的，尤其幼兒園事情又比較多，如果按照她以前的方式溝通，先描述形容整件事，最後再重點結論，常常大家只要一閃神或是在一個忙碌的狀態之下，根本不記得 B 教師講了些什麼，使得她們變成需要一直重複溝通相同的事情。

所以 B 教師漸漸改變自己說話的內容、方式，首先先去了解孩子聽得懂的語言，那在跟老師們的溝通上，現在她變成是直接把 5W 先講在前面，然後 How 放在最後面，就是先把重點講清楚，之後如果有時間再做進一步的說明。但當然也是因為她們學校的文化像家，所以才讓她很放心去講一些比較口語的話，而不用再有過多的修飾，B 教師覺得現在自己在跟他人的溝通上真得變得更清楚了。

3. 認知塑造

對 B 教師來說，當初進入幼教只是因為她需要一份可以謀生及混口飯吃的工作，其實最早她是做記者的，雖然剛開始在那種如此競爭的環境下也是做得蠻如魚得水，加上那個頭銜聽起來也不錯，可是漸漸地 B 教師覺得有點累，因為那個工作的進度跟進行方式會讓她感覺自己的生活是沒有品質的，所以她決定要轉換一個

對她未來生涯比較好的工作，而因為自己大學時代一直都有在小學代課，因此其實 B 教師的第一個念頭是去國小當老師，可是後來她發現自己讀新聞系是沒辦法直接去當小學老師的，只好退而求其次，因為以前她有雙修幼教，就進來現在這個學校當幼兒園老師，所以剛開始 B 教師也沒有很把幼教放在心上。

不過 B 教師認為其實工作環境很重要，因為以前記者的環境，讓她的心態是一定要懂得保護自己、防禦自己、突顯自己的好來鞏固地位，可是現在這個學校，不但讓她覺得自己是很專業的，而且學校不希望老師去搞一些花俏的教學技巧，就是好好把孩子照顧好、好好增進自己的專業知能、有辦法跟家長做良好的親師溝通就好，漸漸地 B 教師感到很放心，也卸下武裝，甚至覺得這份工作好像已經跟她的生活相結合了，因為它不是一個制式化的工作，B 教師感覺學校就像是一個遊戲場，自己每天來這裡都好像在玩遊戲，雖然每年遇到不同的家長、每天遇到孩子不同的狀況都滿有挑戰性的，可是她在這裡找到很多樂趣，讓她可以長期保持熱情還有動力。

這可能跟她的個性也有關係，因為她很喜歡去解決問題，所以她覺得幼教這個工作非常好，它可以去服務別人及幫助別人；而且她本身是很喜歡冒險挑戰的，因此在這部份 B 教師獲得很大的滿足；另外，她很喜歡學習求知，她每天都把自己當成半杯水，永遠都是需要填滿的，至於今天會填到什麼樣的水她不知道，可是她對於半杯水的心態就是自己不要只是在那裡叮咚響而已，而是可以一直保持這樣謙虛的態度去學任何東西，她每天都抱持這樣的心態，所以當家長拋問題出來的時候，她都會很樂意的去幫忙查書、找資

料，有時候自己無法解決的時候，她還可以轉介給其他的老師，她們學校已經塑造出一種學習型組織的文化，所以 B 教師很自信的表示就算自己碰到一些困難或問題，她一點都不會感到威脅害怕，因為她知道自己背後是有一個很強大的後盾在的。

那因為 B 教師是從記者轉來的，她表示其實幼兒園老師的薪水跟記者是差滿多的，所以剛開始她只是把這份工作當成一個跳板，想說先做看看再說，可是到最後她發現有可能是因為她剛好遇到一個很好的工作職場，否則如果它不夠好，B 教師自己也會去淘汰它，選擇離開到更好的地方。她認為人就是這樣，只要沒辦法滿足需求的時候，自然而然會去尋求更好的地方當作自己的未來，而這裡是剛好可以滿足她個性上的需求，還有在這裡自己是受重視的，可以運用自己的能力去服務別人，滿足他人的需要，工作團隊成員彼此是會互相督促激勵的，因為這麼一個正向的工作環境，讓 B 教師心甘情願選擇這樣的一個工作。B 教師工作塑造的樣貌與影響，摘要整理於表 3。

表3　B 教師工作塑造樣貌與影

	工作塑造樣貌與影響			
	之前		之後	
工作塑造實務	職責	全園書籍多且雜亂，而借閱方式竟然還用手寫登錄	職責	建議引進自動化系統，並負責全園圖書管理
	關係	慣用文謅謅的講話方式，使其與他人溝通效率低	關係	溝通變得更清楚了
	認知	只是一份可以謀生、混口飯吃的工作	認知	學校就像是個遊戲場，每天來這裡都像是在玩遊戲，在裡面找到很多樂趣
影響	●書籍混亂，連帶使得借閱率下降 ●記者的說話方式，孩子聽不懂，同儕一忙就忘記重點是什麼 ●只是找到下一個更好工作之前的一個跳板		●更提升園所的閱讀文化 ●溝通變得更清楚、更有效率 ●幼教工作本身即可滿足其個性需求，加上良好的工作環境，讓她心甘情願待在這裡	

四、幼兒園教師工作塑造的歷程

工作塑造是個連鎖反應的循環歷程，Wrzesniewski 與 Dutton（2001）指出工作塑造包含四個步驟：（1）組織成員藉由從事工作塑造，改變其工作任務、職責，增減任務職責的數量、範圍、執行方式，以及與他人的互動關係；（2）進一步從事工作設計與促發工作社交環境的改變；（3）形塑與改變組織成員對工作的看法，

包含個體工作身分與工作意義的轉變；（4）藉由工作塑造的影響與回饋，再次激發個體從事工作塑造的動機。

Berg、Wrzesniewski 與 Dutton（2010）進一步指出工作塑造是一套兼具適應與改變的歷程，當個體在從事工作塑造時會遭遇到挑戰，並會採取調適行動以茲因應。同時，不同職位在工作塑造上會遭遇不同的困境，並採取不同的解決方法。譬如，高職位員工會遭遇追求組織目標與干預他人工作角色的挑戰，對此他們會強調被賦予責任及調整期望，與暫時抽離來因應；而低職位員工會遭遇謹守既定方法與缺少權力的挑戰，他們會以抓住機會及尋求他人支持，與建立信任感以獲得機會來因應。吳昭怡（2009）則發現，工作塑造的過程中有一段學習歷程，如此方能讓員工的工作身份及工作意義真正轉變。如果說使命感是引擎，那麼學習就是讓引擎啟動的油料。因此，在工作塑造的歷程當中，我們需要面對三個重要課題，包括：從事工作塑造之動機、遭遇的挑戰與調適，以及過程中的學習。

個體之所以塑造工作就是因為在工作中看見需求，有需求即會使個體產生工作塑造的動機，透過工作塑造的動態歷程，個體能在過程中獲得許多回饋，這些回饋又會使得個體回過頭去形成更多動機，在這不斷且良性地循環之下，個體即逐步精進與提升自我層次。我們可以從幼兒園老師的經驗中獲得佐證，譬如：以確保工作主控權為例，公幼特色是每個老師的意見都寶貴，因此在採購上經常會受到干預，後來改成自己先行做出幾個抉擇，再讓各班老師傳閱勾選，以投票方式進行，處理事情迅速有效率，還可尊重每個同事；以建立正向自我形象為例，如在主辦活動時，我一定會照自己

的方式及標準去把活動辦好，不會隨便做做，因為我不喜歡應付敷衍了事，而且我認為如果老師給孩子隨便的態度，以後孩子也會有樣學樣，因此只要時間允許，會想把事情盡量做到 100 分；以與他人有所連結為例，如把幼兒紀錄結合臉書，直接把東西拋上網，家長既可以馬上看到孩子今天的活動情形，有任何問題或需求也可以直接在上面提出，當沒時間回應時，其他家長也能幫忙解決，變成它是多向的空間，彼此可以在上面相互連結。

其次，個體在從事工作塑造時難免會遭遇挑戰。Berg、Wrzesniewski 與 Dutton（2010）便發現組織中高低階層人員會面對不同類型的工作塑造困境。譬如：基層人員多半權力少，只能聽命辦事，因此經常受困於僅採取既定的方法去達成組織目標，或者遭遇缺少權力去使他人認同或支持他從事工作塑造，只好順應他人期望做事。而高階人員卻也經常容易受困於僅追求既定的組織目標與擔心觸犯他人之工作角色與責任。劉怡萱（2013）的研究指出我國幼教師常見的工作塑造挑戰，有需兼任行政工作、缺乏時間、幼兒的不可預測性、家長要求、缺乏職權、未獲家長支持，以及同儕協調性低。至於幼教師面對工作塑造的挑戰時，可以採行的調適方法，則有接受及適應該現況、調整潛在期望、暫時跳脫原有工作疆界（如留職停薪兩年出國念書再回來）、負面情緒的紓解宣洩、建立信任感等待機會降臨（如：面對偏食小孩）、發展設計有效的程序（如：運用心智圖有系統的整理出教學脈絡）以及邀請第三人協助討論（如：面對難溝通的家長會去請教園長）

在工作塑造開始到實現的兩點之間，通常會有一段學習歷程，學習的來源及經歷，都是在非預期狀況下發生，因此如果個體學習

方式有所差異，隨著時間推移，經過工作塑造這座「磚窯」燒製，自然會產出多元的工作身份、工作意義及工作創新，這是一個漸衍的過程（吳昭怡，2009）。劉怡萱（2013）便發現幼兒教師經常會分享在從事工作塑造時，有哪些人、事、物曾經幫助他們塑造工作。這些方法，包括：透過閱讀書報雜誌、旅遊、看展覽來培養開放的態度；透過書寫活動、省思、教學檔案或紀錄、行動研究來加強敏感度；透過再進修、在職訓練、參加研習、參與專題演講達到專業成長；以及透過做中學、過程中覺察等方法來累積經驗（如：以電腦記錄教學歷程增高效率）。

五、結語

幼教現場工作複雜又缺乏結構性，讓幼兒園教師必須包山包海，面對龐雜的工作內容、繁重的工作量及過長的工作時間；幼兒園教師似乎都曾對幼教工作中的人、事、物摻雜負面情緒，這些負面情緒即使沒有嚴重到讓他們想轉換跑道或遠離職場，但是點點滴滴都會傷害他們在幼教場域工作的熱誠與自信，讓不少幼兒教師逐漸遺忘對幼教工作的初衷。

正由於幼教工作具有高度彈性與自主，倘若幼教工作者能在現有的工作情況下從事工作塑造，有創意地尋求工作與自我優劣勢的最佳均衡點，他們將能更投入於其中，進而獲得更大的工作價值感。由幼兒園教師工作塑造的經驗顯示，工作塑造為幼兒教師的工作帶來許多正向轉變，透過從事工作塑造的動態過程中，逐漸替自己與整個工作職場注入活水，帶來許多實質或心靈層面的正向轉

變。工作塑造的內容、執行方式或呈現結果，固然因人而異，但最終都使工作變得更貼近自己，也經常為當事者帶來重要的轉捩點。無論工作塑造行為或大或小，也都可以讓幼兒教師工作起來更為投入及有趣。

工作塑造不但是幼兒教師專業成長的新途徑，更是激發幼兒園教師工作熱情的一種有效方式。最後，提出三點具體建議：（1）請幼兒教師多瞭解與落實工作塑造的概念，必將有助於你在繁忙的幼教場域裡，保持歷久不衰的工作熱忱；（2）當幼兒教師在工作環境中一時遭遇困境時，可徵詢他人的工作塑造經驗，以引發自我改變與工作塑造的契機；（3）由於工作塑造能為幼兒教師帶來顯著的正向影響力，因此，我們希望幼教行政機構能在幼教專業發展業務上積極推廣，工作塑造的概念不但能激發幼兒教師的工作效果與熱情，更有益於幼兒的發展、學習與福祉。

參考文獻

呂木琳（1994）。有效安排教師在職進修因素簡析。載於中華民國師範教育學會主編，師資教育多元化（59-78頁）。臺北市：師大書苑。

吳昭怡（2009）。從工作塑造看工作創新—以台灣大車隊為例（未出版之碩士論文）。國立政治大學，臺北市。

劉怡萱（2013）。幼兒園園長與教師工作塑造之研究（未出版之碩士論文）。國立政治大學，臺北市。

顧怡君（2002）。教師在職進修增能模式初探。載於黃炳煌主編，課程統整與教師專業發展（361-381頁）。臺北市：師大書苑。

Berg, J. M., Wrzesniewski, A., & Dutton, J. E. (2010). Perceiving and responding to challenges in job crafting at different ranks: When proactivity requires adaptivity. Journal of Organizational Behavior, 31, 158-186.

Cooley, E. (1995). Developing and evaluating interventions aimed at increasing retention of special education teachers (Teacher support & retention project). Final Report. WestEd, San Francisco, CA:WestEd/Far West Laboratory.

Gergen, K. (1994). Realities and relationships: Soundings in social construction. Cambridge, MA: Harvard University Press.

Ghitulescu, B. E. (2007). Shaping tasks and relationships at work: Examining the antecedents and consequences of employee job crafting (Doctoral dissertation, University of Pittsburgh).

Leana, C., Appelbaum, E., & Shevchuk, I. (2009). Work process and quality of care in early childhood education: The role of job crafting. Academy of Management Journal, 52(6), 1169-1192.

Schlenker, B. R. (1985). Identity and self-identification. In B. R. Schlenker (Ed.), The self and social life (pp. 65-99). New York: McGraw-Hill.

Wrzesniewski, A., & Dutton, J. E. (2001). Crafting a job: Revisioning employees as active crafters of their work. Academy of Management Review, 26(2), 179-201.

Wrzesniewski, A., Berg, J. M., & Dutton, J. E. (2010). Managing Yourself: Turn the job you have into the job you want. Harvard Business Review, 88(6), 114-117.

縫補專業行動的裂痕

探究兒童哲學在幼兒園實踐的行跡

連珮君
台北市永春國小附設幼兒園教師

倪鳴香
政治大學幼兒教育研究所副教授

一、為何而走？

事實上，如果人自覺到人的未完成性，卻不投身於持續的追尋歷程，那將是一個矛盾（馮朝霖，2006：144）。

（一）因「困」而「問」

我進入幼教專業領域的起始點，實為高中聯考篩選制度下的分發結果。在臺灣社會中既存的升學分發篩選制度，其強勢的制度化結構讓多半生存其中之主體，無可避免的以「機運—分發論」來認定自身專業發展的起始點或轉捩點（倪鳴香，2009：197-198）。

在大學時期，身為幼兒教育系學生的我們，花了許多時間以「閱讀」的方式來了解孩子的發展，在皮亞傑發展理論的指引下，它讓我們了解運思前期（約二到七歲）的孩子，他們初以語言符號為中介來認識與描述世界，藉由圖像、具體操作、個體實際的體驗可幫助孩子學習。關於運思前期，書上寫著「其主要活動乃是靠直覺方式來調整自身與外界的關係，少有運思能力，故稱為運思前期（張新仁等人，2003：89）。」書本中的發展理論還告訴我們關於孩子在思考上的「限制」，諸如：因過度類化產生錯誤分類、自我中心主義、還不能使用歸納或演繹的方法推理等。就這樣我的大學四年在幼兒教育學系渡過，並在歷經一年的教育實習，❶ 累積了越多和孩子相處的經驗，發覺發展理論帶來指引的同時，也帶來疑惑，「幼兒真的少有運思能力嗎？」這個困惑反覆出現，我不知道在幼教專業中，我們該如何思考與認定孩童的樣貌？

第一次聽聞「兒童哲學」，是我走進幼兒教育研究所的課堂

裡，意外地它給了我另一幅關於孩童的圖像。心想倘若兒童哲學是幫助人引出他的哲學思想，讓人明白自己到底想些什麼，在討論中不只將自己胸中的東西發表出來，還學會比較個人的經驗與觀點，他們了解承認別人觀點的重要，他們也了解替自己找理由的重要（楊茂秀，1998：9）。那麼，在幼兒園裡孩子們活躍閃動的言語中，可能已經有著兒童哲學的初芽，不是嗎？這喚起了我記憶中實習那一年的真實故事，支撐著我相信兒童哲學的價值。

2007 年的 5 月，幼兒園裡開展著一段關於母親節的討論。

中班的鈞說：「我媽媽很辛苦，下班回家後還要煮飯做家事，阿我爸爸都沒有幫忙，他在客廳看報紙，爸爸不辛苦。」他直率的論點，引起孩子們彼此的交談：我爸爸也是，我爸爸也是，我也覺得我媽媽比較辛苦，爸爸比較不辛苦！

孩子們居然比較起媽媽和爸爸的辛苦指數，老師們眼神交流了一下，這樣的論斷看似引起孩子們之間的一些認同，大班的皓舉手說：「現在是母親節，我們這樣說爸爸的壞話，那到父親節的時候該怎麼辦？我覺得爸爸還是有幫忙做一些事情呀。」忍不住，

---

❶ 我於 2002 年 7 月（91 學年度入學）進入屏東師院，成為適用 1994 年版《師資培育法》的「末代的實習教師」，根據 1994 年版的《師資培育法》（俗稱：舊制）第 8 條規定：「取得實習教師資格者，應經教育實習一年，成績及格，並經教師資格複檢者，取得合格教師資格。」2002 年新制的《師資培育法》中，「實習」從原本的外加式的一年改為內含式的半年，參與實習者的身份因為是「職前師資培育階段」而稱之為「實習學生」，而非過往的「實習教師」（參見林育瑋、林妙真，2006：265-266）。

老師們笑了出來，孩子們沒有笑，覺得哥哥說的話很有道理。而引發直率論點的鈞遂也回應：「有，我爸爸有幫忙倒垃圾。」

當那些和孩子相處的經驗化成難以忘懷的一篇篇故事時，我的疑問就愈是強烈，孩童真是少有心理活動嗎？若真如此，他們那活躍閃動的想法又是什麼？他們無法跳脫自我，接收他人觀點嗎？若真如此，那同儕間快速傳遞的思緒又是什麼？他們無法正確推理嗎？若真如此，那超乎你想像又帶些哲理的話語又是什麼？那是什麼？那是什麼？我不斷自問。

（二）陷身

2008 年夏季，我參與臺北縣教師研究發展中心舉辦的「兒童哲學種子教師研習營」，楊茂秀老師引用美國實用主義創始人 Peirce 的一句名言做為開場「不要阻礙了探究的道路（Do not block the way of inquiry）」，當時這句話帶給我很大的啟示。在孩子的話語世界裡，提問代表著孩子對事物探索的表現，若因為我的忽略，而將之視為無物，孩子的探索之路將會如何？自詡成為專業幼教老師的我，將會開展抑或阻礙孩子的探索之路？

深陷「困與問」促使我朝著兒童哲學的路徑走去，並企圖透過教育行動尋求理解。夏季過去了，幼兒園開學，我帶著對幼兒思考的好奇，一股腦地栽進研究場域展開為孩子們說故事的行動，也希望這一個在我心中萌發的兒童哲學教育實驗行動能成為我碩士論文的主軸，暗自期待能親身實踐兒童哲學中「做」哲學（do philosophy）的理念。於是我嘗試在幼兒園的教室中，形塑出幼兒

們與我參與其中的探索社群，此探索社群以《貓人》為主要故事文本進行思考故事（thinking story）的實驗，並在說故事後以孩子提出的問題來進行討論，藉此來理解幼兒的思考，尤其關注在幼兒們如何在語言活動中相互建構起彼此的思考；而我以探索社群領導人的角色參與其中，透過此研究檢視自身在此教育行動中的所思、所為及轉變，並審視此兒童哲學實踐行動對於我這位初任幼師在理解幼教專業知識內涵上的影響。

二、實踐行動計畫

社會心理學家 Kurt Lewin（1890-1947）被認為是最早提出「行動研究」一詞，並對行動研究提出方法架構的重要人物。在 Lewin 的觀念裡，社會科學的研究不應該是關在學術的象牙塔中內省，而該是為了「理解社會現實」而存在。對於這個兒童哲學教育行動的初體驗，我選擇了以行動研究作為自身理解孩童思考的探究路徑。在方法上參考 Lewin 行動研究歷程的模式化，他主張行動研究會是由許多迴圈所形成的「螺旋循環（spiral cricle）」模式，每一個迴圈都包含計畫、事實資料探索或偵察以及行動等步驟，而每一個「研究—行動」迴圈會導致另一「研究—行動」迴圈的進行（陳惠邦，1998：241）。一個迴圈接續著一個迴圈，產生螺旋式的循環，建構成連續不斷的歷程，建基了行動研究大致依循「擬定計畫—行動—省思—調整修正」的循環模式。

2008 年 10 月 24 日至 2009 年 1 月 16 日期間，在徵得政大實幼蘋果班（中大混齡）教師的同意與協助，❷ 我向家長招募到 12 位

五歲孩童，其性別組成恰好是 6 位女孩及 6 位男孩。❸ 展開了 11 回思考故事的討論。每次皆輔以海報法，將孩童們提問的內容記錄於海報上，並註記提問孩童的名字。且每次的討論皆留下錄影與錄音的影音記錄，還有活動前的思考籌劃以及故事討論後的省思。這些內容除了影像文本外，我以「兒哲記事」筆記下活動前後進行的歷程；而其他與研究相關的事件、想法及靈感則以「研究日誌」捕捉記載下來。❹ 關於每次討論活動進行的概況摘述可參考本文後的附件一。

　　至於前面所提出「擬定─行動─省思─調整」的行動循環模式，指的是我每回行動前會「擬定」討論計畫，討論「行動」後會書寫行動中的思考、行動後的直覺性認識與「省思」，進而對下回的行動作出「調整」。由於行動中的「他者」往往能為研究開啟不同的思考，進而導致另一循環迴圈的開啟，使能因「行中思」而調整行動，重新擬定計畫。我將此該多層次循環歷程的蛻變形貌再現於圖 1 四個迴圈中，包括因第四回調整步調讓孩子多說話而帶來

---

❷ 政大實幼的全名為「國立政治大學附設實驗國民小學附設幼兒園」。

❸ 參與之幼兒皆經家長同意而成為研究對象，且文中所有幼兒姓名皆經匿名處理。

❹ 文本代號說明

兒哲記事：（次別＋兒哲記事），如（1_兒哲記事）表示：第 1 次討論的兒哲記事。

研究日誌：（西元年月日共八碼＋研究日誌），如（081015 研究日誌）表示：2008 年 10 月 15 日書寫的研究日誌。

初步整體回觀：（090527 初步整體回觀）表示：2009 年 5 月 27 日定稿的初步整體回觀。

語料轉錄：（次別＋西元年月日共八碼），如（1_081024）表示：轉錄自第 1 次討論 — 2008 年 10 月 24 日影音之語料。摘錄語料皆標示「行號以呈現語料之前後次序，另以「T」為研究者的代號，以區分出我、孩子們的語料。

「慢」的認識；第七回因與教師討論後觀見「戲與遊」元素在啟動兒童哲學性思維的重要性；以及第八回浮現體悟孩子也想說故事的「契」合感（參見圖1）。

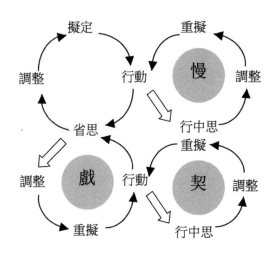

圖1　本行動研究的循環結構

　　當時間在行動結束終止時，如果我們不願只是徒然保留教育經驗，卻遺失其意義，那麼只能設法穿透它並從中榨出意義來。通過教育實踐的行動，我們已然豐富了教育經驗，可是接下來，要如何從經驗裡獲得意義？

　　回觀每一階段的教學影片後，我試著書寫下自身內在的體驗，這讓我察覺實驗教學期間我與孩子間關係的逐漸改變，以及自身在理解孩子話語中所談後，所引發在我身上對既存教學意識上的轉變。於是參照 Cheryl Mattingly 的建議「說故事的動機是要從經驗中

榨出意義來，尤其是那些具有威力或令人困擾的經驗（夏林清等譯，2003：277）」。❺ 將「故事」作為辨識經驗意義的入口，我開始有了產生將這些教育行動經驗「寫成故事」的這個籌劃，將故事作為「再現經驗」的一種自然方式，並使之導向「引領實踐者反身辨識自己的認識入口（夏林清等譯，2004：8）」，最終則依舊是要力求能獲得「對孩童及對自身的理解」。

三、重構對「孩童」的理解

當我們利用發展過程中的假設，檢視孩子所說的話時，不僅會忽略他們話語中重要的哲學成分，也忽略了孩子本身與他們話中嚴肅或有趣的觀點（楊茂秀譯，1998：67）。

當我再度往復於研究文本之間，往復於對整體及部份的掌握，書寫行動中強而有力的經驗，「邂逅－慢談－轉捩－投契」四部故事曲逐步在時間流中顯現。

在「邂逅」中我書寫與孩子互動的起始樣態。那是一個喜悅與挫折共存的開始，我喜悅於孩子的「問」總是引領我們游移至未知；他們直率地討論生活中字詞概念的使用（如：消失），表達出「誤解」的存在以釐清概念；他們發自內心探詢沒有出路的疑問。在看似無疑的表層下彰顯出奇異，孩子們在做的正是「為自己去思考」的工作，他們不會對未知感到不安，那個對未知感到不安的人

---

❺ Cheryl Mattingly 是《反映回觀》中提供實踐個案的研究者之一，她在該篇研究所關注的核心為「當故事被用來當作幫助專業人員反映其實踐行動的工具時，會有什麼情況發生」。

其實是「我」！

　　我挫折於看見自己在「知與行」間的斷層，接觸「兒童哲學」的我，曾說自己想要成為孩子的探索伙伴，我認同且欲實踐的是「和孩子一同做哲學」；可是在言詞中我不經意地屢次流露「有想到答案的請舉手」、「有沒有人贊成某某某的答案」、「這個答案好像對」，這些真實的反應讓我感到震驚，那位面對孩子的初任幼師屢屢追求的居然是「答案」？我將「問題看作考題」，將他人的思考當作答題，甚至判斷對錯。

　　在「慢談」中主要陳述第 4 回討論裡孩子對文本的主動回應。參與討論的孩子們會為故事配音，會主動聯結生活經驗來理解故事名稱〈水缸裡的頭〉，會對故事中角色所提的論點表示反對，這些回應促使了我將步調「慢」了下來。美國社會學家 George Herbert Mead（1863-1931）曾向我們建議：「理想的教材它應當充滿孩子的經驗，而非來自成人世界毫無生氣的經驗。它應當能引發觀念間、思想間的衝擊以成迴響，它應當會戲劇性地描繪出，孩子內心與題材教導間的衝擊（引自 Lipman, 2003：85）。當〈水缸裡的頭〉這個故事文本被讀出時，故事中的阿比向我們投遞出他的思想「阿得生下來，是和媽媽一樣的」，這隨即引發孩子與故事文本的對話，他們以「哪有」將反對的看法表達出來，接著還舉出例子來說明。話語真是充滿力量，當它被說出來時，你將難以忽略它。我在當回的兒哲行動行動後寫著：「阿比說的引起孩子們許多的回應，孩子們的回應多半以舉例的方式來表示小 baby 和媽媽不一樣的地方，如小 baby 沒有牙齒、小 baby 的骨頭很軟等等，當下我的態度便是就讓孩子能儘量拋出他們想陳述的，身為團體的帶領者，我需要試

著在此放慢自己的步調，即便故事不能字字句句都說完，故事不能說完那重要嗎？也許並不那麼重要，故事只是我們共享的文本材料，而不是我的說故事表演（4_兒哲記事）。」若用 Schön 的話來說，我在行動之際即產生反映（reflection-in-action），我們在做某事亦同時思考我們的作為（夏林清等譯，2004：60）。我思考的是「我沒有理由不讓他們說，因為這正是我渴望聽見的。」這個察覺讓我覺得自己應將故事的步調慢下來，不應將說故事成為我的展演，繼而在行動中調整了步履。而這個察覺開啟的視框，促使我對過往習而不察的「教師步調」加以檢視，我告訴自己如果我逕自地往前走，那會使我再度遠離孩子。

「轉捩」是在討論活動的中後期出現了「孩子自己說起故事」的轉變，這簡直就是以一種蔓延的姿態在我們的討論中展開來，很難停止，或者恰恰相反，我應該珍視它。對我而言，這個轉變是在預料之外，所以我稱它是個「意外」。可是這個意外是如何發生的？如果沒有和老師們的那場對話，我會不會看見那個「認真的老師」及「缺乏遊戲的討論」？如果沒有午後那場楊茂秀主講的老師兒童哲學研習，Paley 老師的觀念會不會再次浮現在我心湖的中央？如果沒有孩子的那句「我要講故事」，我會不會有勇氣去做這個妄然的效仿？「我要講故事」這句話如同有力的小石子，它不偏不倚地投向我的心湖，使得孩子說的、演的故事，在大家的眼前上演出來。

在「投契」中我主要談隨著時間的推演，我與孩子們似乎找到一種協調的步伐投身在討論之中。對於〈花當然會飛〉這篇故事伊境提出的第一個問題：「為什麼小熊要一直看花不看更外面？」

我使用一種帶有戲劇性的口氣再複述這個提問一次，宥嘉聽完像是進入了一種遊戲的狀態，他邊笑邊說：「那為什麼大熊要一直看報紙一直看報紙？」在朋友侃恩的加入下形成了第二個問題「那為什麼大熊一直看報紙不看外面的花？」莫約四分鐘後，博林問第三個問題：「為什麼大熊不要看花，小熊不要看報紙裡面的圖畫？」這些問題並不是單點式的獨立問題，這些問題已然是通過社群互動而再現的，我們如同共同參與一場提出問題、創造問題、發現問題關聯的饗宴。討論社群的建構能使參與其中者的情感與智性活動同時開展，這讓我聯想起一段話：「教育的美就是在師生共同投入而忘我的學習活動中，不知不覺地參與了彼此生命的成長與創化（馮朝霖，2006：156）。」這段我們共同投入的學習活動，足夠使人忘我，也許是這種忘我，使我卸下「追求答案的金箍」。說來也許慚愧，當我返身觀照自身實踐兒童哲學的足跡，才看清自己腦袋上的金箍，說來算是欣慰，當我忘了要當一位「過於認真」的老師時，才體認自身能在教育活動中因投入而忘我。藉著實踐「兒童哲學」的行動路徑，我才真正走進孩童的思想世界，才真正面對一位初任幼師的未完成課題—「理解眼前幼兒」。

四、我所理解的孩童

誠如 Paley 所云：「教室中發生的真實事件會映照出孩子內心世界裡的一角，而且也會永久改變我的觀點（何釐琦譯，2008：55）。」就像是 2008 年 10 月的午後，汪薇所引發的同儕討論，是如此自然而然的發生了。

汪薇：「蘭老師消失了！」這個小小的驚呼，引起孩子們紛紛地口頭回應，我豎起耳朵，然後持續著手進行手邊的工作，右後方一個聲音說：「蘭老師中午回家了，我有看到……」剛好與我眼神相對的汪薇看著我說：「喔～難怪珮君老師會來」和汪薇同桌的一為說：「蘭老師哪會消失」，其它幾個孩子們則紛紛証實那來自右後方的說法：「我也有看到蘭老師回家，我也有看到……一為則再一次地說：「不是啦，蘭老師是回家，不是消失，蘭老師哪會消失？」（081015 研究日誌）

　　如果說哲學最素樸的特質並非專有名詞或術語，而是向生活發問（柯倩華 1998：12）。那麼這則來自生活中的對話，無疑向我們展示了「向生活中的語詞探問是如此自然的事情。當汪薇說：「蘭老師消失了」這句話的時候，引發了同儕間的談論，而汪薇也接續做了一個「難怪珮君老師會來」的推論，然而聽在一為耳中，用「消失」這個詞並不怎麼合適。

　　在這行動研究歷程中我最大的體悟是「並非我『帶領』孩子做兒童哲學，而是孩子的思考樣貌向我體現了『兒童哲學』之本質。」我的意思是，他們所從事的哲學活動是在實際生活中發揮作用的，而且他們向我展露了他們在「做」哲學的原貌。我將他們做哲學的樣態歸納出下列幾項特徵。

（一）為自己思考、把玩思想的孩童

　　孩童「為自己思考」的圖像屢次浮現，他們不僅是認真的看待自己的問題，在社群中也展現「心存他者」，對他者的思考敏感，

會將自己和他人的思考拿來加以思慮與把玩。過往強調二到七歲孩童只會從自己的觀點著眼，論述「自我中心」為此時期明顯的特徵，在我實踐兒童哲學的經驗中，這些理論觀點皆一一失效，我看見在孩子們的學習社群中，他們是共享著學習經驗，在對彼此的了解下，他們對於彼此問題的表達與陳述更勝於教師，他們是自發地聆聽他人的問題與意見。相較之下，教師「假裝」的聆聽反而是一種「自我中心」的表現，不斷的範括他者的提問。

229 老師：我們下次呢就來討論這些問題

230 汪薇：老師可是我還是沒想到

231 老師：你還是沒想到 沒關係 下次如果想到可以告訴我 現在呢有幾件

232 事情 一收墊子 二放蠟筆

233 汪薇：柴一帆我剛剛講什麼 那個問題

234 牧海：三不知道　　老師：三說掰掰

235 汪薇：喔~ 我記得了 柴一帆告訴我一些了 嗯就是呢為什麼小 baby

236 啊 他他呢沒有

237 老師：他沒有

238 汪薇：他不吃他只喝奶 可是為什麼媽媽都 吃飯 不喝奶（除了汪薇，

239 一帆也在旁邊）

240 老師：哦 為什麼小 baby 吃飯 然後 媽媽喝奶是不 是嗎

241 汪薇：媽媽 媽媽吃 媽媽吃飯

242 老師：（笑）喔媽媽吃飯 欸為什麼小 baby 喝奶是不是
243 汪薇：對　　　　　（4_081114）

即便大家逐漸散去，汪薇仍在為自己在思考，她再次向我表示「老師可是我還是沒想到」，而我只是再次給了她「沒關係」的回應，但也許對汪薇來說這個問題很重要，並不是「沒關係」，她轉向她的朋友一帆問道：「柴一帆我剛剛講什麼，那個問題」，只見一帆小聲咕噥，汪薇坐到一帆的對面聆聽，然後不出幾秒，那個代表我知道了的「喔～」熟悉又驚奇地傳來，「喔～我記得了 柴一帆告訴我一些了 嗯就是呢……」。不論一帆說的「一些」是多是少，作為朋友的傾聽與陪伴，使汪薇成功地記起了她的問題，若依汪薇當時的口述，將她的問題加以整理是這樣的：「為什麼小 baby 不吃只喝奶 可是為什麼媽媽都吃飯不喝奶」這遠遠比我為她記錄的問題「為什麼小 baby 喝奶，媽媽吃飯」來得更加精彩，因為若姑且不論實然面的對錯（媽媽未必不喝奶），她使用了「不……只……，都……」來表達她的問題形式。

在思考活動的進行中，孩子也能將自己和別人的思想再拿來加以思考，諸如孩子在將自己的問題「說」出來後，遂又隨即反應「不是……再想一下」，他「聽」到了自己所說和自己想表達的不一致，這使得他覺得自己需要再思量一下。隨後當他的朋友提問，他在朋友的問題裡聽見自己的問題，孩子會靈敏地反應道：「你跟我的問題一樣啊，只是我是人的，然後你是青蛙的」，更有甚之，當他們將思想再拿來加以思考時，他們在過程中能區分較好的思考或較不完整的思考。如我們談及嬰兒和我們的「不一樣」時：

40　盛希：小 baby 小 baby 喝奶

41　老師：小 baby 喝奶 那我們呢

42　盛希：吃飯啊

43　侃恩：我們也可以喝奶啊

44　老師：我們可不可以喝奶

45　孩子們：可以　　　　　　　（5_081121）

「小 baby 喝奶」能夠成功區辨出嬰兒與我們的不同嗎？我有意追問道「那我們呢？」當盛希及幾個孩子說：「吃飯啊」，侃恩的一句「我們也可以喝奶啊」，顯示出他已將別人的想法納入自己的思考中，並向我們指出「嬰兒喝奶，我們吃飯」的區辨是不成功的。

（二）對生活做出純粹反省的孩童

提問不會只發生在聆聽故事後，孩童在生活中對方才所發生的事物會持續探問，在生活中自然而認真地問：「為什麼珮君老師在這裡？」、「為什麼你都選你朋友？」、「你到底是選朋友還是選乖的啊？」、「為什麼演員要這麼吵？」等問題。那些看似簡單卻又純粹的好問題，往往令我措手不及，但還是秉持能自然地引起孩子們之間的迴響為原則。

34　老師：你覺得你剛剛在講故事的時候 你有沒有很喜歡哪一
　　　　　位聽眾

35　宥嘉：嗯 鄭伊境

36　老師：很喜歡哪一位　　宥嘉（及其他孩子）：鄭伊境

37　老師：喔 為什麼　　　侃恩：她很安靜

38　宥嘉：她都沒有講話 跟嗯～王　牧海

39　侃恩：王牧海在你後面為什麼你都選你朋友

40　宥嘉：因為你剛才自己也有講話啊

41　侃恩：你都選你朋友

42　老師：你是選你的朋友嗎

43　宥嘉：對啊 因為他們也有安靜啊 然後 然後呢～（停5秒）

44　牧海：選朋友 選朋友還還是選乖的（頭偏向宥嘉）你到底
　　　　是選朋友還是選乖的啊

45　宥嘉：選乖的啊　　　　　（8_081212）

　　誰會是宥嘉認為的好聽眾？他很快地先說出伊境這個名字，她總是善於聆聽，在我們的討論中幾乎不曾打斷或干擾他人的發言。宥嘉想了一會兒繼續說「跟嗯～王 牧海」，當時宥嘉的眼神在找尋牧海，侃恩：「王牧海在你後面為什麼你都選你朋友」他的話語沒有停頓，一口氣說完，前面的「王牧海在你後面」是告知，後面的「為什麼你都選你朋友」聽起來就像是理直氣壯的控訴，他覺得宥嘉偏袒朋友嗎？又或者在宥嘉聽來，侃恩的問題像是在問：「你為什麼不選我？」他對著侃恩說「因為你剛才自己也有講話啊」，侃恩再次重複了「你都選你朋友」的這句話，這下我也好奇了，我問宥嘉「你是選你的朋友嗎」，他回答「對啊 因為他們也有安靜啊」。他用了「也」這個字，似乎在說「我選擇的這些人，他們是我的朋友，而他們剛剛也很安靜，真的是好聽眾啊。」

　　可是宥嘉的「對啊」使牧海疑惑了，選朋友？牧海的眉頭皺

出了一個八，嘴角出現一個帶著困惑的苦笑，他先是問了「選朋友選朋友還還是選乖的」，宥嘉沒有回應，牧海把頭偏向他，再一次問「你到底是選朋友還是選乖的啊」，牧海想要問的好似是「宥嘉選擇的判準到底是什麼？你說你選的人是朋友，也是好聽眾，可是問題是，你在做這個選擇的時候，到底是依照什麼判準選出來的？」宥嘉似乎也明白牧海問的，他輕輕地回答「選乖的啊」。那一天討論結束後，班上的汪老師特別跟我提到這段討論，她也覺得孩子的拋問非常有意思。沒錯這是一段令人印象深刻的討論，一場尋求釐清的探問，在這段裡我聽見了公正（偏袒）和友情（朋友），可是究竟是哪一個？又或者，是因為有了友情，才更在意公正？

（三）善於在「未知」中探尋意義的孩童

孩童的「問」總能引領我們游移至「未知」。當一帆對文本提出問題「為什麼他們三個小朋友想當貓人？」原先也舉手欲提問的博林回應：「呃其實我一開始的問題也是這一個」，在我的追問後他補上巧妙的一句「嗯對 但是我不清楚」，這好似維根斯坦所談的哲學問題形式。維根斯坦說：「哲學問題有個形式『我不知道我的出路』」（引自楊茂秀譯，1999：6）。博林同樣對這個問題感到好奇，即便他不清楚也還沒看到問題的出路，隨後亦杉也舉手說：「我的問題跟柴一帆的問題一樣」，這股流動在同儕間相似的好奇，像是在說「我們好有（友）默契」，自然地牽動了他們的笑靨。他們善於在看似無疑的表層下彰顯出奇異來，他們非但不會對未知感到不安，還試圖在未知中為自己而尋求意義。而成人呢？Matthews 的這句話實在一針見血：「多數的成年人沒想到，兒童會

問出找不到確定答案的問題（楊茂秀譯，1999：108）。」成人常為求「標準答案」而問並且對「未知」感到不安。但是如果一切都是清楚的已知，那我們還需要討論什麼呢？

> 358 老師：那如果你相信的話 那我再問你喔 阿得他們家那隻猴
> 　　　子阿 是阿公 是他們的阿公送給他們養的猴子 那一隻猴子會
> 　　　不會變成人
> 359 宥嘉：人猴子喔 猴子人喔
> 360 老師：會不會變成人
> 361 亦杉：可能會 有可能會有可能會
> 362 老師：有可能會
> 363 亦杉：也可能不會　　　　　　　　（7_081205）

成人習於以二元的思維進行討論，常問「是或不是？可能或不可能？會或不會？」微妙的是孩子的回應往往意味深長，他們很可能會說「都是」、「可能會，也可能不會」，正是這種意蘊深遠，使得思考的進行不會隨著鐘聲而告結。在兒童哲學的探究模式裡，成人不僅無法控制結果，也無法依靠年齡與經驗的優勢堅持自己的主張（陳鴻銘譯，1998：144），在探究的歷程裡，成人會逐漸意識到自己思想的侷限，孩童思想世界之寬廣。當我們不自覺地帶著某種「預設」的教育目的，以為自己要「教會」孩子時，我們可能會忽略了孩子話中本身的觀點比我們所預設的更加引人入勝、更耐人尋味。

（四）自然展露思考技巧的孩童

美國兒童哲學之父 Matthew Lipman (1922-2010）在 1960 年代期間因為體察到高等教育學府中學生在思考能力上的粗糙，而提出兒童哲學計劃。他主張孩童善於探問的自發性應當備受呵護，思考技巧的培養和訓練也應自幼年時期開始培養起。而我在實踐兒童哲學的經驗中，發現孩子們在討論時能自發且自然地展露出他們的思考技巧。參照 Lipman 列出的三十種思考技巧，這次的實驗教育中孩子們展露出的思考技巧包含（1）做出區辨指出差異：如指出嬰兒與我們的「不一樣」、青蛙與蝌蚪大概「差」五個地方、青蛙與蟾蜍的「不一樣」；（2）運用類比：如嬰兒之於媽媽，正如小豬之於母豬，正如小象之於大象；（3）試圖建立通則將所見的事實加以歸納：如「每一個動物都有舌頭啊」、「全部動物都長得一樣除非青蛙以外」；（4）連結事物間的相似特徵，做出合適的譬喻：如「蟾蜍像石頭，青蛙跟樹葉一樣。」；（5）注意或認清含糊的用語：如當我說「大熊都不看外面」，孩子會隨對我說「牠 (大熊) 有一個時候看外面啊」；當一個孩子說「小 baby 喝奶我們吃飯」時，另一個孩子會立即投遞出「我們也可以喝奶啊」；（6）好奇或尋求判準的釐清：如孩子在聽完故事後問「為什麼哥哥說七歲才能騎馬？」、「為什麼五歲不行化妝？」；在一個孩子拋出「為什麼你都選你朋友？」的提問後，孩子會追問「你到底是選朋友還是選乖的啊」，他好奇當事人在做選擇時，究竟是依什麼判準選出來的？（7）試著做出定義：如在討論「消失」這個詞時，孩子會嘗試對詞作定義「消失就是不見了」、「消失就是看不到」；（8）舉出

實例促進了解，當我們說到〈水缸裡的頭〉這個帶點謎樣的故事名稱時：

38　老師：阿潘和阿比 伏在水缸頭 看著青蛙 也看著青蛙的卵 兩顆頭

39　小孩：呵呵呵

40　老師：就映在水面上 原來講的 水缸裡的頭

41　汪薇：（大聲的）喔~很像水裡面有鏡子一樣

42　亦杉：喔 喔~我知道了 我知道意思了 就是有一次就是那個 有一次就是江頌玲的爸爸來講故事的時候 有講到那個就是呢

43　那個水裡面那個的時候ㄋㄟ 他就說哎呃~有一個鬼 可是其實　不是 是他自己的臉　　　　　（4_081114）

　　坦言之，當我再回觀自己與孩童們進行討論的經驗世界，並進行詮釋時，我才真正地踏入孩童的思想世界，看見過去未曾看見的，理解過往所不解的，且逐漸地「發現孩子所做的哲學」。正是這個「發現」使我在詮釋的過程，再度經歷了一場將「我和孩童當時的思考」再拿來加以思慮的哲學活動，並依賴此豐富的內涵讓我對孩童再次的理解。另外這個「發現」也使我體認，一位「缺乏哲學素養」的幼師在實踐兒童哲學的困頓。回溯過往所接受的師資培育，那是對哲學與社會學忽略的培育時空，它使未來的幼師缺少跨領域相互激盪，及建立多元觀點與批判性的思考的學習機會（武藍蕙，2007：106）。「單一且特定」成了我們這群幼師看待甚或對待孩童的觀點立場，Matthews 給我們的這句忠告實在中肯「我們

要小心，千萬不能讓那些理論模型歪曲了小孩，也不能因為這些模型，而降低了我們把孩子當作同等的人來看待的意願（王靈康譯，1998：42）。」

五、再思幼師的專業培育

> 質言之，教育理論與實踐的關係，必須置諸主體
> 理性的功能和社會文化過程的辯證關係來理解。
>
> （楊深坑，1988：82）

走了一遭這條探究的路，我才能將自身在教育專業上所面臨的「難」清晰定位，這個「難」說穿了就是我們常掛在嘴邊的「教

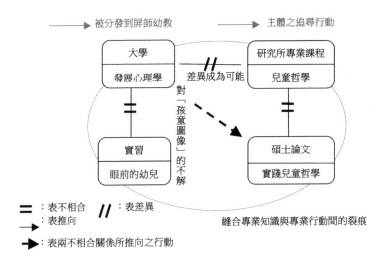

圖2　主體經驗世界所定位之「理論與實踐的關係」

育理論與實踐行動間的不和諧關係」，身為初任幼師我深感專業的「知識」與專業的「行動」間的不合一（參見圖2）。在書寫理解孩童思考世界的故事之後，我想再一次回看故事書寫的歷程，將主體經驗世界中屬於公共性的部分再給予爬梳體現出來（胡紹嘉，2005：29）；換句話說，當我以一位「初任教師」看待我自己時，已逐步且屢次地將「自身處境」與「幼師的專業培育」相繫，以下即陳顯我在這期間對自身所受幼教師資培育的疑慮以及觀點。

裂痕一：理論與實務分隔的師資培育

「我們是如何被培育為一位幼師的？」這個根本性的問題在研究歷程中浮現後確是越來越沈重。當年的我們對幼兒教育為何可說是一無所知，開始接受師資培育時，我們這群未來幼師（師培生）宛如被看作是一個個知識的儲存體，先被灌注了「被認為重要的教育理論」，然後接著被期待成為教育現場中具備教學專業知能的教師。遺憾的是，不少相關研究不斷地指出師資培育的成效一直無法令人滿意，理論在實際教學上的應用成效不彰（陳美玉，2003：83）。在江麗莉與鐘梅菁探討初任幼師的研究中，說明在第一年工作中最感困擾的問題包括：課程與教學、課室管理、人際關係、學校行政及個人問題的困擾，其中在課程與教學上無法發揮師院所學，並強烈感受現實震撼，將使出任教師陷入「理論與現實間的衝擊」（1997：10，11）；而在陳美玉（2003）及孫志麟（2001）以師培生為研究對象的研究中，也發現職前教師雖能認同教育為專業，但對教學「專業知識體」則有所質疑，當師培生進入現場學習，亦感受「對理論越是認同，表示離教學現實越遠」的窘境。在「重

理論輕實務」的專業師資培育裡，教育理論與實務分隔的難解之題愈形膠著。

於是我開始嘗試從兩個層面來思考：（1）師培課程中那些「被認為重要的教育理論」是哪些？這些「重要的理論知識」是否有助於初任幼師認識教育現場中的孩童？（2）以「理論」為主導的師資培育，是否輕忽了「實踐知識」理論？

獨大的發展心理學

在師資培育課程中備受關注的主要知識派典不出「認知發展理論／行為學派／社會學習理論」，尤其以「Piaget 的發展理論」在專業領域中備受推崇，成為我們接受幼師培育的「必備」專業知識。課表中兒童發展的課題，不僅列為必修課程且受到相當程度的重視，並且在各科教材教法和教育實習等專業專門科目亦是經常被提及（江麗莉、鐘梅菁，1997：16）；發展心理學標示著幼兒發展的普遍性，這些看似相當齊一的學習心理與特性，並不意味著接受「正規」師培的未來幼師，對於眼前的幼兒有足夠的理解。

在武藍蕙對於幼教師培課程架構的分析中亦發現，幼教師培的課程規劃範疇明顯偏限於心理學與人類發展，而輕忽哲學與社會學的探討（2007：106-109）。倘若師資培育所提供給師培生的是對於職前教師養成過程應學些什麼的假定，未來的幼師想必認為，熟記這些必備且受高度重視的理論，會讓自己對孩童非常了解。可是事實上，卻是對教育現場中具個體性的孩童產生疏離與不解。我並非全盤否定發展心理學帶給我們的啟示，而是需要再次思索一派獨大的師培課程是否有助於未來幼師思辯教育理論與理論之間、理

論與實務間的關係？

忽視實踐認識論的師資培育

　　作為一位接受「正規」師資培育所養成的幼師，存乎內心「理論」與「實務」不相融的狀態，使我開始對於專業知識的信心開始動搖。踩在理解實踐認識論的路上，Schön 語重心長地的話語「我早已認定大學對基本知識的生產與分配並無貢獻，絕大多數的大學體制著眼在一特定的認識論，一種培養選擇性地『忽略實踐能力和專業藝術性』的知識觀點（夏林清等譯，2004：13）。」於我而言，大學四年的專業培育並非毫無意義，但那所謂的「專業知識」對我理解眼前教育對象（幼兒）的幫助也實在有限。這不禁使我部分地同意 Schön 的體察，他讓我看見專業的師資培育選擇了特定的認識論，而輕忽與漠視了「實踐認識論」的知識觀點，同時很可能也就是這種忽略，加深了「大學與實務」之間的裂痕。

　　整體而言，要培育出一位具反思實踐的教師，早在 1961 年代張雪門先生在其《實習三年》一書中已然中肯地向我們建議道：「實習（在實地上學習）的時間點須提早到第一學年開始，未來的教師需在兒童的隊伍裡學習成為一位教師（張雪門，1961：4-6）。」師資培育機構肩負著培育未來教師之重責，其課程之籌劃若只著重於理論知識的傳輸，且為「特定」理論知識之傳輸，恐是加深大學與專業實踐、理論與實務、思想與行動之間裂痕的元凶，且此體制上的「難」亦將體現於幼師在專業行動中的困境。

裂痕二：撞見行動中「知與行」的裂痕

理論與實務的不一致促使我主動走向研究所，也讓我觸及過往在師培時期從未涉獵的「兒童哲學」，一來因其所描繪的孩童圖像「自發且善於向生活探問的幼兒」與我在教育實務中所觀察的孩童相似甚高；二來兒童哲學「和孩子一起做哲學」之強調，向主體開啟另一種「重新理解孩童」的可能取徑。簡而言之，「理論與實踐的不相合」及「專業知識間的差異」如同兩股向量，有力地推動主體投身「實踐兒童哲學」的教育行動中。雖欲縫補，卻見裂痕，就因書寫詮釋的工作中不斷撞見自身「知與行的不一致」的現象，而它與過往「師培教育過度技巧化」教育形式糾結在一起，我似乎看見那位被「教導」與「灌輸答案」所禁錮的幼師。

如果繼續追溯這個「不一致」與過往所乘載的「教育經驗」間的關係，當師資培育單位將師資的培育窄化為一種「理論知識的傳遞」及「教學技巧的訓練」時，那「師培生」轉換為「教師」時，他將如何跳脫「以知識傳遞及要求答案為主」的教師角色？在過往學習經驗的引導下，教師是否可能翻轉自身過往的學習經驗，將教育轉化為「探索以獲得理解」的教育典型？記得在大學接受師資培育時，我們常將「團體討論」錯置為「教師確認課程是否達成目標的檢驗方式」，絕大部分關心的焦點在於「孩子的回答是否為我（教師）預想的答案」，在討論前早已預設答案的教師常只是「假裝在討論」，這種「為答案而討論」的行動，已經隱含著假定教育是一「傳遞知識」的過程，為了達成這個教育任務，教師向學生尋求確定的答案，以確保他真的作為一位教師，這亦是他在過往學習

經驗中，所認識的「教師」及所體驗的「教育」。但是，如果我們確認教師是具有認知能力的人，是一切教育改變的能動者，就必須讓教師有機會檢測其對於教與學的假設（周淑卿，2003：415）。而缺乏對「教育本質」慎思卻強調「教學技術」的師資培育如何培育出有效的專業教育人才？面對當代教育專業窄化的危機，馮朝霖指出現代教育的危機就在於大部分的教育工作者已經喪失對「教育工作之倫理本質」的覺察。教育專業被窄化為科目教學，科目教學復進一步被化約為知識與技能的傳輸（2006：140）。師資教育不應化約為技術訓練之形式，教育也不應簡化為傳輸知識與技能的工具導向。師資培育機構作為教師養成的合法化機構，應起帶領性的作用，使師資教育從「知識傳遞」的工具性價值觀解放出來，並引領未來教師對於「教育與學習之本質」有深刻的慎思。若能將未來教師視為能思的主體，能改變教育的能動者，使師培生奠基於教育經驗，順利地轉化為一位能激勵探究的教師，而非阻礙孩童探究的教師。那教育作為維護孩童善於探問的本能，支持孩童探索意義的渴望方才指日可待。

六、縫補通往孩童思想世界的追尋之路

若將教育視為一「探索」的歷程，在此嘗試與孩童一起做哲學的行動研究歷程中，「行動知識」實際上是以一種不確定的含糊狀態出現，討論的焦點不再是「答案」，而是關注在孩子們的語言活動時，教學頓可轉向凝聚在對學習主體的意義，投入師生共同探索興趣之所在，使師生關係不僅止於社會角色的互動，它似乎是生

命與生命間的邂逅與成全（倪鳴香，2004：19）。對身為初任幼師的我來說，這趟和孩童思想世界逐漸親近的邂逅，使我往「成為幼師」的路上，又邁前一步。這一步的意蘊著實深遠，它「縫合起專業知識與專業行動的裂痕」，使我在追尋幼教專業的學習歷程暫時達成和諧且合一的理解。

最後要深深地感謝參與實驗教學的孩子們，與他們的相遇使我在追尋幼教專業的學習歷程中，總算有力氣再往前走，你們送給我的禮物我最終收到了，那是一份永遠要對思想保持探索的好奇。

參考文獻

王靈康（譯）（1998）。童年哲學（原作者：Gareth B. Matthews）。臺北市：毛毛蟲兒童哲學基金會。

江麗莉、鐘梅菁（1997）。幼稚園初任教師困擾問題之研究。新竹師院學報，10，1-22。

何釐琦（譯）（2008）。壞人沒有生日：窺探孩子想像遊戲的奧秘（原作者：Vivian Gussin Paley）。臺北市：阿布拉教育文化。

周淑卿（2003）。教師敘事與當代教師專業的開展。教育資料集刊，28，407。

林育瑋、林妙真（2006）。幼兒教育實習制度之回顧與省思。載於中華民國師範教育學會主編，新世紀師資培育的圖像（256-282頁）。臺北市：心理。

邱惠瑛（1999）。貓人。臺北市：毛毛蟲兒童哲學基金會。

武藍蕙（2007）。從批判教育學的觀點檢視幼兒教師的專業自主—微笑與擁抱之外的幼兒教育生活。載於陳伯璋、張盈堃（主編），學校教師的生活世界批判教育學的在地實踐（99-121頁）。臺北市：師大書苑。

柯倩華（1998）。意義的探索：李普曼（Matthew Lipman）的兒童哲學計劃。臺北市：毛毛蟲兒童文教基金會。

胡紹嘉（2005）。于秘密之所探光：遭遇的書寫與描繪的自我。應用心理研究，25，29-54。

夏林清等（譯）（2004）。反映的實踐者：專業工作者如何在行動中思考（原作者：

Donald Alan Schön）。臺北市：遠流。

夏林清、洪雯柔、謝斐敦（譯）（2003）。反映回觀：教育實踐的個案研究（原主編：
　　Donald Alan Schön）。臺北市：遠流。

夏林清（2004）。一盞夠用的燈：辨識發現的路徑。應用心理研究，23，131-156。

孫志麟（2001）。師資培育制度變革下職前教師的專業認同。台灣教育社會學研究，1
　　（2），59-89。

倪鳴香（2004）。童年的蛻變：以生命史觀看幼師角色的形成。教育研究集刊，50（4），
　　17-44。

倪鳴香（2009）。另類教育的邂逅與參化（I）：跨文化社會中轉化性知識份子之教育專
　　業意義世界。載於 Rainer Kokemohr、馮朝霖、倪鳴香（主編），異文化中的教育專業
　　意義世界（197-221 頁）。臺北市：高等教育。

張雪門（編著）（1961）。實習三年。臺北市：童年書店。

張新仁（主編）（2003）。學習與教學新趨勢。臺北市：心理。

陳鴻銘（譯）（1998）。與小孩對談（原作者：Gareth B. Matthews）。臺北市：毛毛蟲兒
　　童哲學基金會。

陳惠邦（1998）。教育行動研究。臺北市：師大書苑。

陳美玉（2003）。從實踐知識論觀點看師資生的專業學習與發展。教育資料集刊，28，
　　76-103。

馮朝霖（2006）。希望與參化─Freire 教育美學推演與補充之嘗試。載於李錦旭、王慧蘭
　　（主編），批判教育學─臺灣的探索（137-168 頁）。臺北市：心理。

楊深坑（1988）。理論‧詮釋與實踐：教育學方法論論文集（甲輯）。臺北市：師大書苑。

楊茂秀（譯）（1998）。哲學教室（原作者：Matthew Lipman）。臺北市：毛毛蟲兒童哲
　　學基金會。

楊茂秀（譯）（1999）。哲學與小孩（原作者：Gareth B. Matthews）。臺北市：毛毛蟲兒
　　童哲學基金會。

Lipman, M. (2003). Thinking in education (2nd ed.). Cambridge: Cambridge University Press.

附件 1 行動簡表 / 經驗選擇記錄表

回	進行流程摘要	討論概記	經驗所標示的意義
1	說生活故事《汪薇和蘇一為的發現》 說思考故事《貓人》 對故事《貓人》提問及討論	關於「消失」這個概念： 蘭老師「消失」了嗎？ 孩子提出的問題： 為什麼哥哥說七歲才能くーˊㄇㄚˋ？ 為什麼他們三個小朋友想當貓人？ 為什麼他們要把小baby帶到房間去？ 為什麼五歲不行化妝？	這是一個喜悅與挫折共存的開始；我喜悅於孩子們富有趣味的提問與討論，挫折於活動的尾聲，孩子說：我不想來這裡，我想出去玩。
2	討論上周末的問題「為什麼五歲不行化妝？」 說思考故事《畫字》 活動一是「畫」字？還是「寫」字？	「畫」字？還是「寫」字？ 多半的孩子認為「畫字和寫字是一樣的」，而認為「不一樣」的孩子努力地做出之間的區別。	莫名：討論上周的問題意義何在？
3	聽事先錄下的故事《畫字》 對故事《畫字》提問及討論	因不同意而問： 為什麼寫字很難？我也會寫字 因不解而問： 為什麼寫字和畫字不一樣？	

4	說思考故事《水缸裡的頭》 對故事《水缸裡的頭》提問題 因時間因素當次未針對問題進行討論	孩子與故事間的思想衝擊： 小 baby 和媽媽哪有「一樣」 孩子提出的問題： 球為什麼會長出一個腳？為什麼脖子會長出一個大頭？ 為什麼蝌蚪慢慢長出腳人就沒有？ 為什麼青蛙生出來的小 baby 和他長得不一樣？ 為什麼人生出來的小 baby 和人很像？ 為什麼小 baby 喝奶，媽媽吃飯？	我在行動中學習放「慢」自己的步調，並思考： 「說故事」的用意是什麼？是提供我們討論觀念的材料，還是因為我喜歡說故事？ 討論結束後，孩子向小蘋果說「我們剛剛聽的故事很好笑…」
5	我用掌中娃娃扮演為故事主角，和孩子談論他們上周對故事《水缸裡的頭》所提出的問題。	孩子討論中展現的思考技巧： 嘗試建立通則、做出類比、做出區辨（青蛙和蝌蚪大概差五個地方、青蛙和蟾蜍的不一樣）	故事牽引孩子敘說生活世界中的相關經驗：一週前杏花林遇蟾蜍、一年前爬山見盤古蟾蜍。
6	說思考故事《找書包》 在故事訴說中談論	用腦子找到？ 不算找到，只是想到而已。 關於「人心」說：黑心、粉紅心	沒有問題清單的一次沒有提出問題就是「缺乏」思考嗎？

7	說思考故事《猴子變人》 對《猴子變人》提問及討論	神秘的演化論： 猴子會變人嗎？人會變猴子嗎？ 知性的追求：除了討論，可以查閱書籍，詢問專家 命名：為什麼要把猴子取作阿猴？	和楊老師對此次的錄影進行討論， 一個提問：「有遊戲嗎？」 一個評語「老師，你好認真」
8	遊戲—誰大 孩子說的故事：《三隻小豬》《三隻小熊》	孩子舉起手說：我要講故事 誰是好聽眾？為什麼你都選你朋友	開展了孩子說的故事，只是一個「意外」嗎？ 故事和故事間，故事和生活間產生的連續性。
9	我邊說，孩子邊演： 思考故事《誰大》 對《誰大》提問及討論	什麼叫作長大？	「默契」成為我們之間的指引 「剛好」孩子說的故事〈三隻小熊〉完成了，而接下來的思考故事也是一系列關於「大熊和小熊」的故事
10	分享孩子說的故事《三隻小熊》 演孩子說的故事《三隻小熊》	對我們所做所為省思：為什麼演員要這麼吵？	混亂使人無力，也使人產生初步的籌劃；帶孩子們演戲對我還是充滿挑戰的，但面對混亂我也產生一些假想的改善策略

| 11 | 說思考故事《花當然會飛》
對《花當然會飛》提問及討論
孩子演《花當然會飛》 | 哈哈!花會飛?
問題間的關連:
為什麼小熊要一直看花不看更外面?
為什麼大熊要一直看報紙不看外面的花?
為什麼大熊不要看花

小熊不要看報紙裡面的圖畫? | 找到相互協調的步調
發現問題之間的關聯
當籌劃（關燈的策略）派上用場 |

兒童言説取向的探究

從 Joseph Tobin 到華人脈絡的媒體研究

張盈堃

政治大學幼兒教育研究所副教授

一、前言：兒童與媒體

傳播媒體在科技發達的世代中，已變成第二教育體制，學生不用坐在教室裡面學習，透過電視、網際網路所接收到的資訊遠大於一本教科書所能給予的知識。然而媒體所傳遞的訊息與知識，閱聽人是否能夠選擇或是抵抗，還是照單全收，這都是相關研究關切的問題。一般而言，媒體研究可以分成好幾種的流派，舉例來說，行為主義取向的媒體研究，其焦點是關於觀賞媒體之後所產生的暴力議題，並且認為這主要來自於模仿的行為所致。而持心理動力論的研究者，傾向於概念化電影或是電視對兒童所產生的效力，這是基於對媒體內容認同化的緣故。此外，新馬克思主義者認為電影或是電視就像一個意識型態的載具，兒童是被主體化或是被意識型態所召喚。因此我們可以用模仿（imitation）、認同化（identification）與召喚（interpellation）這三個關鍵字來說明以上三種不同取向媒體研究的核心重點（張盈堃，2009）。

對於兒童與媒體間的關係，學界一直存在著兩種對立的觀點，第一種將童年視為正式死亡或消逝的想法，而媒體則被視為是造成此種現象的元兇。另有一種將現代媒體視為是一股解放兒童的力量，兒童們正在創造一個新的「電子世代」，這個世代相較於他們的父母，是更開放、更民主且更有社會的體認。前者的代表人物就是 Neil Postman，在《童年的消逝》一書中，認為電視已經是兒童的第二個父母，現今社會兒童每天與電視相處時間遠遠超過與父母相處的時間，而透過電視這個傳播媒介，暴力、性、謾罵等正潛移默化於兒童腦中。當孩子接受媒體放送的資訊而且進入媒體的世界

時，會導致成人與兒童間界線模糊，使得兒童逐漸成人化，失去他們身為兒童該有的童年（Postman，1994）。相反地，後者的代表性學者是 David Buckingham，他認為兒童為主動的行動者，而非被動接受成人文化的人，強調文本的意義如何被兒童建構、協商與傳遞，換言之，媒體不應被視為只傳遞意義給被動閱聽人的載具，也不應該被理解為人類心智與螢幕單傳互動過程。持這樣立場的人認為媒體可以學習到更多學校內學不到的事物，數位科技釋放兒童內在的自發性與想像力（Buckingham，2000）。

　　除了悲觀的童年之死或是樂觀的電子世代的區分外，Sonia Livingstone（2005）採用 Habermas 的社會領域之分，提出一個關析兒童和媒體關係的架構。Habermas 的社會領域乃是結合公共／私有，以及體系／生活世界等四個面向，兩兩交集劃分出四個領域—國家、經濟、公共領域，以及個人／私有領域，不同領域的切入點彼此相異，以個人／私有領域來說，關切的焦點為媒體提供形象、愉悅、習慣及物品用於認同、關係及生活型態。兒童作為有選擇性、解釋、尋求愉悅、創造性進行認同的工作（參表 1）。

表 I　兒童和媒體關係架構

	公共 兒童作為公民	私有 兒童作為消費者
體系 兒童作為對象	國家 用在媒體工業的法律和管理架構，包括保護第四權。 兒童作為媒體教育的對象，透過其易受傷害的特性，形成內容的指導與限制	經濟 媒體工業、媒體市場、媒體的商業邏輯、廣告，連結至消費市場。 兒童作為商品或市場，透過分級制、市場分享和無法滿足的需求所特徵化
生活世界 兒童作為施為者	公共領域 媒體做為民主討論的論壇，中介社群參與和公共文化。 兒童作為主動且從事參與性和反抗文化	個人或私有領域 媒體提供形象、愉悅、習慣及物品用於認同、關係及生活型態。 兒童作為有選擇性、解釋、尋求愉悅、創造性進行認同工作

資料來源：Livingstone, 2005

二、馬派傳統的媒體研究：文化工業 vs. 文化研究

　　多數的研究把媒體視為文化工業的一環，這樣的論點不得不回到法蘭克福學派的傳統。Theodor Adorno 與 Max Horkheimer（1944）提出，在資本主義工業化的時代，文化產品的形式或內容無論看起來有多大的差異，但本質上都是一樣的。這些文化產品非但無法再現真實狀態的存在，更無法提供真正的自主性和個體性。對他們二者來說，這就是文化工業（culture industry）最顯明的特徵，也是最大的問題癥結所在。Adorno 認為，文化工業的產品不是藝術品，文化產品之所以被創造出來只是為了交換，而不是為滿足任何真正的需要。文化工業透過操縱廣大群眾的思想和心理，培植支持統治

和維護現狀的順從意識。在電視的文化工業背後，往往隱藏著以廣告業、電影工業、時尚與美容工業、大眾報刊雜誌、大眾觀賞的競爭等因素，所以造成新的品味、趨勢、經驗與觀念所持續發展的消費文化，而這種消費意象卻無時無刻且深深地影響著家長與幼兒。以美國迪士尼公司為例，從卡通影片的製作、廣告的宣傳、周邊商品的販售甚或是建造迪士尼樂園等，無一不包含將美國社會的價值觀藉由上述方式散播到全世界各地，是一種全球化的消費，企業主用此手段操作著更廣泛的消費族群。然而，德國法蘭克福學派以菁英本位主義批判大眾及大眾文化的立場，卻也陸續引發許多的爭議；儘管如此，他們的立論仍然提供了以政治經濟學角度解讀大眾媒體一個有力的理論架構。

同樣出自馬克思理論傳統的文化研究，卻傾向脫離文化工業的典範，而以 Antonio Gramsci（1971）的理論為基礎，試圖在霸權式的文化工業中尋求抵抗的可能。以文化研究立場的出發者，多數認為行動個體對消費品及消費過程的理解會衍生出不同於資本主義邏輯的意義，因此得以擺脫文化工業的掌握，甚至可能意外製造出具有抵抗性質的論述。然而持文化工業論者卻認為，再多的個人意見與反抗潛能，充其量只是詭詐多端的資本主義所釋放出的假象空間，但事實上並沒有逃出資本主義的如來神掌。延續這樣的說法，什麼是意識型態？簡言之，它是一套信念體系（a system of beliefs），用來說明個人與現實之間的關係，包括個人與現實是什麼、應如何發展、以何種方式互動。換言之，意識型態提供我們一套觀看世界的方式，同時它也藉此設定我們所能了解的界限，讓我們相信世界必須以此方式運作。Raymond Williams 指出，意識型態

是某個特定階級或團體，為了鞏固其權勢與利益而發展出來的觀念體系。由於社會上有不同的階級（如：統治、附屬或新興階級）存在，因此除宰制的意識型態之外，還有反對與另類的意識型態。它們彼此相互競爭，一面試圖對抗與兼併對方；一面意欲說服我們接受其世界觀。

對於媒體的分析不只是媒體製播的文本，特別在商業主義盛行的時代裡，廣告之重要性與影響力日增，廣告販賣的不只是商品，它販售價值、意象、成功的概念、愛情與性，它告訴我們可以如何受到歡迎、如何才是正常、我們是什麼樣的人以及應該是什麼樣的人……等。廣告是大眾媒介的根基與經濟命脈，而大眾媒介的主要目標就在將閱聽人帶給廣告主。Hall（1984）提出製碼／解碼（encoding／decoding）的模式作為主要分析媒體的架構。製碼是根據特定的規則或符號，組合各種視覺和聽覺訊號來進行傳播；而解碼是詮釋、分析和理解書寫、言談、廣播等訊息之意義的過程。這個模式主要關注的焦點在於媒體論述的意義生產，它認為媒介訊息的意義是多重的，在傳播過程的不同時刻分別產生。首先是媒介訊息的產製階段，也就是所謂的製碼，這是一個制度化的過程，也就是媒介訊息的產製是在科層化的媒介組織中進行，它會受到法律、政策、各種政治經濟力量與專業價值所影響。其次是媒介產製的產品—媒介的論述，這是受到各種政經力量的折衝而產製的符碼與意義。最後是解碼的過程，指的是閱聽人對於媒介訊息的接收與解讀，閱聽人會產製自己的意義，而這個意義未必會與製碼過程所產製的意義平行一致，有時候也可能會相互衝突。

文化研究陣營裡對媒體的分析還可以區分為幾派，其一就是

Henry Giroux 或 Ariel Dorfman 比較關切文本的批判而非閱聽人的能動性，他們對於讀者或閱聽人抗拒在媒體文本裡所承載的宰制性意識形態的能力感到悲觀，這類的取向簡言之為文本批判取向。以 Giroux 批判迪士尼工業為例，一開始他就提到：「兒童究竟從迪士尼學到什麼？」我們應該要反思在迪士尼文化工業中所呈現的純真兒童意象的背後所暗藏的商業結構。這個派典的論點一再提醒大家不要只看事件的表面，而是要去思考訊息背後的價值觀。在卡通小美人魚（The Little Mermaid）中，壞人是女生（巫婆），結局也為了符應快樂結局的美好童話格式，而改成王子與愛麗兒（Ariel）相知相惜過著幸福美滿快樂的日子。此外，風中奇緣的寶嘉康蒂早逝的歷史事實也被竄改，花木蘭的誇張鳳眼外型、阿拉丁的膚色及英文發音腔調中的種族歧視都說明了迪士尼文本裡面的性別偏見的意識形態與東方主義，然而這些東西往往是被隱藏的。Giroux 在書中所言：迪士尼本身不只是一個產業巨人，更是一個文化機構，傾全力保護自己一貫宣揚的純真和道德的價值地位。也由於迪士尼是媒體巨獸，使得多數閱聽人聽不到、看不見批判的立場與聲音。迪士尼建立一個美其名為世界上的兒童天堂，實質上卻是透過媒介的運作，對美國與全球的兒童進行洗腦，把教育變成可消費的商品，把兒童視為潛在的消費者（Giroux & Pollack，2010）。Giroux 是北美批判教育學教父級的人物之一，強調除了批判的語言外，更強調可能性的語言，即抗拒／抵抗的可能性，特別是媒體識讀教育作為解構的策略，一方面由教師指導學生去分析、解構畫面與情節的意識形態安排外，更應該要拉高層次去思考迪士尼集團為什麼會生產這樣的文本，以及如何鑲嵌各種迷思的情節。

此外，文化陣營裡的另一群學者比較樂觀，他們相信兒童與成人具有能力，對於廣告、電影與電視的文本，建構出一套抗拒式的閱讀。如 John Fiske 引用法國社會學家 de Certeau 的日常生活裡的抗拒理論，認為 Levi's 牛仔褲或是瑪丹娜的廣告，能夠被青少年或是次團體給予創造性與抵抗性的閱讀。這種取向關切讀者如何意識到文本的內容，即閱聽人回應（audience-response）取向，最典型的就是 Janice Radway（1984）的《Reading the Romance: Women, Patriarchy, and popular literature》。Radway 結合文本和閱聽人的分析，引用文化研究學者 Fiske 的文本多義性（polysemy）與流行文化中的反抗與愉悅等概念，配合精神分析理論來研究女性閱讀浪漫史小說的認同與樂趣，希望兼顧浪漫史流行現象中，女性在父權社會中的從屬位置與閱讀樂趣。Radway 的研究發現女性閱讀浪漫愛情故事的動機，固然可解釋為對現實生活的逃避，因而再生產傳統的女性角色與態度，但是也可以解釋為女性藉由愛情小說的增權（empowerment），在幻想不同生活方式的同時，也可能蘊釀反抗男性宰制的現實。

　　最後，與其他研究相異之處，Joseph Tobin 所採取的取向是「思考與談論」媒體，而不是媒體研究常強調媒體所帶來的影響，因為多數的主流媒體研究認為媒體對兒童的世界有著巨大的傷害，研究者認為這種分析取向即為兒童言說取向。Tobin（2000）批判過去的媒體研究中若干的問題，像是（1）線性化（linear），而太強調因果關係；（2）去脈絡化（decontextualized），而忽略社會脈絡的重要性（甚至是文化脈絡）；（3）敵對化（adversarial），而把媒體與兒童的關係視為強與弱的二元對比，忽略行動者的抗拒；（4）

單向化（unidirectional），而過度強調文本的符碼分析，忽略閱聽人與文本之間的互動關係。這樣的取向，特別展現在 Tobin 的《好人不用戴帽子》一書中。

三、Tobin 的研究個案：美國夏威夷脈絡的兒童言說

Tobin（2000）主要讓兒童觀看影片後，討論媒體裡隱藏其中的議題，特別是海角一樂園（Swiss Family Robinson）這部影片，該影片是迪士尼公司於 1960 年出品的經典名片，至今仍是許多老片影迷津津樂道的一部冒險電影。該片題材是改編自 Johann David Wyss 的名著小說，故事敘述 Robinson 這個五口的瑞士家庭，包括爸爸、媽媽，以及三個男孩 Fritz、Ernst 以及 Francis，他們在移民往新幾內亞的途中，沒想到卻遭遇到船難，他們倖免遇難漂到一個荒島上面，開始他們遠離世界的新生活。這個位於太平洋赤道上的小島，孕育出各種生物，讓 Robinson 一家人真是大開眼界，但他們同時卻也面臨一群海盜的威脅。當 Robinson 家兄弟救出一位落難少女 Roberta 開始，他們一家人就必須團結起來，一同奮勇對抗兇狠的海盜。Tobin 所關切的是小朋友看完影片之後，其研究團隊問小朋友到底誰是好人（good guy）？而小朋友的有趣回答是獲得勝利的人（特別是指美國人）。Tobin 的研究團隊又繼續問小朋友到底誰是壞人？小朋友則不假思索地回答：「印地安人」。Tobin 的研究團隊發現小朋友眼中的好人與壞人的關鍵在於看起來像好人或是壞人。此外，Tobin 提到為什麼小朋友會認為好人必需有匹馬與一間好房子？為什麼在觀看海角一樂園之後，這群孩子會把

海盜認為一定是印地安人？還有為什麼印地安人裡沒有女孩的出現？這本書正是企圖對這些弔詭的回答找到解答，以及探究兒童怎麼去思考或談論，媒體中所再現出來的暴力、性別、種族、殖民主義與階級的議題。

　　Tobin 的研究田野是在夏威夷珍珠市的 Koa 小學，這所學校的學生混合著中產與勞動階級的背景。一共有 162 位小朋友參與這個計畫，分成 32 個小組，小朋友的年齡分布於六歲到十二歲之間。這個計畫是要求小朋友看兩部影片（海角一樂園與黑神駒）與兩部廣告片，看完之後以分組的分式（4-6 人一組）進行訪談，而非採取個別一對一訪談的方式。這樣的安排是基於兒童形塑他們自己對於媒體的信念與想法，往往是透過與同儕或是成人的對話底下而孕育而生。此外，為了檢視性別角色如何影響兒童談論大眾媒體，因此在分組上區分為三種不同的焦點團體，全部都是男孩的團體佔 1/4，全部都是女孩的團體佔 1/4；男女混合的佔 1/2。其資料蒐集的方式，主要採用視覺人類學式的錄影帶拍攝活動來分析兒童對於媒體的言談，並透過局內人解釋與局外人判斷來掌握資料的深度意義。此外，Tobin 與現場老師的關係是建立在學校與大學的夥伴關係，因此共同執行這個研究，在部份的分組訪談中，由不同的夥伴來與小朋友對話。

　　視覺人類學一直是 Tobin 研究團隊的重要手法，特別是過去比較日本、中國與美國幼兒園的一天就是採取這樣的手法。Tobin 這個研究的核心就是分析兒童怎麼談論電影等媒體文本，就像他在一開始就提到：「我需要的研究方法是能夠產生厚實的對話（Rich conversations），所以我選擇用錄影帶拍攝的方式來促進複調的

對話（multivocal conversations）」（Tobin，2000）。這樣的概念是很類似於 Bakhtin 的「多音性」（multivocity）或「眾聲喧嘩」（heteroglossia）概念，眾聲喧嘩意味著論述的紛雜性與多樣性。雖然希望達到眾聲喧嘩的目的，但並不是所有的小朋友都可以配合訪談，絕大多數在 Koa 小學的孩子拒絕 Tobin 想要研究媒體如何影響他們的這項研究計畫，不僅是意圖性戲弄或欺騙研究團隊，同時也會說一些無法理解的東西（如 Parody 這樣拙作模仿的諷刺文體）。在整個研究過程裡，同時也可以看到戰略（即 strategy，代表著有權力的研究者）與戰術（即 tactics，代表著弱勢的小朋友）之間對抗關係。最重要的是 Tobin 特別強調在分析上要超越表面意義（話語）的分析，因此民族誌的研究提供對社會與文化脈絡的意義，而這也是過往讀者回應／閱聽人回應研究所闕如的地方。

　　歸納與整理兒童的言談，Tobin 發現帽子、馬與房子對於好人、壞人二分的意義與價值，提供了重要的線索。在小朋友的言談中，好人必須要有家庭、舒適的房子，以及還要有居家寵物。至於壞人一定是流浪的（沒有舒適的家）、戴著帽子，以及沒有穿著上衣的人，這些壞人的世界裡沒有女人、孩子與居家的寵物（參表 2）。

表2 好人與壞人的對照

好人	壞人
防守性	挑釁式的攻擊性
好人的數量上較多	有一大群的壞人（或幫派）
在上位	在下位
文明化與引人注目	原始與醜陋的
足智多謀與富於機智	不計畫、運氣不好與可悲的
獲得勝利	獲得失敗
居家性	遊牧性
臉孔與衣物看起來是美好的	臉孔與衣物看起是鄙陋的或質地很差的
勤勉與值得受到獎賞	懶惰與不值得受到獎賞
豢養動物與種植穀物	不豢養動物與種植穀物
有家庭的男性	沒有女人與小孩的男性

資料來源：Tobin, 2000：91

　　這個有趣的好人與壞人對比除了再現美國的文化價值之外，Tobin繼續提出以下值得我們思考的分析焦點：

（1）媒體呈現的模仿性暴力

　　近年來，不分國內外，兒童／少年的議題，不論在社會、媒體、政治等方面，往往佔據輿論的顯要位置。社會大眾似乎普遍認為教育的電子化、網路化（亦即高度開放和自由地運用媒體）是迫不及待的工作，但另一方面又憂慮讓學童漫無節制地接觸各種內容（特別是色情與暴力）會帶來不良影響。相關的研究如何研究模仿性暴

力這個議題？比較常見的手法就是以實驗室為主，透過單面鏡的方式看待孩子的反應；但另外一種方法源自於 David Buckingham 的作法，聆聽兒童本身的聲音，而且需要正經地看待他們說了些什麼，這也是 Tobin 本書所採用的作法。Tobin 提出不同於以往的看法，他認為為什麼觀看媒體文本中的暴力情節，就會導致兒童變得暴力，特別是這些研究很難明確比較目睹實際的暴力與媒體再現之間的差別。此外，這些研究很少討論到新聞報導中的暴力再現，只是鎖定在電影、卡通的文本裡。Tobin （2000）質疑普遍地認為大人可以從模仿性的暴力中免疫，但是兒童卻是容易受到影響的說法。他的訪談某種程度符應了 Buckingham 的論點，當他問到兒童有關模仿性暴力時，兒童通常的回答是他們是免疫的，但是其他更年輕的兒童卻是容易受到影響。他問到一個在 Koa 小學裡九歲的團體，假若他們走到戶外的遊戲場，然後丟出類似炸彈的東西時，他們的回答是：「他們不會這麼做，只有幼稚園的兒童才會如此」。相同的狀況，當對象是女孩的團體時，她們的回答也是：「我們不會這麼做，只有男孩的團體才為如此」。在這樣的情況下，模仿性的暴力像是其他人才會得到的罕見疾病。Tobin 強調兒童受到媒體的影響，主要不是透過模仿，反而是受到與兒童互動的特定在地社群裡，其先備知識、關切與價值的中介下，導致與媒體內容的複雜性的交錯之下，而影響到兒童。

（2）展演性別

從 Tobin 的分析裡可以看到對於大一點的男孩來說，他們所顯露出來的是一種常態性的性別模式，不只是展現男性的興趣與陽剛

的舉止，並且同時也貶抑女孩與她們的興趣。媒介中的性別再現主要可以分為反映論（reflective approach）與建構論（constructionist approach）。在反映論的觀點中，意義被認為是存在真實的世界之中，媒介的功能指的是作為一面鏡子，去照映、反射真實世界的一切。建構論對真實的看法是，確實有一個物質世界的存在，但真實的意義不是存在那裡而已，它是被人的社會活動、語言等意義系統所建構而成。人作為社會的行動者，會使用文化中的概念系統、語言與其它象徵符號去建構意義。媒體再現作為一種共有的文化語言提供了我們觀看理解世界的意義、概念與方式，同時也建構了我們真／現實感（張盈堃，2009）。Tobin 的立場，也是站在性別建構論的觀點。Tobin 在訪談的過程中發現，男孩的團體比起女孩的團體，在整個討論的過程中更為有權力，而女孩在結束之前比較容易感到受到傷害與不安全感。而男孩團體操弄著父權的論述來鼓勵自身與女孩團體。不過這樣的陽剛氣質是片段的，並且男孩團體裡的陽剛氣質神話的操演也不容易維持。Tobin 分析到作為在父權社會中的男性，主要受到家庭與學校中所經驗到的父權權力所中介，允許男孩在學校裡玩著更荒唐的陽剛氣質的遊戲。

（3）種族與殖民主義的召喚

　　Tobin 認為迪士尼文本裡的種族刻板印象，再加上由於幼兒缺乏真實的經驗，所以無法瞭解媒體種族再現文本裡的複雜性。迪士尼的卡通從 1920 年代以降，成為美國小孩子日常生活的一部份，最開始的媒介是電影，當電視機開始出現後，更輕易地送達到每一個人的生活當中。所以，當迪士尼創造了一個歡樂的、夢幻的生活

世界時，它代表的不只是一個眼睛可以觀看的電影平面畫面而已，它創造出所謂奇幻樂園的想像，想像生活在這個迪士尼主題樂園的孩子，會覺得他們很快樂、很幸福。早期迪士尼的作品裡面，最開始是米老鼠、唐老鴨，凸顯與反映美國的主流價值文化，再來就是最成功的一部電影－白雪公主與七個小矮人，這些故事充斥著文化意識型態，特別是西方中心的觀點。直到 90 年代以後，才大量地拍攝東西方的故事，如中國的花木蘭代父從軍，南美的瑪雅帝國文化、猶太人及基督教源頭的埃及王子，還有其他各式各樣不同文化的故事來源。即便如此，迪士尼利用這些不同文化的童話故事，重新把它變成一個迪士尼的商品，再把它行銷到原來出產這些故事的國家，甚至把這些故事運用非常美國式的方式把亞洲的故事賣給其他文化地區的閱聽人。

Tobin 的分析裡提到，為什麼孩子把海盜當作印地安人，可是明明電影裡的海盜造型比較像是亞洲人或波里尼西亞人，但孩子為什麼有這樣的聯想。還有 Tobin 也提到孩子在形容壞人的隱喻時，使用中國人的眼睛（Chinese Eyes）這樣的有趣字眼，這值得讓我們思考媒體文本為什麼讓孩子有這樣的聯想？類似的比喻有 Fanon 所提到的黑皮膚（black skin）或者 Gilman 提到的猶太人的鼻子（Jew's nose）等，都有著異曲同工之妙。這樣的議題，勢必牽涉到美國主流媒體文本怎麼處理弱勢的文化他者，也就是主體性的型塑。Althusser（1971）的主體形塑理論主張個體在建制化的意識形態國家機器的召喚（interpellation）下，透過被呼喚以及自身的 Lacan 式鏡像誤認（meconnaissance），而建立起主體性並成為主體；換句話說，個體在被召喚的過程裡建立了自身的社會存在性。

然而，Butler 重新詮釋 Althusser 的召喚理論：「召喚主體所用的記號並非陳述性（descriptive）而是具始創性（inaugurative）。記號企圖引介現實而非傳送既存的現實；召喚主體的記號藉由徵引（citation）既有的成規慣例來達成引介。其目的在於確立個體轉換成主體的過程，在時間與空間裡生產製造其社會面貌。記號的反覆運作，久而久之便有了它沉積其定位（positionality）的效應（Butler, 1997:34）」。換句話說，召喚主體的稱謂便可以提供我們理解主體在社會中形塑的切入點，即表達稱謂的語言記號呈現了受到壓迫主體浮現的社會性及社會關係。舉例來說，Butler 指出權力的運作透過擬態（dissimulation）的呈現與運作，並且以稱謂的形態出現，因此她主張運作力的運作為鑲嵌稱謂論述（discursivity）裡的軌跡。

　　Tobin 在該書的結尾提到孩子不只是對文本的內容回應而已，還包括對文本內容的批判（如種族問題），但這種批判往往是無法改變整個結構。除此之外，Tobin 的分析也間接地提到中產階級陽剛氣質與勞動階級陽剛氣質的表象，可以視為精緻型 VS 純粹陽剛氣質的對比。此外，Tobin 也提到對沒有女人與小孩的男人感到危險這樣的事實，這即是典型異性戀為中心的思考型態。在結論部分，Tobin 認為分析兒童言談的過程，研究者就像偵探與心理分析家一樣，透過文本與理論的辨證，不難發現詮釋是一件多令人著迷的行動，特別要發展後結構的觀點來對孩子的話語進行詮釋。因此，兒童言談的分析，就像 Bakhtin 所謂的文本拼貼（text mapping）概念，基於不同的階級、性別、種族、殖民主義等等的因素，對於媒體文本的闡述與言談也有了不一樣的意義與呈現。雖然 Tobin 的田野是以夏威夷的 Koa 小學為主，但是在媒體全球化的

因素下（迪士尼的全球銷售），這樣的研究結論非常值得本地作為參照的個案研究，以下是兩位政大幼教所碩士生的實作，主要是依據 Tobin 的架構展開台灣幼兒與中國幼兒如何言談媒體。

四、華人脈絡的兒童言說：兩位政大幼教所學生的實作

Tobin 的取向提供一個很好的參照架構，在我服務政大幼教所的這段期間，有兩位碩士生在我的指導之下，也延續 Tobin 的研究取向，開展在不同議題與脈絡的研究。其中一位為蕭孟萱同學，她的碩士論文為《電視卡通的暴力再現與抵抗：成人與兒童觀點比較》，另一位為楊晨希同學，她的碩士論文為《兩岸兒童言說中的友誼：以觀看喜羊羊與灰太郎為例》。

蕭孟萱（2015）採取 Tobin 的兒童言說取向，關切兒童對暴力卡通的行動與敘說，以立意取樣選定台北市飛飛幼兒園的 MOMO 班的 28 名兒童作為研究對象，該園座落於台北市文教區，採取 4-5 歲混齡，可以看到兒童透過同儕或成人的對話下形塑對媒體的想法。該研究選定 Tom 與 Jerry 作為研究文本，這部卡通是由美國米高梅公司製作，改編自格林兄弟所著的同名童話〈貓與老鼠〉。每一集短片一般從 Tom 為抓到 Jerry 的失敗嘗試開始，隨之而來的是對物品造成的各式各樣破壞。

該研究針對兒童的敘說進行兩階段的分析，其一為先進行兒童行為觀察，研究者進班與兒童共同觀賞選定的卡通文本，針對兒童觀賞過程中所出現的反應及話語做文字記錄。之後針對兒童觀賞卡通內容進行團體討論，再依據兒童討論的話語進行言談分析。第

一次觀賞時，將28名兒童區分為四組：混齡混性別組（全為台籍）、5歲女生組（其中三位母親為中國籍）、5歲男生組（一位父親為越南籍、一位母親為越南籍）、混齡同性組（其中一位父親為法國籍）。第二次觀賞時，分組依據變更為職業取向，分成工商組、軍公教組、資訊科技組與服務組。最後一次流程依舊，分組因素聚焦在性別因素，將兒童分為男生組與女生組。

表3　蕭孟萱的研究發現

依據	結果
年齡	1. 5歲兒童與混齡組：專注劇情內容描述，即便有提到暴力行為，也多以簡短的貓打老鼠或狗打貓等句子一語帶過。 2. 4歲男生組：敘說內容較少，描述所觀看到的暴力行為時，清楚講出使用武器且針對樣貌進行討論。
國籍	雙親國籍並未是影響兒童敘說之因素
職業	融入自身生活經驗來詮釋劇情
性別	女生（敘說）：注重情感面，對暴力並未細談 女生（分享）：遵守上課規矩，相互禮讓，讓每個人皆有發言機會
	男生（敘說）：針對故事中的動作及細節加以敘述 男生（分享）：因為人數增加而趨於沉默。

資料來源：蕭孟萱，2015

　　蕭孟萱（2015）的主要發現包括：

　　（1）兒童對暴力的觀點與成人不盡相同，呈現多樣化的面貌：兒童在暴力的理解上會考慮施予者與受害者的立場。在成人眼中不合宜的暴力，在兒童眼中僅是引人發笑的有趣劇情。

　　（2）男女大不同：男女生分享的切入點與方式皆不相同，女

生在敘說時，多著墨劇情的情感面，男生則會針對故事中的動作與細節加以敘述。

（3）同儕文化與兒童敘說：兒童發言時，會考慮身旁有無要好同儕，倘若好友正在發言或已經發言，他們就會考慮是否要跟進發表自己的說法。

此外，楊晨希（2016）主要透過觀看喜羊羊與灰太狼，比較兩岸兒童如何談友誼，主要關切包括：電視卡通再現的友誼、兩岸兒童對電視卡通與自身的友誼為何、兩岸兒童言說時的行為與互動、兩岸兒童言說中的異同點。她以台北市滴滴幼兒園大班的 10 位兒童，以及北京私立牛牛幼兒園大班中的 10 位兒童為研究對象。前者採取蒙特梭利課程模式，上午的主要課程是進行雙語自主性蒙氏工作，這一時段是混齡課程，下午的主要課程是依照孩子的年齡進行分齡活動。牛牛幼兒園是北京雙語連鎖的幼兒園，採取感覺統合與蒙特梭利課程模式。跟蕭孟萱不同的做法是台北與北京的幼兒並沒有依照不同的背景變項再進行分組，瞭解幼兒的言說主要使用焦點團體訪談法。楊晨希發現台灣兒童的言說，呈現出：（1）易發現物質層面的友誼概念，如臺灣幼兒以送禮物、一起遊戲為依據，判斷人物之間是否為友誼關係，即共同活動與利他行為；（2）暗藏玄機的互動關係，特別是性別的壓制與對立。楊晨希指出在微妙的互動中，呈現一種男尊女卑的現象，男性佔據討論的主導地位，女生大多沉默不作聲；（3）共同是台灣兒童最重要的友誼概念。相反地，中國兒童的言說，呈現出：（1）能夠覺察文本內容的情感意涵，但覺察的敏感度則因人而異；（2）言說具有明顯的性別刻板印象，強調共同的性別刻板印象，即男強女弱；（3）多樣的

友誼概念：除提到共同活動與共同愛好，也提到人格特徵與利他行為。

　　楊晨希進一步比較兩岸兒童的異同，兩岸兒童都具有集體意識，出現頻率最高的是共同活動，然而兩岸兒童對我的重要性的認識卻有不同的面貌，臺灣的小孩不注重強調與我一起活動，而大陸的小孩強調我的概念，表明與我一起活動的他人為朋友。臺灣的小孩會把我與他人放在同等的位置，尋找自己與他人的共同性；而中國的小孩將我置於高點，並以我為中心，不試圖尋求與他人的共通點。此外，楊晨希也指出男強女弱與女強男弱的性別權力差異，臺灣的話語權由男孩掌控，在大陸的兒童討論中，話語權屬於女生團體，她認為主要因素來自教師的角色。

表4　楊晨希研究發現

		臺灣	中國
文本	友誼定義	利他行為、共同行動	利他行為、傷害行為
	形成友誼的理由	共同活動	
自我	形成友誼的理由	共同活動、共同興趣、外在特徵	共同活動、共同興趣、人格特質、利他行為
	友誼的期望	共同活動、外在特徵、人格特質	共同活動、外在特徵、人格特質、利他行為

資料來源：楊晨希，2016

　　最後，楊晨希用互助互爭來形容兩岸兒童言說時的同儕互動模式，並指出言說背後意識型態的差異，大陸兒童表現出我即集體

的中心（自我集體意識），而臺灣的小孩表現出我即集體的一份子（他人集體意識）。透過兩岸兒童言說的比較，足以見到不同的脈絡、同儕互動明顯地影響到幼兒言說媒體，即便相同的文本，反映出來卻有不同的意義。

五、結論

過去多數的研究指出大多數的幼兒皆會受到節目內容的影響而產生模仿的行為，收視時間愈長者愈容易有模仿的行為，此外，對於本身愈喜愛的節目也愈容易引發幼兒的模仿行為。幼兒尚未發展出足以對抗這個美好、不真實的文化工業系統的裝備，這些東西只是短暫撫平幼兒的不安全感，然而 Tobin 的兒童言說取向卻推翻了過去媒體研究的看法。不管是 Tobin 的研究或是華人研究的脈絡，都可以看到兒童言說的腳本受到文化建構的影響，然而言說的腳本並不是固定不變的概念，關鍵在於兒童同儕與兒童和成人的互動。三個研究的共通點都可以看到性別的差異，但並不是每個人的言說腳本完全遵循著性別的刻板印象，作為幼教現場的教師，也應該在其課程與教學中製造鬆動刻板印象的可能性。

過去的研究往往注重媒體文本批判與閱聽人回應與抵抗的論述，卻沒有真正回到閱聽人真正的言說中。兒童的言說往往出乎成人的預期，也跳脫了宰制與抵抗這樣的二元辯證。從言說中，我們應該更看到主體經驗與屈從知識這兩個因素。屈從知識就是受到主流宰制的被壓制知識，屈從性的概念來自後結構主義者 Michel Foucault，他認為權力不（只）是壓迫性的暴力，更是生產出屈從

的論述。為什麼我們需要重要主體經驗與屈從知識，如同女性主義者 Elizabeth Ellsworth（1994）認為女性主義中強調多重認同的概念，有助釐清社會全力交織與其運作，如果我們未能認知社會位置的多重性與矛盾性，將無法體會主體經驗的多樣性與揭露受到宰制的屈從知識。

最後，媒介刻板印象的翻轉，很重要的一個因素就是媒體識讀的意識啟蒙與行動。在台灣 media literacy 主要有兩種譯法—媒體素養與媒體識讀，不過我認為媒體識讀比較貼近翻轉的精神，不只是強調閱聽人接觸媒體時，積極藉以詮釋訊息意義的觀點，或者是指透過印刷與非印刷的種種格式，近用、分析、評估，以及傳播資訊的能力而已，更強調的是針對大眾媒體的本質、運作技術及衝擊，發展出透徹和批判性的理解，其目標在於增進學習者了解與欣賞媒體如何運作、產製意義、組織，以及建構真實，並賦予學習者創造傳媒產物的能力。換句話說，透過解構／重構文本意義，不但能質疑媒體的再現方式，也能夠反思其文化經驗，發展出另類的解讀策略與反抗實踐，以轉換現有社會的不公不義，這樣的立場正是批判教育學或是女性主義的傳統（Livingstone, 2004）。媒體教育大師 Buckingham 在《Beyond Technology: Children's Learning in the Age of Digital Culture》一書（Buckingham，2007），或是知名的《童年之死：在電子媒體時代下長大的兒童》（Buckingham，2000），均提供教師以下的建議：（1）了解教學對象的所知見聞，並據以採取更開放的、提問式的教學；（2）承認自己與教學對象，以及不同學習者之間存在的訊息解讀的差異；（3）感受意義是經由協商而來的，因此應該尊重教學對象使用傳媒和解讀訊息的過程；（4）

鼓勵教學對象自行分析個人如何產製意義，再針對產製的意義提問、質疑；（5）反思並改變傳統的師生關係，如同 Giroux 將教師視為轉化型知識分子，結合探究、反思、行動，相信在兒童言說的探究中可以發掘更多豐富的意義。

參考文獻

張盈堃（2009）。好人不用戴帽子：兒童對媒體的言談分析。載於張盈堃（主編），童年的凝視—兒童的文化研究選集（37-64 頁）。屏東市：屏東教育大學。

楊晨希（2016）。兩岸兒童言說中的友誼：以觀看喜羊羊與灰太郎為例（未出版之碩士論文）。國立政治大學，臺北市。

蕭孟萱（2015）。電視卡通的暴力再現與抵抗：成人與兒童觀點比較（未出版之碩士論文）。國立政治大學，臺北市。

Adorno, T., & Horkheimer, M. (1944/1979). The Culture Industry: Enlightenment as Mass Deception in Dialectic of Enlightenment. London: Verso.

Althusser, L. (1971). Lenin and Philosophy. New York, NY: Monthly Review Press.

Buckingham, D. (2000). After the Death of Childhood: Growing Up in the Age of Electronic Media. Cambridge: Polity.

Buckingham, D. (2007). Beyond Technology: Children's Learning in the Age of Digital Culture. London: Polity.

Butler, J. (1997). Excitable Speech: A Politics of the Performative. New York, NY: Routledge.

Ellsworth, E. (1994). Why doesn't this feel empowering? Working through the repressive myths of critical pedagogy. In L Stoner (ed.), The Education Feminism Reader(pp. 300-327). New York, NY: Routledge.

Giroux, H., & Pollack, G. (2010). The Mouse that Roared: Disney and the end of Innocence. Lanham, MD: Rowman & Littlefield.

Gramsci, A. (1971). Selections from the Prison Notebooks. New York: International.

Hall, S. (1984). "Encoding/decoding." In S. Hall, D. Hobson, A. Lowe & P. Willis (eds.), Culture, Media, Language: Working Papers in Cultural Studies 1972-79 (pp.128-138). London: CCCS, University of Birmingham.

Livingstone, S. (2004). Media Literacy and the Challenge of New Information and Communication Technologies, The Communication Review, 7, 3-14.

Livingstone, S. (2005). Mediating the Public/Private Boundary at Home: Child's Use the Internet for Privacy and Participation, Journal of Media Practice, 6(1), 41-51.

Postman, N. (1994). Disappearance of Childhood. New York, NY: Vintage.

Radway, J. (1984). Reading the Romance: Women, Patriarchy, and Popular Literature. Chapel Hill: NC University of North Carolina Press.

Tobin, J. (2000). Good Guys Don't Wear Hats: Children's Talk about Media. New York, NY: Teachers College Press.

學前兒童媒體素養教學手冊之編製

兼論教師意願與態度

賴慧玲

台北市私立陽光寶貝幼兒園教師

吳翠珍

政治大學廣告電視傳播學系副教授

一、前言

（一）幼兒與媒體素養

幼兒在進入幼兒園時已帶進大量的媒體經驗與知識。多數的幼兒都有看電視與使用電腦的經驗，他們收看的節目類型相當廣泛，除此之外媒體內容與流行文化文本，常以商品的形式結合戲劇中的角色或故事吸引幼兒，繼而衍生消費、收集、崇拜等行為。舉凡電視、電腦、手機、電玩等媒體科技，或是不同類型的媒體內容，像是廣告、卡通、電影、連續劇等等，不只在成人生活中佔重要的使用比例，它們同時也在形塑與改變童年的樣貌。

在台灣的相關研究，李嘉梅（2004）、李怡慧（2004）以及簡佩瑋（2003）都曾調查過幼兒收看電視的情形，研究發現幼兒平日收看電視時間為1-2小時，假日則為2-4小時，其中多數的幼兒「每天」都會看電視；國民健康局2005年的調查則發現幼兒週間約看2.3小時的電視，假日則為2.9小時。部分的調查研究中雖然也指出幼兒使用其他媒體（電腦、上網、打電動遊戲、繪本）的情況，但仍以看電視所花費的時間為最多（張粹文、林宇旋、蔡秀鳳、張新儀、吳浚明，2006；Burton, 2006）。不難發現幼兒因為生、心理發展、時間許可，且較無能力與機會使用其他媒體的因素，觀看電視時間將達到人生的第一個高峰（吳翠珍，1991）。

王純真（1998）指出幼兒在家庭中看了很多的電視節目，他們看電視模仿劇中的語言、歌曲、動作和角色特徵、各種事物，不知不覺受到影響而養成習慣。雖然這些行為舉止很快就遺忘或消失，

但這些卻是幼兒的感覺和認知途徑，並且成為幼兒認知的基礎，如果幼兒又面臨遊戲環境不夠充足、友伴關係比較貧乏、親子關係不足的情況，那麼電視對幼兒的影響力相對的會明顯增加。因此，長期觀看電視也會影響兒童的語言發展、創造能力、閱讀時間、人際關係，或形成不正確的價值觀念或消費行為（吳知賢，1998）。

林佩蓉與陳淑琦（2003）曾指出電視是刻板印象的來源，因為它常是幼兒第一次接觸許多社會團體和機構的主要途徑，因此對一些未接觸過的人的印象往往會受到影響，而且電視會抑制兒童的想像力及腦部的發展，甚至廣告會引發兒童不當的購買慾，不過電視並無絕對好或壞的影響，如果運用得當，電視將有助於幼兒正向的發展，是很好的教育工具（蔡春美，1999；許怡珮，2002；陳秀萍、陳美惠，2005；Moses, 2009）。

我們不難發現成人面對媒體對幼兒影響弊多於利的狀況，消極的作法是採關機策略，禁止幼兒觀看電視，不過因為媒體充斥於生活中，無法避免不受影響，王純真（1998）亦認為新媒體時代來臨，幼兒教育的目標和內容要全面更新，媒體教育勢在必行。富邦文教基金會執行長陳藹玲在談到媒體素養運動的推行時也指出，現代人不可能遠離媒體，媒體充斥在每個人的周遭，你不主動需求，也會有飄然至眼前的情況滋生。與其消極杜絕它的出現，倒不如積極迎向它，與其阻止孩子不要看電視，不如教孩子如何看電視，而且即使實行「關機運動」也無法讓孩子遠離媒體的影響（徐藝華，2003）。

因此媒體素養教育實有往下扎根之必要性，應從幼兒階段開始做起，以涵養幼兒有能力去分析、評估各種媒體訊息，並透過實

作達到與人溝通及自我表達之目的，進而成為具思辨力的小公民。然而從文獻與過去的研究中發現，媒體素養在國內學前階段仍屬一個有待論述與開發的領域。

（二）初探幼教老師對幼兒媒體經驗之看法

然而究竟媒體素養教育如何在幼兒教育階段扎根？媒體素養教育這一名詞對幼教老師意味著什麼意涵？幼兒們是否真的需要接受媒體素養教育？幼教老師對於幼兒的媒體經驗看法又是什麼？他們如何感知幼兒帶進教室內的媒體經驗？他們會採取哪些因應的方法？

在一連串自我提問之下，本研究先以參與觀察法進行初探，瞭解兩間幼兒園的幼兒在自然情境下展現了哪些與媒體內容相關的行為，教師如何回應；並一對一訪談五位幼兒教師關於幼兒使用媒體的看法、態度與對媒體素養的認知情形。初探研究結果發現：

1. 電視是幼兒常用的媒體，且在教學現場中幼教老師認為幼兒受電視內容影響的可觀察行為包含幼兒之間的同儕對話會談到卡通與連續劇，使用的物品會有卡通的圖案，廣告及流行歌曲常是幼兒琅琅上口的。

2. 對於幼兒的媒體使用行為及經驗，幼教老師通常不會扮演主動瞭解的角色。除非是嚴重的暴力或危及安全、人格的影響，否則教師不會介入處理，此外電視暴力是教師最關切的問題，甚至以此作為幼兒出現問題行為時的歸因之一。

3. 電視內容可能造成不當的影響，也可以成為教學教材。但在

實際行動上卻仍以「不要看」或「少看」居多，顯然幼兒教師對於媒體是環境，與其禁止不如教育的觀念仍然缺乏。

4. 幼教老師不自覺的將流行文化帶進教室，例如流行歌曲或是電影，卻忽略當中隱含的潛在影響，包括偶像崇拜、歌詞中的意識型態等問題，可以說對媒介訊息並不敏感，甚至高估自己對媒介訊息的判斷力，對於幼兒尚有哪些可觀察的行為與電視內容相關也有察而不覺的情況，例如消費。另外，在教室內「播放卡通影片」有時候則成了一種獎賞工具或維持班紀的策略。

5. 有關媒體素養的意義與內涵在訪談的個案中都不瞭解，是否可以融入幼兒園課程的可行性上也面臨教師知能的不足，不知道該教什麼以及怎麼教，也有教師認為不需要刻意去跟幼兒談論如何看電視，因為看電視的行為主要是家中的活動，教師的影響有限，倘若真的要談論，也得避免造成幼兒更想收視的反效果。而另一較為極端的例子則是教師認為媒體並未真的對幼兒造成影響，並不需要進行媒體素養教育。

6. 媒體素養這一詞彙對受訪的幼教老師來說過於陌生，但並不表示教師完全不教導幼兒與媒體訊息內容相關的學習內涵，但在不知而行的情況下便無法掌握媒體素養教學策略與關鍵提問。有鑑於此，如果媒體素養教育欲向下扎根，當務之急應是讓幼教老師理解幼兒媒體素養教育的迫切性，以及教學教法之問題，也可讓已經不知而行的教師們掌握媒體素養的關鍵概念，進行更多元的教學。李嘉梅（2004）調查指出，雖然絕大多的家長與幼教老師並不認識「媒體素養教育」這個名詞，但都贊成在幼兒園裡教導幼兒如何看電視。儘管幼兒能力有限，部分媒體素養所要求的目標難以達成，

但 Rogow（2002）認為學齡前幼兒仍可在其認知能力可及的範圍內學習媒體素養。

本研究致力於發展「學前幼兒媒體素養教學手冊」，以教學現場曾發生的事例，結合國內外文獻的論述，研發相關概念與可參考之教學活動，目的在希望能提供幼教老師思考遇到相同事例時可進行的媒體素養教學之可能性，以及協助有意進行媒體素養教學的幼教老師釐清核心概念與作為教學活動設計之參考，並能將相關的提問要領與引導步驟融入在一般的教學活動中，使二者緊密結合提升學習效果，對於實踐層面的提升以及媒體素養從幼兒開始均可有所助益。手冊研發歷程包括前置訪談、文獻分析、手冊撰寫與後續評鑑，透過教師觀點一窺幼兒媒體素養教育的可行性與困境。

二、各國幼兒媒體素養教育之內涵

（一）台灣

我國教育部（2002）於其公布的《媒體素養政策白皮書》中，媒體素養之五大核心概念包括：瞭解媒體訊息內容、思辨媒體再現、反思閱聽人的意義、分析媒體組織及影響和近用媒體。

在國內，早在 1996 年即有學者呼籲在傳播科技的環境之下，應從幼兒階段開始教導孩子學習利用媒體，從中解讀正確的訊息（社論，1996）。而第一次有系統的進行幼兒媒體教育活動則為 2003 年孩樂嬰讀影會與台北市立圖書館民生分館利用暑期所合辦的電視營，透過影像觀賞與導讀，介紹好的國內外兒童節目，提供兒童選擇收視，並推薦相關兒童讀物，進行延伸閱讀；結合看好節

目、讀好書的觀念傳播，引導孩子善用時間，這是特別針對八歲以下兒童與其父母設計的連續八周課程，課程主題包括媒體與我、認識節目製作成員、瞭解媒體製作與敘事。

後續提出幼兒媒體素養概念的為李嘉梅（2004）《學齡前兒童媒體識讀教育之初探-台北市幼兒園兒童電視觀看行為之研究》，該研究在探討國內學齡前幼兒媒體素養教育是否具備實施的條件，以及家長、老師對學齡前幼兒媒體素養教育的看法與意見，研究發現雖然絕大多數家長與幼教老師都不認識「媒體素養教育」這個名詞，但都贊成在幼兒園教導幼兒如何看電視，幼教老師對於媒體素養教育納入正規教育的看法也表示樂見其成，但是首先要充實老師本身的媒體素養能力，其次則是給幼兒園一套標準化的媒體教育課程。李嘉梅（2004）的研究為幼兒媒體素養之推動揭開了序幕，但是其研究只提出幼教老師與家長對媒體素養教育及早推動之意見，與呼籲此課程之重要性，並未提到相關做法、學習內涵及課程要點。然可以肯定的是如果要在幼兒園裡實施媒體素養教育，在推動之初應提供幼教老師可參考之教學指引、活動內涵、範例或步驟。

有關幼兒階段之媒體素養教育課程設計、教學活動內容、教案編撰之研究以黃伊瑩（2005）針對媒體性別刻板印象所設計之幼兒媒體素養教學方案，與教育部媒體素養委員會 2005 年委託政大媒體素養研究室吳翠珍教授主持所完成的「研發高級中等以下（含幼教）學校媒體素養融入學習內涵發展計畫」兩項研究成果為主。

黃伊瑩（2005）以實驗研究法，經由 12 次媒體素養教學活動的實驗處理，探討幼兒媒體素養教學對於解構幼兒園大班幼兒的性別刻板印象之效果。該研究歸結出媒體素養教育之內涵，發展出一

套以性別刻板印象為議題的媒體素養教學方案。設計理念以幼兒為中心，規劃出一套能夠引導幼兒主動思考辨別電視上兒童節目、卡通影片、廣告中所傳遞之性別角色訊息，並且培養幼兒主動判讀訊息的媒體素養能力。在其設計的 12 個媒體素養教育教案中，雖強調以性別刻板印象議題為主，然課程內容所囊括之媒體素養內涵可歸納出三大面向：

1.媒體種類的辨識：辨別不同的媒體、型式特質，分析不同種類的節目如何對我們造成影響。

2.媒介再現的思考：瞭解媒體所建構的真實與價值觀，媒體文本是否與真實的生活遭遇相符？媒體內容的呈現是否客觀公平？

3.媒介語法的瞭解：主動解讀媒體訊息，瞭解媒介所使用的語言、符號、圖像等技巧，進而學習動手做的技能。

黃伊瑩（2005）的研究考量幼兒尚未發展出後設思考的能力，以下列三個教育目標做為教學內容之原則：

1.知道不同的電視媒體型態，

2.瞭解媒體呈現的多樣性別刻板印象，

3.知道媒體所再現的內容是建構出的真實。

本研究依據教學理念、活動名稱、教學重點、教學主旨、學習目標、教學活動及資源、主要媒體文本、媒體素養核心概念歸納整理黃伊瑩（2005）所設計之教學內容，並參照教育部《媒體素養政策白皮書》中所揭示的五大核心概念重新檢視表中之教學方案設計內容，發現所涵蓋的概念以閱聽人、媒體再現、媒介文本為主，並以討論、觀賞影片、遊戲或扮演活動為主要進行教學的方式，此外其所使用的媒體文本以幼兒所熟悉的卡通為主，再依教學目的之

需要輔以使用廣告、戲劇或節目片段。就黃伊瑩（2005）的教學設計而言，所選用性別刻板議題係屬幼兒園中常施行之教學主題，但以媒體再現為教學主軸，在幼兒園中則不多見。

吳翠珍（2005）所建構之幼兒媒體素養課程綱要，共發展出35個教學活動其核心概念與細則，包括：

閱聽人：媒體行為、個人與文本的意義協商、文本的商業意涵。

媒體再現：文本內涵（媒體真實）與實際生活（社會真實）、價值意涵與意識型態、刻板印象。

媒介文本：媒體類型、媒體訊息產製、媒體敘事、產製。

媒體組織：守門過程、媒體所有權與文本產製、公共媒體與商業媒體、資訊私有化。

媒體近用：公民的媒體、被動與主動的閱聽人、個人肖像權及隱私權、資訊公開化。

國內幼兒階段的媒體素養學習內涵以《媒體素養教育政策白皮書》所羅列之五大面向為設計依據，指出各面向應達成的學習目標。雖然教學方式皆為幼兒園所普遍使用的教學方式，然因為媒體素養等相關知能對幼兒園教師仍屬陌生，易導致被認為這是新的、獨立的「學科」，因此本研究認為倘若能將幼兒學習活動之內涵、目標與媒體素養教育之目標與內涵相呼應，將更有助幼教老師理解媒體素養內涵，進而將已知的教學技巧應用於媒體素養教學之中，真正落實媒體素養融入幼兒教育。

（二）美國

在美國，Rogow（2002）指出可以從三個範疇開始教導幼兒媒

體素養知識：

　　誰是訊息產製者：瞭解訊息產製者的觀點與動機是學習分析媒體訊息的要素。多數的幼兒會以為媒體文本中的主角就是訊息產製者，而隨著年齡漸增，他們才會明白訊息產製者可能是導演、編劇或贊助商。在此範疇裡，教育幼兒的目的不在獲得正確的答案，而是養成幼兒問問題的習慣，不同的答案展現的是幼兒認知發展上的差異。

　　瞭解媒體內容：請幼兒重新述說媒體中的內容。透過問幼兒他們看到或聽到什麼，正是鼓勵幼兒思考及談論媒體的方法。

　　學習媒體語言：如同寫作使用文字，電視或電影使用影像，讓幼兒學習影像有其鏡頭語言與觀點，可幫助他們理解影像是被建構的。除影像外，聲音是媒體語言中較易學習的部分，可讓幼兒練習不同的音效所賦予的不同感受與行動。學習媒體語言可奠定幼兒瞭解訊息產製者選擇使用何種方式來影響閱聽人。

　　由此看來，Rogow 認為幼兒媒體素養的教學以討論為重點，討論是為了促進思考而非得到標準答案；而且這些學習範疇適用任一媒體，不論是繪本、電視或電影。Lacina（2006）覺得幼兒階段的學習可以從繪本媒介開始，讓幼兒進行圖、照片的意義解讀。再來應善用幼兒熟悉的文本，才能啟發興趣，教師可以使用多種策略來將媒體素養融入教學中。Lacina 與其他學者不同，並無明確指出幼兒學習媒體素養的內涵為何，但是「思辨媒體訊息」是學習的基礎與核心，有幾個基本的問題是老師討論時需引導幼兒學習思考的：

　　1. 誰是訊息產製者，他們的目的是什麼？

　　2. 誰是目標閱聽人？

3. 何種媒體呈現手法常被用來吸引你的注意力？

4. 文化的概念如何被傳達？

5. 哪些訊息被忽略了？

Hobbs（2004）認為幼兒的媒體素養可以強調選擇節目的重要性、使用媒介的限制，或是從媒體效果與公眾健康層面著手，像是媒體暴力與模仿的問題。Hesse 與 Lane（2003）提供幼稚園課程整合的教學實例來說明如何進行幼兒媒體素養，他們所使用的方法是挑選一本內容與媒體相關的故事書或一段影片，然後直接與幼兒討論媒體的議題，像是探究電視內容及閱聽人的偏好、處理關於不同電視偏好而引發的爭吵、做個主動的媒體消費者、察覺媒體對於身心及生活帶來的影響、學習區辨真實與虛幻、瞭解媒體語法、探究媒體內容、做自己的媒體。

綜合上述，幼兒媒體素養內涵強調閱聽人幼兒為主的相關問題，包括個人節目選擇的偏好、使用媒體的限制、主動閱聽人，以及媒體對自身的影響等。因為這些與幼兒的經驗最為貼近，也易於討論。

（三）英國

英國電影協會（British Film Institute, BFI）於西元 2003 年出版媒體素養教學指引《Look Again！》，該手冊內容旨在教導 3-11 歲的幼兒認識電影與電視。最基礎的教學概念是學習觀看影像，包括畫面（動、靜態）聲音與影像、辨識不同的鏡頭語言（中、近、遠景），流動影像的學習重點在於分析不同媒體作品中的結構與符號系統意涵。此外，學齡前幼兒的教學實踐應顧及發展之需要，在學

習媒體素養的目標中應該更強調拓展字彙的學習、使用故事語言、重說故事、劇情前後順序、區辨角色、利用關鍵字討論流動影像文本、辨識電影如何介紹主角、瞭解聲音和影像如何說故事（BFI，2003）。除了強調流動影像的學習以外，平面的影像可以做為學齡前幼兒學習媒體素養的初階練習。

研究者認為，幼兒在幼稚園接觸平面影像的機會非常多，例如繪本、圖畫作品、圖片。教師利用繪本進行教學已是普遍的現象，舉例來說他們鼓勵幼兒發表觀後感想、畫下印象最深刻的一頁、回憶故事、討論故事內容等等，但是教師鮮少教導幼兒影像被建構的歷程，例如圖畫的大小在排列上產生怎樣的視覺感，或是圖像中的角色以怎樣的方式呈現會帶給觀看者任何不同的感覺。而在教室中播放影片是一種觀賞的活動，師生間也許僅討論這部影片好不好看，喜不喜歡電影中的主角，抑或是主角有哪些值得學習與不值得學習的事，但老師鮮少與幼兒討論電影提供哪些視覺與聽覺的線索，來告訴我們誰是主角。

（四）澳洲

澳洲學者 Luke（2000）認為幼兒階段可以運用思辨性的媒體分析技巧來討論再現的議題，試用一個幼兒熟悉或是喜愛的文本，如迪士尼的動畫、卡通來練習分析影片中的語言、影像再現、劇情、舞台或佈景，以及每個角色的特性，並且讓幼兒學習瞭解神話或虛幻的世界是如何被其他媒體形式所建構出來。

澳洲媒體素養教育專家 Burton（2006）的研究中曾敘明早期的媒體素養教育應該教什麼與怎麼教，他指出幼兒階段的學習範疇

可以從最基本的認識個人所經驗的表情、聲音到談論社會責任以及對自己的媒體行為有主動選擇與改變的能力。因為媒體素養的養成過程與能力程度會受年紀、認知、文化及對媒體的先備知識不同而有差異，所以應回歸到個人的脈絡之中去檢視媒體與個人的關係，也就是說媒體素養的學習不能從個人所產製的意義中孤立。

我國幼兒媒體素養教育的發展仍在起步階段，概念的啟蒙與美國發展情形相近，強調為避免兒童受媒體的不當影響，所以應推行媒體素養教育，在學習內涵的部分除教授媒體素養核心概念之外，亦有議題式的內容，如暴力、解構性別刻板印象等；英國則強調視覺素養，舉凡眼睛所及的影像都可以作為媒體素養教育的教材與討論；而澳洲的部分，因為是全國皆在推行媒體素養教育，所以媒體素養深植於生活之中，可發現其幼兒階段的學習內涵與幼兒生活息息相關。

不論各國媒體素養學習內涵為何，皆奠立在媒體素養的核心前提之下，也統整於媒體素養的各學習面向。此外，幼兒教育不能脫離幼兒自身的生活經驗與脈絡，因此幼教階段的媒體素養多談論幼兒所經驗的媒體，先理解自己與媒體的關係，再教導觀看的種種技巧以思辨媒體文本的各種特質、技術及思考媒介再現的內涵，並從廣告與消費中教導幼兒閱聽人之概念以及媒介訊息是有目的的被人為建構著。除台灣外，其他各國在幼教階段媒體素養的學習中關於「媒體近用」的概念著墨都不深，研究者認為「媒體近用」與「媒體組織」對於發展有限與經驗不足的幼兒來說確實是較為困難的，甚至於對沒有媒體相關背景的幼教老師來說也是較難理解的一環，但仍可透過讓幼兒產製自己的媒介訊息學習相關的概念。

三、幼兒媒體素養教學手冊的前置與研發

本研究發展之教學手冊主要使用對象為幼兒園教師，教學對象為幼兒園大班幼兒，在研發過程中，歷經文獻資料彙整、訪談現場幼師、分析與設計、研發與撰寫到最後的評鑑與修正階段，如圖1所示：

圖1　手冊研發流程圖

在編寫手冊前，研究者根據表1的訪談大綱訪談了5位現職的幼教教師，藉由他們在現場與幼兒的互動，瞭解目前幼兒使用媒體的現況與老師們會如何回應，並根據幼教老師的需求，發展手冊內容。

表 I　手冊前置階段訪談大綱

題目
1. 請問您認為幼兒最常使用的媒體是什麼？怎麼用？
2. 請問您與幼兒有過哪些媒體互動的經驗？
3. 請問您曾觀察過幼兒帶進教室的媒體經驗為何？
4. 請問您覺得媒體對幼兒有哪些影響（優缺點皆可）？
5. 請問您對媒體素養教育的認識為何？
6. 請問您對媒體素養融入幼稚園教學的看法為何？
7. 請問您認為「幼兒媒體素養教學手冊」應該含括哪些面向？
8. 請問您認為針對幼兒所設計的媒體素養內涵可以有哪些面向？
9. 請問您認為幼兒媒體素養可以以怎樣的教學方式進行？
10. 請針對本手冊架構、學習面向、學習目標提出您的看法與建議。

（一）幼兒園教師的媒體素養理解狀況與態度

受訪的教師對於媒體素養的認知狀況與研究者初探結果，以及李嘉梅（2004）的調查結果一樣，即是有很高比例的教師沒聽過媒體素養。訪談結果彙整如下：

1. 對「媒體素養」這一名詞感到陌生，在訪談前多是未曾聽過或是聽過但不知道內涵，亦有教師是在聽過研究者的解說之後，才發現「媒體素養教育」與「多媒體教學」是不一樣的意涵。受訪的5位教師有3位未曾聽過媒體素養，有2位則是有聽過但不甚瞭解。此外，研究者發現媒體素養教育可運用之媒體範圍廣泛，但是透過

與現場老師的討論發現最後多侷限於「電視」，因為以電視來舉例說明幼教老師最易理解，其次為繪本，一經解說教師可以理解平常進行的繪本教學與融入媒體素養概念的繪本教學之差異，不過因為繪本在幼兒園裡是常用的教學工具，教師已有既定的教法，多是討論與課程主題有關的內容，而非針對繪本裡的媒體訊息。

2. 雖然教師贊同可以在幼兒園裡進行媒體素養教育，但普遍仍是不鼓勵幼兒看電視，所以在進行教學活動時，也不會刻意去討論電視內容，除非是要教學的內容直接就來自電視，透過看電視而來達成，才會去討論。李嘉梅（2004）的研究中使用問卷和訪談的方式進行，雖然多數教師沒聽過媒體素養但多贊成可以在幼兒園裡教導幼兒如何看電視。在本研究訪談中發現五位教師都贊同可以在幼兒園裡進行媒體素養教育，原因包括：（1）思考、思辨能力的養成應從小做起，能讓孩子將來的視野更加開闊；（2）現在的孩子常看電視卻缺乏思考，媒體素養教育可以提供一種思考媒體訊息與背後意涵的訓練，可達潛移默化之作用；（3）教材取自幼兒的生活經驗，可以促進幼兒的學習興趣。雖然如此，但在幼兒園裡以某一媒體訊息或是電視內容來進行教學卻是少見，原因在於平時已經不鼓勵幼兒看電視了，倘若再以播放電視影片的方式進行討論顯得與規範自相矛盾。此外，有教師認為電視並非絕對之惡，但是因為幼兒的邏輯與抽象思考能力未完善，有些解說與討論並無法達到效果，與其難以與孩子解釋，不如在幼兒階段先禁止他們收看電視。

3. 學術性的字眼或描述會影響教師想瞭解或進行媒體素養教育的意願。在與幼師訪談與討論的過程中發現，如果將媒體素養教育定義成「解說或討論電視內容」、「幫助孩子免受電視的不當影

響」、「幫助孩子思考媒體訊息」，受訪教師多贊同可以在幼兒階段開始，但是一經研究者提供書面資料給予幼師參考，包括媒體素養的定義、媒體素養五大面向，受訪教師則認為對幼兒來說太難，特別是閱聽人的概念，需反思到個人行為，普遍認為幼兒無法達成。

4. 為了培養媒體素養能力，取材於媒體，帶領幼兒動手實驗與實作，不僅幼教老師在課前的教學準備負擔增重，孩子的先備能力也得花很多的時間養成，這些亦影響幼師進行媒體素養的教學意願。此外，媒體素養中強調的思辨能力養成需透過討論來引發幼兒思考，但是討論的效果與進行有很多的疑慮，像是幼兒的發展差異，即便是大班的幼兒有些人要聽懂問題已經是一大難事，而來自文化不利家庭的幼兒也會因平時刺激不足無法參與討論，再加上很多幼兒園皆為混齡教學，每個幼兒的發展程度不一，這樣就很可能媒體素養的養成只有利於少部份的幼兒，而無法全面性、均衡的進行。再加上媒體素養的討論中有很多是鼓勵思考而無標準答案，不只是對於幼兒，對於老師都是一種挑戰，因為那意味著教師需有良好的教學引導技巧，而且最重要的是開放的態度與非權威式的教學。

5. 幼兒園的課程內容不一，多由教師自行設計，媒體素養教育宜採融入式的教學，融入孩子的生活與學習經驗中。但對於不熟悉內涵的老師來說，要掌握要領融入教學較為困難。李嘉梅（2004）的研究指出，幼兒園教師在自行設計教學活動與統整性教學的能力相當足夠，但是若要進行媒體素養教育則需有一套標準化的課程內容，以免幼兒在不同老師的不同標準下學習。本研究受訪的教師則

認為如果老師對於內涵與定義無法釐清與掌握的話，給孩子的引導相對來說就會不夠豐富，而且是否願意融入媒體素養於教學活動中涉及老師的個人理念與技巧。

6.媒體素養教學較難評量，若要達到教學目標，教師的引導與教學能力是關鍵。因為不只是媒體素養教學，平常在與幼兒討論時，要讓幼兒回答出一個答案是一件非常容易的事，但不容易判斷這答案是否為幼兒理解後所說出的答案。除了教師的教學能力與幼兒的差異是實施媒體素養教育時需考量的困難處以外，教師對於媒體素養內涵的理解程度與家庭教育的配合也是需要考量之處。因為家庭教育是一切的基礎，如果僅有學校單方面的努力而家庭無法達成共識或是配合教育的話，學習效果難以彰顯。總的來說，如果媒體素養教育欲往幼兒階段延伸，尚需詳加思考以下幾個問題，包括：（1）學習的適切性：幼兒需不需要以及有無能力理解媒體素養內涵？（2）教師的能力：如何掌握機會教育的時間點與適度的將媒體素養融入教學活動中？（3）家庭的配合：家長能否支持與接受學校進行媒體素養課程？是否願意配合在家庭中延續與幼兒進行相關的討論？

7.學習目標無法立竿見影，鼓勵行動優於養成思辨。媒體素養注重能力的養成，是一連續的光譜而非一蹴可及，重視在歷程中學習，因此對幼兒來說是較難以評量，也較為抽象的學習，評量的方式需透過長時間的經營與觀察去看幼兒的改變。另有教師認為幼兒階段的媒體素養除了鼓勵幼兒思考之外，更應該鼓勵幼兒將這些能力落實於生活中，像是選擇收看優良的節目內容或是自我收視時間的管理，免得媒體素養教育流於形式，僅養成一群光說不練的幼

兒。

（二）幼兒園教師對於幼兒媒體素養教學手冊的看法與建議

　　研究者在訪談歷程中的省思與發現，要發展一本學前幼兒媒體素養教學手冊有以下幾個困難點：

　　1. 媒體素養必須以融入的方式來學習，但是幼兒園並無固定的教材與學習內容，以致於研究者在設計手冊時無法具體指出老師可以將媒體素養與課本第幾課或是哪一個教學主題結合。

　　2. 幼兒園並非分科教學，而是統整學習的概念，是順應幼兒興趣與教學討論來發展接下來的活動，因此一旦本手冊發展教案就有違前述的想法，且無法顧及所有教室情境與幼兒園教學主題。

　　在與幼師們討論，瞭解他們對於教學手冊的看法後，手冊發展在編寫上有以下幾個考量與原則：

　　1. 手冊的定位：一本讓幼教老師增進個人媒體素養知識與理解教材與教法的工具書。訪談的教師中，有些會參考坊間教學手冊來進行教學活動，有些則未曾使用過教學手冊。不過幼教老師在使用教學手冊時，多將其視為一本工具書，而非照本宣科，但是手冊可以提供幼教老師一些教學上的想法，並視活動的需求取手冊的部分內容進行教學活動。本研究手冊希望可以提供幼教老師參考媒體素養相關教學活動，但是要進行這些活動時教師本身是否掌握核心概念是一件相當重要的事，受訪的教師中多數不理解媒體素養內涵，因此教學手冊首要部分則是相關定義與內容說明，充實教師在進行教學時，自身需先具備的媒體素養知識，另一部分是教學活動範例，幼教老師設計教案的能力訓練相當足夠，但對於不熟悉的教學

內容而言，倘若可以給予一個教案參考，幼教老師多能很快領略當中的教學重點與方法。張添洲（2000）談到教案可促使教師對所教科目做深刻的思考，對所教資料有清晰的印象。

2. 手冊的內容：基於工具書的概念，需讓老師們理解為什麼要進行媒體素養教育，什麼是媒體素養教育，可以教什麼還有怎麼教。在訪談時發現，幼師對於「媒體素養」一詞，不是未曾聽過就是聽過但不解意涵，因此在內容上的安排，必須先定義什麼是媒體素養與內涵，接著必須喚起幼師對此議題的重視，然後說明有哪些面向可以進行以及如何進行，但是媒體素養不同於一般的領域知識，它所強調的是能力的養成而非知識的灌輸，所以還必須讓幼師知道進行媒體素養教學時，教師的角色與態度。此外「媒體素養教育」與「媒體輔助教育」兩者間的異同需要釐清，提供教學活動範例或是以舉例的方式讓幼師理解概念。

3. 手冊的編寫：力求用字言簡意賅，學理性的內容不能過多，善用美化編排的方式吸引讀者閱讀，標題命名的部分要趣味化。受訪談的教師在被問及手冊如何寫才會吸引他們閱讀時，有一個共同的重點是用字遣詞不能過於學術、也不能是理論型的專文、篇幅要簡短，涉及重要概念的名詞一定要用例子來說明，以將原先為傳播領域的知識轉化為非傳播背景的幼師可以理解的內容。再加上讀者會選擇性的閱讀資訊，因此分類清楚，善用編輯的方式，像是突顯字體、表格方框化、利用插圖，有層級的分類，都可以吸引讀者閱讀。

（三）學前幼兒媒體素養教學手冊

根據訪談幼師結果，幼師認為幼兒最常使用的媒體為電視，收視內容為卡通，電視對幼兒造成的影響中，暴力模仿為共通點。幼師不瞭解媒體素養的內涵，因此手冊需以工具書的型態呈現，既包括教師需要知道的相關基本概念，也提供教學活動範例做為參考。

一本手冊需具備可讀性與實用性，可讀性意味著教師需要一看就能理解，因為本手冊使用對象多為非具傳播領域背景的教師，所以不能以過於學術性或理論性的敘寫方式；而實用性的部分則包括內容對教師而言是否受用與可行。此外，吸引幼師閱讀的內容需善用編排功能，像是使用圖片、圖表、字體放大加深等功能，在視覺設計上需要先能吸引幼師注意，才能使他們進一步閱讀內容。

本研究自行研發教學手冊，撰寫依據文獻探討與訪談幼師所得結果加以分析與設計，綜合文獻所探討之媒體素養教育之定義及重要性、核心概念與教學策略，撰寫幼師需瞭解之先備知識，將內容分做定義、概念與問題、重要性、教學內容與教法及教師角色 6 個部分。此外，參考各國教學目標自行設計教學活動範例共計 18 個，涵蓋媒體素養五大學習面向，設計的內容中結合幼兒使用與理解媒體及媒體對幼兒造成的影響之議題。

研究者結合訪談與自身的分析設計考量，將理論性的內容轉化成非傳播領域背景之幼師閱讀。本研究手冊內容轉化說明如表 2、表 3。

表2 文獻資料轉化手冊內容說明表

文獻內容	分析、設計之考量	手冊內容
一、媒體素養教育之定義與概念	1. 媒體素養之定義各家說法不一，需提供教師最言簡意賅之說明 2. 部分教師易將媒體教育與多媒體混為一談，需比較說明	1-1 媒體素養教育是什麼 1-2 媒體素養教育是什麼、不是什麼之比較
二、媒體素養教育的重要性及原因	幼兒教育是教育之基礎，因為沒有固定的教材與內容，多由教師自行設計，因此需說明何以媒體素養能力需從小開始培養，分就幼兒發展、幼兒與媒體使用以及理解三個面向加以說明。使幼兒能正視幼兒教育內容需考量環境變化及需求。	2-1 媒體素養教育在幼兒階段的重要性 2-2 媒體素養幼師角色
三、媒體素養教育之核心概念與內涵	1. 媒體素養教育可運用之媒體範圍廣泛，熟稔媒體素養核心概念以及具備教學知能之教師，能適時與適度的融入教學中。 2. 以教育部所頒佈之媒體素養政策白皮書所揭示之五大學習內涵為主，然專有名詞易讓幼師產生排斥感，因此在解釋與說明的部分需以幼師的生活經驗或教室內的經驗為例。	3-1 媒體素養核心概念與關鍵問題列舉 3-2 幼兒媒體素養教什麼？
四、媒體素養教育之目標與教學策略	媒體素養有其教室與教學策略，可以分作兩個部分，一是利用什麼方式進行教學，二是教師的角色與態度，謹記這些方式與反思教師個人動機，有利教學活動之進行。	4-1 幼兒媒體素養怎麼教 4-2 媒體素養幼師角色

五、各國幼兒階段媒體素養內涵	各國幼兒階段媒體素養取向與內涵不同。台灣從五大面向與議題式設計，英國強調影像教育，美國結合語藝課程，美國也重視結合媒體對幼兒造成的影響來設計教學單元，澳洲則落實在生活教育中。研究者認為，幼兒媒體素養的相關研究與論述在國內仍屬少數，可從幼兒接觸與使用媒體之經驗介紹五大學習內涵，並且結合易對幼兒造成影響的議題，故彙整與篩選各國目標作為教案發展之依據。	幼兒媒體素養教學面向與目標一覽表

表 3　幼師訪談意見轉化手冊內容說明表

文獻內容	分析、設計之考量	手冊內容
一、提供幼師理解相關定義與內涵	訪談中理解幼師之需求，包括減少學理型的文章，用生活實例解說專有名詞。	初稿第一部份「媒體素養教育養成秘笈」，旨在介紹相關概念。
二、教學意願	媒體素養可以從機會教育做起，但接受度與教學意願涉及教師是否有意識到媒體與幼兒的關係，以及是否將媒體素養視為一種額外的授課負擔，因此需從幼兒教育的角度去說明教學方式以及教師角色。	如何進行幼兒媒體素養以及教師需扮演哪些角色。
三、統整與融入式的教學	幼稚園並無固定教材，每一位教師所設計的教學主題都不同。幼稚園採統整教學而非分科教學，因此教學活動範例應以融入幼稚園主題的方式撰寫，然而，在未能掌握所有教學主題的情況下，以及如果本手冊目的在讓幼師明白媒體素養教學內涵與教法，則不宜從幼稚園主題來設計融入的媒體素養概念，因此本手冊所設計之教學範例，皆以主題活動來呈現，教學重點為媒體素養各面向的目標。	十八個教學活動範例，涵蓋媒介文本、媒介再現、閱聽人、媒介組織與媒體近用五個面向。

	訪談的教師多建議手冊內容不宜多，教案的寫法條列式即可，不用過於詳細。本手冊所採用的教學方式多以討論為主，討論重點應強調媒體素養核心概念與關鍵問題，因此應詳述討論問題與引導步驟。吳知賢（2002，引自黃馨慧，2004：37）研究中談到一般教師普遍缺乏媒體素養概念與相關的理論背景，因而在媒體素養教育的教案設計上必須調整，將媒體素養相關的概念及內涵加以詳述，教案設計上宜採詳案模式，簡案的設計只能發展短暫性的功能，難以有長遠性的功能發揮。	初稿分作兩部分，知識介紹以簡要文字說明。教學活動範並非完整的詳案，但關於教學步驟與討論問題均詳細陳述，而與教學活動有關的必備或補充知識也一併寫在各教學活動範例中。
四、手冊編寫風格		

　　轉化分析後進行撰寫，手冊內容包含媒體素養相關概念之背景知識，包括「媒體素養教育是什麼？」、「媒體素養核心概念與關鍵問題」、「媒體素養教育在幼兒階段的重要性」、「幼兒媒體素養教什麼？」、「幼兒媒體素養怎麼教？」以及「媒體素養幼師角色」；另一部份為媒體素養五大學習面向之教學活動範例，每個教案架構包含活動目標、媒體素養雷達圖、觀察與評量、教學準備、教學活動建議、學習單等六個面向。

四、幼兒媒體素養教學手冊的評鑑

　　本研究發展的手冊雖以訪談與文獻分析蒐集相關的撰寫資料，但內容是由研究者獨立完成，因此委請外部人員擔任評鑑工作

（outsider evaluation），以訪談與問卷兩種方式調查專家的意見，來彌補時間不足而無法於教學現場進行試用教學手冊之缺憾。

　　參與評鑑對象包括：幼稚園現場教師（教學經驗豐富之幼師、瞭解媒體素養教育內涵的幼師、對媒體素養教育感興趣的幼師）、幼兒教育與兒童發展領域相關之學者、媒體素養教育相關之學者、實踐媒體素養教育課程之現場教師。問卷與訪談評鑑結果：

（一）第一部分媒體素養教育養成秘笈

　　綜合專家所填答的結果，即媒體素養教育類的學者對於媒體素養的看法是什麼？

　　核心概念與關鍵問題，以及幼兒媒體素養教什麼與怎麼教有較多的指正意見，包括在定義上需更具體，解說部分尚須表達清楚才合乎幼師所需具備的入門概念。而幼教類專家學者及教育先進所給予修正意見中多從使用者的角度來說明，包括對於文意的質疑與不解、書寫表達之流暢與清晰、內容組織與編排，也有就自身教學經驗來評估媒體素養教育如要在幼兒階段施行，教學方式以及幼兒的能力與背景都需慎加考慮。此外，媒體素養所代表的定義與意涵有必要作跨領域的溝通。

（二）第二部分教學活動範例

　　1.教案活動範例需再簡化，比較的例子對比性要強一點，教案名稱應該兒語化，貼近幼兒生活。受訪的教師皆認為雖然手冊內容與教學活動範例都是給幼師看的，但是教案活動範例應該再簡化，簡化的部分包括活動步驟的說明與活動的複雜度，雖然研究者的出

發點在於如果沒有詳細的說明，恐怕教師在執行上只參考活動卻未涉及素養概念的討論，多一點的活動說明可以讓教師有更多元的選擇，但一旦文字數量變多就會降低幼師的使用意願。此外，有部分活動皆有設計分析與比較的範例，包括比較不同類型的媒體，分析媒體的訊息特質等，有媒體教育經驗之教師即認為比較性質的活動中所使用的素材必須對比強烈，才能符合幼兒的學習特質，不宜有模糊地帶，幼兒無法判斷即無法達到良好的教學效果。

2. 增加親子共學的學習單，才能讓家庭與學校教育互相結合。幼師認為幼兒主要看電視的機會都是在家裡，家長進行教育的機會與成效會比老師來得好，倘若要進行媒體素養教育應該是家庭與學校並進。因此本研究教師建議在活動範例中應該增加親子的共同學習單，一來是延續在學校的學習，二來是讓家長也學習媒體素養，更有教師認為假使家長無暇協助或參與幼兒看電視的過程，那麼則應該給予幼兒一些功課或任務，讓他們在看電視的過程中學習思考。

3. 教案內容與概念說明連貫與呼應性須再加強。專家建議在教案中不宜再出現專有名詞，例如「文本」、「媒介再現」，否則應該提供索引訊息方便幼師查找。

4. 教案活動多以討論為主過於單調，應強調技能讓孩子可以動手玩。手冊初稿中所設計的大部分教案多較缺乏技能目標，雖然思辨能力需透過討論來促進，然而考量幼兒的學習特質應該加入更多遊戲與操作的活動，否則幼兒易失去學習興趣。部分教學目標與活動設計未縝密配合，以及未提供具體的評量方式說明。此外實作活動或遊戲的部分應該要以幼兒能自己做的設計為主，需要成人過多

協助的設計需再斟酌。

5.目標涵蓋的面向可以編號，目的的說明可以幫助幼師重視

一個教學活動中會包含不同面向的學習目標，幼師建議可以自行編號，在撰寫目標時把涵蓋的目標都寫進去，會讓教師更清楚明瞭活動涉及的範圍。雖然每個活動都有教學目標，但可以說明活動進行的背後意涵與目的，能幫助老師意識到該活動議題的重要性。

（三）手冊初稿閱畢後的整體回饋評鑑意見

針對手冊閱畢後所進行的評鑑項目主要有選材與組織、物理屬性、文句可讀性及對個人的實用性四個面向。總的來說，手冊內容及活動的連貫與一致性、時宜性以及整體版面設計上皆有專家持不同意的意見，教學活動範例最大的問題則是對幼兒來說難易度並不適中，研究者以為以幼兒感興趣的電視內容來進行活動的設計定能引發學習興趣，再加上活動中的討論問題也從他們的生活經驗出發，然後輔以遊戲與實作的方式進行。然專家的看法則認為活動著重在討論的部分，使得教學方式略顯單調，針對幼兒所設計的活動應該以遊戲性質為主。

1.整體內容，用字遣詞與專有名詞的解釋、說明仍須再清楚淺顯一些。本手冊主要使用對象為幼教老師，因此在專有名詞的解說上應該以一個完全未具備相關概念甚或是完全沒聽過「媒體素養」一詞的教師角度來撰寫，才能確保知識能普遍被接受與理解。

2.整體內容完整度堪稱足夠，但可以使用主題概念網來幫助教師掌握教學重點。手冊內容中提及各面向的學習內涵，幼師表示

參考手冊的用意在於立即性，也就是要一眼看到就明瞭、被吸引、想使用，過多的文字說明會降低閱讀的意願，圖表化的書寫形式可以讓幼師快速產生連結，主題概念網可以兼具深度與廣度，這做法不僅可以讓幼師明瞭概念，也可避免內容偏離或教學活動切入點錯誤。此外，提供概念網，有助於幼師理解文字內容。

五、結語

媒體素養教育的施行關鍵在於教師的媒體素養知能以及所營造的班級情境。許碧月（2004）與郭佳穎（2006）分別調查國小教師對於媒體素教育的認知、實踐及知覺情形，結果發現教師多缺乏媒體素養的教育專業知能，連帶影響的是教學意願與配合。

根據手冊發展歷程的發現與評鑑結果來看，幼師認為手冊中所安排的教學活動可以嘗試教學，但是需先花費較長時間來建立幼兒的先備經驗與知識，像是學習操作媒體器具，以及思考與討論的習慣，手冊初稿的設計，尤其是教學活動範例的部分皆較適用於已經具備或熟稔媒體素養知能的幼教老師，對一般不具備傳播教育背景與未曾涉獵相關概念的老師來說使用性較低。

媒體教育的現場教師則認為一個已經掌握知能的教師能夠自然的融入教學，教師會在幼兒的生活中即營造很多元的情境，讓幼兒從探索與發現中開始學習觀察、使用與思考媒體，自然就能建立孩子的先備經驗與知識。而最重要的還是幼師本身具備的素養與能力，包括幼師必須對媒體素養有意識與理解，並且具備成熟的團討引導能力，才能對涵養幼兒媒體素養能力有實質的幫助，要重視從

舊經驗引導至新知識的作法。

　　總的來說，從研發手冊的歷程一窺幼兒媒體素養教育的可行性與困境，可以發現：

　　1. 幼教老師對於媒體素養的理解狀況並不足夠，雖然贊成與支持媒體素養從幼兒階段開始，然在行動上仍須要透過宣導與鼓吹的方式使幼師願意投入媒體素養教育。

　　2. 幼師對於幼兒帶進教室內的媒體經驗關注度並不高，所意識到的媒體影響多就外顯行為來判斷，而較少想到潛在性的影響。

　　3. 事先訪談幼師對於媒體素養教育手冊的期望內容以設計出適宜的教學活動，就評鑑結果來看並不完善，因為幼師未具備媒體素養教學知能，在發展之際提供的意見相當有限。

　　4. 國內外幼兒階段媒體素養的教學內涵，透過教學活動設計的轉化內容多能被接受，唯讓幼兒動手使用媒體普遍被認為難度較高，且多數幼師覺得以討論為主的活動內容可行性較低。

　　5. 本研究手冊內容的完整度與呈現無法符合教師的需求，教師需求的是少量與簡單的內容，但因為涉及重要的資訊傳達與說明及知識的完整性，研究者無法簡化手冊內容。

　　6. 相關工具書的教學活動安排應以幼教老師慣用的主題與概念網形式呈現，將有助於幫助教師掌握教學方向。

　　7. 媒體素養要推行於幼兒階段最主要的關鍵是教師對媒體素養重要性的接受度、進行教學的意願、自身的媒體素養教育知能以及教學引導能力。

　　媒體素養教育欲向下扎根，教育行政機關、媒體素養推動機構應加強對幼兒園及教師的宣導，增進幼師對媒體素養教育的瞭解

與教學意願。可透過相關單位舉辦研習活動，進行系統性的培訓課程，協助幼師對媒體素養教育擁有更深入的瞭解與體認，並且在研習中結合教案的設計幫助幼師釐清活動的重點。在師培過程中，教師應接受相關課程的知識，一方面充實自身的媒體素養能力；一方面喚起對媒體所扮演的角色、功能、影響與媒體素養教育重要性的重視。

　　幼教老師是幼兒的重要他人之一，唯有幼教老師開始重視幼兒所帶進教室內的媒體經驗與知識，提高對媒體議題的敏感度、重新反思個人習以為常的現象，媒體素養教育向下延伸的可能性才得以實現。

參考文獻

王純貞（1998）。新媒體時代的教育和保育。親子教育，81，10-12。

林佩蓉、陳淑琦（2003）。幼兒教育。臺北市：空大。

吳翠珍（1991）。影響兒童電視觀看時間因素之分析。新聞學研究，44，73-94。

吳翠珍（2005）。媒體素養融入幼教主題教學之學習內涵發展。臺北市：教育部。

吳知賢（1991）。電視與兒童。國立台南師範學院初等教育學報，4，171-198。

李怡慧（2004）。台灣本土幼教電視頻道節目內容及時段編排對幼兒收視與模仿行為之研究（未出版之碩士論文）。南台科技大學，臺南市。

李嘉梅（2004）。學齡前兒童媒體識讀教育之初探—臺北市幼稚園兒童電視觀看行為之研究（未出版之碩士論文）。中國文化大學，臺北市。

徐藝華（2003）。將媒體素養教育帶出學術殿堂—陳藹玲執行長談媒體素養的推動。師友月刊，436，8-11。

簡佩瑋（2003）。台灣本土幼教頻道節目規劃策略之初探—以東森幼幼台為例（未出版之碩士論文）。銘傳大學，臺北市。

張粹文、林宇旋、蔡秀鳳、張新儀、吳浚明（2006）。臺灣地區幼兒及兒童靜態活動與

日常生活行為問題初探—2005 年國民健康訪問暨藥物濫用調查結果。國民健康訪問調查研究簡訊，5，1-12。

許怡珮（2002）。電視對兒童及青少年的影響。教育文粹，31，44-48。

許碧月（2004）。國小教師對媒體識讀教育之認知與實踐之調查研究（未出版之碩士論文）。屏東大學，屏東市。

郭佳穎（2006）。臺北縣市國民小學教師對媒體素養教育知覺之研究（未出版之碩士論文）。國立臺北教育大學，臺北市。

教育部（2002）。媒體素養教育政策白皮書。臺北市：作者。

陳秀萍、陳美惠（2005）。百獸王和我們的幻想世界。幼教資訊，175，21-24。

蔡春美（1999）。電視對幼兒的影響。幼教資訊，100，50-53。

Burton, L. (2006). Getting started! Media education in the early years. Screen Educations, 44, 90-96.

Lacina, J. (2006). Media literacy and learning. Childhood Education, 82(2), 118-120.

BFI (2003). Look Again! A teaching guide to using film and television with three-to eleven- year-olds. London: BFI education.

Luke, C. (2000). What next? Toddler netizens, playstation thumb, techno-literacies. Contemporary Issues in Early Childhood, 1(1), 95-100. Retrieved from http://www.wwwords.co.uk/pdf/freetoview.asp ? j=ciec&vol=1&issue=1&year=20 00&article=Luke

Moses, A. M. (2009). What television can (and can't) do to promote early literacy development. Young Children, 64(2), 80-89.

Rogow, F. (2002). ABC's of media literacy: What can preschoolers learn? Retrieved from http://www.medialit.org/reading_room/article566. html

第玖章

孩童眼中的玩具

從商業玩具深度需求洞察探究出發❶

倪鳴香
政治大學幼兒教育研究所副教授

張煜麟
佛光大學傳播學系助理教授

一、前言

　　「幼童經由其天生的感知能力向環境學習」這樣的觀點，早就存在於古典童年教育學者，如 Rousseau、Fröbel、Montessorie 等的論述中，並成為建構當今教育幼兒專業方案的基本法則。這些來自環境所給予的感知印象，提供了幼童內在的認知結構與知識體系，若將此一內外自然交互的作用視為一種生命學習力的顯現，此即為德國幼兒園之父 Friedrich Fröbel（1782-1852）所謂的一種學習個體「自發的內化」（selbsttätige Innerlich-Machung）。伴隨幼童生理感官知覺與肢體運動能力的發展，環境中的照顧者能從「物體－物性」、「物體－語詞」與「物體－象徵符號」三個層面鋪成學習的網絡，以引導幼童觀察、學習與認識事物，進而使其獲得延續性的發展，向外表現出自我的知能。Fröbel 認為在擁有表達性語言後的幼童，其自發的內化學習力，將轉化為向外延展表現內在的能量（Fröbel, 1982: 32-34）。❷ 這種自發的「內化與外推表現」的循環歷程，即為生命成長運轉的基本循環法則，也是個體建構其生命形貌的基本法則。在生命「向環境學習」的觀點下，成長初期的幼童所連結之外在環境中的人事物特質，即成為其自我形塑與知識建構的關鍵條件。「玩具」作為教育年幼孩童的生活教育媒介，也

❶ 本文是 2008 年 9 月工研院委託「目標族群深度需求洞察研究計畫案」之部分研究成果。特別感謝當時參與協助本案之助理：呂佩菁、張雅嵐、連佩君。

❷ 德文中的孩童「Kind」，Fröbel 將其意涵延展為「K－in－d」，即「Kraf－in－Darstellung 力在表現中」，闡述孩童的向外表現是其內在能量運轉的顯現。

是幼童成長不可或缺的玩伴，它們自然也成為讓幼童擁有「優質學習環境」的重要一環。

　　當代美國幼兒教育學者 Urie Bronfenbrenner（1917-2005）的生態發展系統理論，從「幼童如何獲得發展」的思維出發，也提出「環境」對個體發展影響的觀點。其將影響幼童發展的環境因素，依個體所接觸的直接或間接層面劃分為微系統（Microsystems）、居間系統（Mesosystems）、外系統（Exosystems）與鉅系統（Macrosystems）。其中微系統是指發展中個體互動最直接、最頻繁，也是最重要的生活場域，如家庭、學校、同儕團體等；居間系統是指發展中個體所積極參與的兩個或是多個生活場域間的互動關係；外系統則是指兩個或是更多生活場域間的連結與互動內涵，而其中至少有一個場域是發展中個體未積極參與，但期間所發生的事件會間接影響個體的生活環境，如幼童父母的工作場所、社區玩具店等；鉅系統指涉的則是支配前面所提各次級系統的支配系統，特別是具有促動發展的信念系統、資源、生活模式等等，是屬於文化層面，亦包括廣闊社會脈絡中意識型態的印記。（參見圖1）若從歷史時間演化的立場來看，該生態發展系統論本質上是立基在一個持續變動且彼此相互緊密扣連的動態環境觀點。Bronfenbrenner強調幼童所處的生活場域中，不論是物理、社會或符號性的內涵，均會與個體所經驗的「活動」、「角色」與「人際關係」息息相關，特別是微系統內的「雙人」基本結構間的互動溝通品質，將直接決定個體發展的內涵。但是，誰決定該互動溝通的品質？

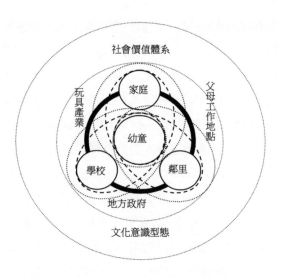

圖 1　Bronfenbrenner 的生態發展系統概念圖示

　　從人生活場域的微觀到鉅觀，從概念建構的具體到抽象，當我們將個體發展安置在「社會－歷史－文化」整合的脈絡來思考時，個體「發展」的概念隨即脫離傳統發展心理學的線性延展觀點，轉向強調「發展乃深受生存環境變動影響」的歷程觀點。換言之，個體在其所處環境的角色，或是生活場域發生改變時，就會產生發展歷程的變遷，同時也會促發發展路徑的改變（Bronfenbrenner, 1981: 19-32）。經此生態發展理論觀點來思考當代商業玩具與幼童的互動關係，實不難洞悉市場中的「商業玩具」藉由消費行為涉入到家庭互動的場域，且就在商業玩具進入家庭環境場域的剎那間，商業玩具也從原先環境中的「間接」角色，轉變成「直接」對幼童發展產生影響力的物件。而嘗試探究這些透過消費行為如何涉入幼童所處之微系統場域中的商業玩具，並洞悉商業玩具設計的核心需求也

就成為一項值得關切，且關乎幼童學習環境品質的議題。

為了能夠讓成長中的幼童獲得「好品質」的遊戲學習環境，一般學前教育專家多半會建議要提供能讓幼童習得「正確」與「公正」的規約，且要能接觸具自然性質的環境事物。二十世紀初義大利童年教育家 Maria Montessori（1870-1952）就是主張並強調此教育法則的學者之一。Montessori 為義大利孩童設計的一系列具有自我修正功能的學習教具，可稱得上是幼童教育性玩具設計中的典範。其依據「單純」、「學習主體的內在興趣需求」、「自我糾正」等原則，強調「教具」的設計要能具有讓幼童在操弄把玩中「自然掌握學習」的功能。在其《Education for a New World》一書的前言裡，Montessori 提到「教育」並非經由教師傳授講述而能達成的，教育乃是一種個體自發性地完成學習的自然過程，需從環境中體驗而習得（Montessori, 2000：7），要能配合生命成長法則的內涵，為幼童安排自然的學習環境，其本人終其一生即將生命奉獻於這方面的研究，創建了跨世紀流傳的另類教育方案。

1907 年她受聘羅馬住宅改善協會，到羅馬附近 San Lorenzo 貧民區為貧戶創建「兒童之家（Casa dei Baubini）」，當時相關書籍記載了一段其發現孩童對教室中「教具」喜愛的片段敘事：

> 平常教師是將教具分發給兒童們，可是有一天，教師忘了將存教具的櫥櫃鎖上，等到她發現時，兒童們已經各自在拿了自己喜歡的東西，正忙碌工作得不亦樂乎。蒙氏就請教師將櫥櫃放低，讓兒童可以自由方便取用教具，並將從來不被兒童使用的教具拿走。能被兒童選擇的教具被蒙氏視之為能符合兒童某種的需求與

興趣，而其他的東西則只是製造混亂。更令其驚異發現的是，那些同時擺在教室裡的「玩具」，兒童們也在擁有這些「教具」後，很少被使用，最後這些玩具也都被搬離教室。（Lillard, 許興仁等譯，1987：5）

顯然地，「教具」與「玩具」在蒙氏的教育觀點中被視為兩種不同取向的物件。「玩具」固然是幼童遊戲學習中重要的物件，但在教育作為人從內在邁向外在的歷程轉化中，「教具」一詞儼然從「玩具」的概念蛻變成為科學性的教育媒介，也因此與作為遊戲與娛樂的工具，甚至與只是作為提供消費者玩樂的「玩具」有所區隔。然而，回歸到孩童與外在學習環境中物體的關係上，不論是幼兒教育機構教師使用的「教具」，或是日常生活中被幼童熱愛把玩探索的「玩具」也好，蒙氏教具所強調玩具自身要能彰顯出讓孩童「完成自我」的教育目的。❸ 該法則對當今商業玩具的設計規劃，仍具有指引性的啟示。本文即在上述旨趣的導引下，嘗試對於當代商業玩具的使用狀況，進行使用者核心需求的洞察研究。

二、研究架構與方法

研究架構

鑑於本文的目的在於企圖透過對幼童操作玩具知覺經驗的理

---

❸ 參見相良敦子（1998）。蒙台梭利教育理論與實踐：第一卷蒙台梭利教育的理論概說。台北：新民幼教社，頁 34。

解，以及探究幼童的主要照顧者所承載的幼童玩具與遊戲經驗內涵，來發掘當代商業玩具所具有的需求特徵。換句話說，嘗試從「幼童－玩具－母親」基本架構出發，假設幼童玩具操作需求的產生，必然會扣連到幼童和母親所處的家庭系統、社會系統與文化歷史脈絡，因而參酌教育學習與活動設計領域中有關文化歷史取徑的活動系統理論（cultural-historical activity theory, CHAT）（Foot, 2001），以玩具、幼童、主要照顧者（以母親為代表）三者的基本關係作為研究的基本架構（參見圖2）。

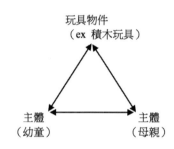

圖2　玩具操作經驗研究的基本架構

　　活動系統理論是一套用來描述與分析學習活動的理論（Engeström, 1987），可作為分析「玩具」在情境中與主體進行互動的概念性分析方法。該理論受到 Vygotsky 等學者所強調的社會、文化脈絡之教育心理研究的影響，於 1980 年初由芬蘭學者 Y. Engeström 及 M. Cole 等人以系統觀為核心提出分析教育學習之活動的分析架構（Cole & Engeström, 1993；Engeström, 2001）。該分析架構主張任何活動的產生均具有主體（subject）、目標（object）、工具（tool）、規則（rules）、社群（community）、分工（division of labor）等要素，而這些構成要素間具有獨立且動態的關係，彼此會不斷地進行調適與改變的互動。其活動架構的基本構成又可區分：物件、活動階層、內在化與外在化原則，以及中介工具和發展等不同層面（Kaptelinin, 1999），其中所謂物件是指活動的組成元素；活動階層則指學習活動可以細分為操作（operation）、行動（action）與活動（activity）三層次；內在化與外在化原則，則指活動本質具有內在意義活動與外在可觀察之行動，兩者間須同時被考慮；外在行動的成果乃是內在活動經過目標轉換而來的成果；中介工具則是個體與活動目標進行溝通過程所需的中介物。

　　參考上述分析架構，本文在研究上嘗試將幼童與主要照顧者視為玩具操作活動過程中的雙重主體，為了要達成玩具能夠有助於學習活動之目標，需通過各種玩物行動、社群成員與社群規則之運作來進行遊戲活動（參見圖3）。

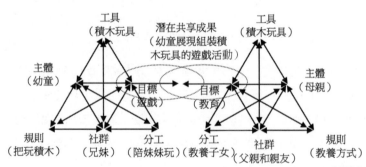

圖3　活動理論分析架構圖（以積木玩具為例）

進一步，由上述活動理論的分析架構可知，玩具操作的需求構成實際上受到幼童操作玩具的知覺經驗，以及主要照顧者對遊戲陪伴行動之意義結構，這兩種面向的雙重影響。因此，本文分別探討主要照顧者對玩具操作所具有之意義結構面向，以及幼童主體之玩具知覺經驗這兩種不同面向，並以幼童與母親所共構的玩具活動的核心需求，作為研究的關鍵問題，以建構出整體的研究架構（如圖4）。

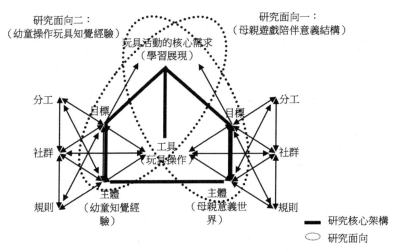

圖4　本研究架構圖（延伸活動理論分析架構）

研究對象

　　關於研究對象，本研究選擇以具有較豐富玩具操作經驗的幼童與家庭主要照顧者作為個案，並考量到商業玩具消費能力之社經地位條件，以及研究便利性等原因素後，採立意取樣原則，以大學

附設實驗小學及其附設幼兒園為研究場域，選擇幼兒園大班與小學一年級幼童及其主要照顧者為研究對象。個案選擇過程，首先商請園所班級教師推薦其主觀認定上較具創意學習能力與表述能力較佳的孩童，❹ 兼顧性別，幼兒園 3 位，小學 3 位，共 6 位。經聯繫父母同意參與後，即展開個別訪談，包括孩童與主要照顧者共 12 位。其次由研究對象中選取分析個案，即在 6 份主要照顧者的樣本中，選擇一份報導資料豐富較高者，作為研究的核心個案。同時在孩童樣本的選擇上，除考量到訪談內容報導資料的豐富外，訪談情境對話的自然簡潔，且以行動具體地表現玩法，並說明玩具吸引他的原因等特性，亦是個案選擇的要點。此處特別要說明的是，考量到研究架構中幼童對玩具使用的需求與主要照顧者之間的關係，本文所選擇的分析個案幼童與主要照顧者是具有母子關係。❺

資料蒐集

至於經驗資料的蒐集，延續上述研究架構中活動理論的觀點，本研究同時蒐集幼童玩具操作知覺經驗與主要照顧者的遊戲陪伴經驗。因此，除了採訪幼童外，也以進行幼童主要照顧者個人經驗的訪談，蒐集主要照顧者如何進行「玩具選購」、「與孩童遊戲」及「陪伴經驗」等面向的經驗資料。具體的資料蒐集路徑，參見圖 5。

針對孩童與主要照顧者的不同，本研究採用不同的資料蒐集策略。先以敘述訪談法（Narrative Interview）對主要照顧者進行遊

---

❹ 幼兒園部分的孩童亦參考其在幼兒創造力測驗（TCAM）上的表現。

❺ 研究對象採化名處理。

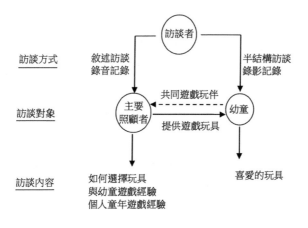

圖5　經驗資料蒐集歷程

戲陪伴經驗的蒐集；之後再安排對孩童玩具操作經驗進行會話訪談與錄影紀錄。其中敘述訪談法依三步驟「啟動敘述流－回問－理論化」的程序，將訪談的起始句擬定為「孩子從小到大您會買玩具也會跟您的孩子一起玩 請您談談您的孩子出生到現在 這整個成長過程中 您都跟孩子怎麼玩或是您的孩子是如何玩 從出生到現在您個人的經驗與觀察」。多數報導人在訪談者起始句的邀約下，多能進入敘述經驗的訪談情境中。在報導者敘述的過程，訪談者持續傾聽，避免干擾報導者敘述經驗的過程。其後，直到報導者表達敘述結束為止，訪談者才根據報導者所給出的敘述中不清楚或仍可追問的地方，進行對談與回問，藉以引出報導者更深入的陳述與解釋。回問過程間，也同時進行協助報導者對其敘述進行評價與理論化的工作，此部分是透過訪談者提出總結性的問題，引發報導人對其敘述之生命經驗進行整體的評價（Schütze, 1983：284-285；倪鳴香，

2004：25-26）。除依循基本敘述訪談法的操作步驟，引導敘述者對其玩具操作經驗進行理論化的評價外，為了更明確地取得孩童主要照顧者有關陪伴兒童操作玩具的經驗內涵，在訪談的回問階段，我們還請受訪者對以下的問題進行回答：「您如何為孩子選購及準備玩具」、「您覺得哪類的玩具對孩子創意學習是很有幫助 或是說您覺得這一路成長中孩子需要哪種類型的創意玩具 你都跟孩子怎麼玩 或是孩子怎麼玩 從出生到現在您個人的觀察與體驗」。此外，回問階段也會針對主要照顧者自身的童年經驗進行訪談，如問「您個人的童年經驗哪些玩具對您自己本身的創意學習或發展是有幫助的 或玩哪些玩具可以激發您的創意」。從而，嘗試透過提出「童年經驗是否影響現在為孩子選購玩具」等問題，理解主要照顧者自身的童年經驗與對幼童的玩具操作經驗間的關係，從而探究商業玩具的使用需求與主要照顧者之生命經驗是否有所關連的問題。

關於蒐集孩童玩具操作經驗的方法，為避免幼兒園幼童對訪談員的陌生而影響其個人經驗的敘說，幼兒園部分由派訪談員進入班級與幼童相互認識，便於順利進行研究對象的取樣工作。訪談場地或是在家，或是在學校進行，但是訪談進行前會先請媽媽協助讓受訪孩童準備或是帶來他從小到大經常玩且喜愛的三種玩具。訪談開始即邀請受訪孩童說說這些玩具跟他的關係，包括：「你怎麼會有這些玩具」、「為什麼這些玩具讓你這麼喜愛」、「你都怎麼跟它們玩」等等，順著孩童的話語與之對話；並在不影響幼童的情況，經其同意後，對其訪談歷程進行全程攝影紀錄，作為分析的參考。

資料解析

　　藉由當代微觀取向社會學之符號互動的論述基礎，本文基本上肯定行動者作為敘述的主體，其自身所承載的過往經驗，以及過往時刻所思索與關注的事物，會與其當下所敘說的敘述流之間維繫著某種穩定的類比性關係（Schütze, 1984）。因此依循此基本假設，在敘述訪談中報導人在研究命題範疇內，將個人的經驗事件發展及相關的經歷濃縮、細節化的即興敘述（Schütze, 1987：49）；而蒐集錄下的語言資料，依照敘述訪談文本轉錄範例規則逐字逐句加以轉化為可閱讀之文本，作為解讀與詮釋工作的經驗性資料；研究者可經由對文本序列性的理解，進行個案的重建工作（biographical case reconstrutions），從而揭露隱含在行動者的主觀意識世界中的潛在意義結構（latent structure of meaning）（Rosenthal, 2004：35-37）。具體而言，本文亦沿用德國社會學者F. Schütze 與 W. Kallmeyer 等人所開展之口述傳記語料的分析法。以 Schütze 所提出之理解文本的解讀工具，包括敘述框架構連元素（Ramenschaltelemente）、文本三結構（敘述、描述與評論）及敘述的認知指示器（Kognitive Indikatoren）等之觀察（Schütze, 1983：285-288）來進行個案口述文本的闡釋與意義世界內涵的再建構。

　　其次，在幼童玩具經驗的解析方面，考量到幼童正處於個體社會化歷程的初期階段，對於溝通對話的行動規則和社會互動角色的扮演，往往不具有完整的言說結構。同時，幼童在透過語言表述自身的行動時，常出現破碎與不連續性的日常語言，其中特別是幼童主體在表述斷定意涵的語詞時，往往會出現以「指示」或「樣態」

的代名詞（如這個就是「那個」、就是「這樣」）等詞，作為意義表述的謂詞。因此對幼童訪談的進行，訪談者乃以開放態度來對待幼童所表述的玩具操作經驗，經由仔細檢視訪談者和幼童問答過程與接續脈絡中的訊息來完成意義的解析。

另外，考量幼童表述的過程亦可能透過非語言的符號來進行敘述，同時玩具所表現的具體樣貌，也是分析玩物之所以成為幼童喜愛對象的重要分析訊息。因此解讀以影像錄製的資料為基礎，藉由對話分析的過程，剖析訪談者與幼童之問答結構，並參酌視覺傳播分析上所常用的場景（scenario）與事件（episode）的分析方式，成為重構幼童對商業玩具之深度需求的可行方法。

三、主要照顧者之玩具經驗敍述文本的個案詮釋

友青媽媽（以下簡稱友青），1968 年出生於嘉義，1970 年移居臺灣省台東縣臨海地區，家中排行次女，上有大姊，下有弟弟和妹妹。父親從事教職，是小學老師。1990 年幼二專畢業，投入幼教工作，1994 年幼教系進修部畢業，2008 年 11 月接受研究群的訪談，其之前 17 年的服務年資間，經歷特殊教育幼童園教師、公立小學附設幼兒園教師以及幼兒園教師兼任園長。在家庭成員方面，育有子女三名，長男出生於 1996 年；2003 年次男（幼祐）和長女（家珊）出生，為雙胞胎，次男是哥哥，長女是妹妹，該年並申請育嬰休假，為期兩年半，為次男和長女的主要照顧者。

友青有近 40 年的成長歷程，她成長於遼闊的台東海邊，自然環境所提供的海灘、樹木、砂石與花草等天然景物，成為她童年時

期主要的遊戲玩物；22 歲求學結束後留在台北工作，長期於都會區生活的歷程，讓她有機會接觸到以商品和消費為主的都會生活形態。這種自然環境與都會生活體驗的轉換，使友青能夠透過自身所經歷的童年自然環境，與現在小孩所處的商品化玩物經驗的相互參照，陳述出具有對比性意義的玩具操作經驗。

另外，友青的職業歷程，歷經幼童園教師、幼童園園長的幼童教育專業角色，以及她在次男與長女出生後，經歷全職母親的角色。這種職業歷程的轉變，使得她所敘述的生命故事文本，一方面以豐富的幼童教育專業知識為基底，參照著幼童各階段成長過程，提供多樣性的玩具；另一方面，其親身教養幼童的生命經驗，讓幼童教育的專業和知識，得以在真實的日常生活脈絡，獲得實踐與反思的可能。

考量友青這份敘述訪談文本能夠兼顧親身教養經驗，以及專業幼兒教育者面對玩具操作經驗的雙重面向，同時其主敘述部分，亦完整地且依循著幼童玩物經驗的客觀時間軸線，鋪陳出敘述文本的整體結構，因此本文選擇此個案作為分析主要照顧者的遊戲陪伴經驗中之深度需求的核心個案。

敘述文本的解析

大體來說，一份敘述文本的構成，基本上是由「行動承載者」、「事件鏈」與社會處境的「關係網絡」所組成，且報導主體會經由描述、陳述行動承載者的背景資訊，以及鋪陳事件的相互關係，表述出行動的主觀意義方向，從而透過解析此潛在意義結構，我們得

以回應行動的深層動機與需求的內涵。針對友青所提供的遊戲經驗的敘述文本，我們嘗試以研究架構中所指出的玩具所具有的教育媒介功能、玩伴關係和玩具提供者所投射的社會網絡等三種不同層次的分析構面，試圖從主要照顧者的遊戲陪伴經驗中，概念化出商業玩具的深層需求意涵。友青這份文本她以「不太記得了（笑）……太忙了我都讓他們自己玩（笑）」（7-8），❻這種輕鬆的語氣來回應起始句。但這「不太記得了」的語意，卻已然揭露出敘述主體要回溯到其與小孩生命交會的起點，嘗試在內在的意識流中揀選出小孩和玩具相互構連的圖景。緊接著敘說主體所描述的「太忙了」的處境，指向她嘗試將過往的那位媽媽、小孩和玩具所共構的互動處境，描繪成為一個必須十分忙碌地同時面對複雜社會事件脈絡的日常生活樣態。

　　雖然訪談原先的方向是邀請友青，以其次男幼祐作為主要敘說的對象，但「我都讓他們自己玩」的語意展開，卻被敘說者定位於「他們」，這對幼祐和佳珊雙胞胎兄妹所共構的遊戲情境。而「我都讓他們自己玩」則是敘說主體回應訪談起始問句「他們從出生到現在就是你都是怎麼跟他們玩」，所濃縮出的主體意識該命題的核心。也就是說，「讓他們自己玩」成為理解敘述文本的主要認知框架。

（一）作為教育媒介的玩具

1. 玩具種類轉變過程與幼童成長的階段相互扣連

---

❻ 括弧中的編號為口述過錄稿行數編號。

在給出「我都讓他們自己玩」的意義框架後，緊接著她將幼祐與佳珊所接觸的玩具種類轉變歷程，陳述出一條從 0 到 1 歲嬰兒時期的「音樂鈴」、「健力架」、「滾球」等「動作遊戲玩具」，轉變到 2 到 3 歲時期的「飛機」、「大象」、「車」和「樂高積木」等「操作建構玩具」，然後到 4 到 5 歲的「象棋」、「跳棋」、「大富翁」和「立體迷宮」等「益智型玩具」的歷程。而在這樣的推論脈絡中，友青運用著一種「成長階段」的概念，來描述幼童成長過程與玩具類型的關連結構。於是在友青所陳述的玩具類型與幼童發展過程的經驗性歷程，明顯地展現出她考量到不同玩具類型對於幼童學習上所帶來的差異，有意識地提供不同類型之玩具來引導幼童進行學習。

因此，由這段文本的陳述可見，將商業玩具視為一種教育媒介的工具來操作的需求，大體上是主要照顧者在運用玩具時的直接需求；同時個案除了接受玩具是引導為幼童學習成長的重要工具外，亦能出現依循幼童的成長階段，在不同時期提供不同種類的玩具。換言之，主要照顧者對於玩具的需求行為具有一種動態的變遷過程，而其變遷的過程，更會依循兒童認知與發展的階段，表現出階段發展的樣貌。

2. 好的玩具設計要能夠同時提供多種玩具類型的功能

除了從幼童成長的階段性觀點來意識到玩具的需求外，隨著幼童感官能力、粗細動作的發展和協調性、操作性能力的全面發展，友青在選購玩具的標準上，傾向以「多樣性」功能，作為選擇玩具類型的參考。如「……學走的時候就會幫他買 也是好像是費

雪牌的那個推車 然後它的它那個推車就是下面會做像那個荷蘭風車這樣 然後有很多小方塊……它那個小方塊它上面其實還有一些一些功能欸 比如說珠珠啊 或者是那個反光的顯示卡就是也可以單個這樣拿出來玩這樣這樣欸」（22-30）的段落，友青描述因為幼祐練習走路的需求，產生需要購買「推車」的需求，且她補述著「也是好像是費雪牌的那個推車」的用語，這用語一方面呼應友青從幼祐嬰兒時期開始，即多次購買「費雪牌」所生產之玩具；另一方面之所以選擇「那個推車」的原因，在於友青考量到該玩具設計中附加的「小方塊」與「珠珠」的功能，能夠提供成長中幼童手部動作的發展；同時，「反光的顯示卡」也能提供刺激感官的訓練。

因此，友青的文本傳達出，能引發消費家長購買的「好的玩具設計」是除了能夠提供一項主要的功能外，也能夠透過不同元件的組成與分解，提供多樣附加功能的玩具。

3. 日常生活的現成物品亦是學習表現的來源

好的玩具設計與適切的玩具類型的使用，是否與幼童的學習表現有關連呢？友青的文本並沒有直接回應這個問題；但是從友青所描述的「嗯～其實我我比較喜歡看到是他們自己自己發明的遊戲我會覺得很有趣 而且那 他們拿的東西其實是現成的東西就不是特別幫他們準備的玩具 比如說我們家裡的是那個是那個木頭沙發啊那個就很多那種椅墊 對他們會把它排成很多 我覺得蠻有想像力的……因為我會覺得他們比較有創意的想法都是自己自己找來的材料 然後其實買來的玩具他們常常其實玩了一陣子就會喜新厭舊」（122-129）的段落中，我們可以從她反覆地運用四次「其實」

的語詞來詮釋玩具與兒童創意表現間關係的表述上，理解到其內在主觀體驗深刻地意識到：玩具操作的潛在需求，在於其能夠導引幼童在遊戲中不受既定規範所框限，能自由地依照遊戲的情境需要，隨性地賦予物品各種可能性。於是當個案以反問的敘述指出為何「買來的玩具」常常無法如現成東西般地延伸小孩想像力，反而落入「其實玩了一陣子就會喜新厭舊」的處境時，這種對於玩具功能的評價正反映了案主所認定的玩具操作的核心需求，那是一種從遊戲情境能夠導引幼童的觀點，自由且即興地賦予玩具不同功能與性質的使用需求。

（二）玩伴關係

　　無疑地，幼童是玩具使用的主要族群，他們是玩具生產的主要使用者。然而從活動理論的觀點來看，日常生活的遊戲處境中，玩具使用的行動，仍會受到不同的玩伴關係所影響。相同的玩具會因為玩伴關係的差異，而呈現出全然不同的創意表現；特別是當母親作為幼童玩伴關係的塑造者，她既是玩伴關係的介入者，也是玩伴關係的觀察者。她如何建構幼童的玩具與玩伴關係之間的關連？她如何詮釋玩伴關係與幼童創意的關連？這是考量玩具操作之核心需求的重要觀察層面，亦是我們觀察友青敘述文本的重要面向。

1. 玩伴關係是幼童遊戲與玩物行動的充分條件

　　幼童與玩具進行遊戲的活動會受到玩伴關係的影響。這點在友青陳述幼祐與佳珊這對雙胞胎所擁有的玩伴關係時，特別被點出來。在其主敘述中一段以「不過」作為句首，補述幼祐幼童時期在

「遊戲床」與「球池」遊戲經驗的段落，她陳述到「不過他他很幸運的是他都有雙胞胎妹妹做他的玩伴 所以就是他很小就有玩伴這樣 除了一開始會逗逗他們那其實他們其實兩個都是蠻常在一起玩 從從開始搶東西就就是都兩個人都是一直在一起的所以他這個是一直都是有玩伴」（28-31）。這段落的重點在於友青嘗試要去推論，幼祐在遊戲玩物行動上是「很幸運的」，因為他有「雙胞胎妹妹」的玩伴，「他們」從開始會搶東西之後就經常在一起玩，以致於幼祐不需要等待媽媽特別抽出時間來扮演幼祐的玩伴，只需要一開始時把他們放在一起，或以「逗逗他們」的第三者短暫的介入，他們實質上能夠在不需要照顧者積極介入的情形下自發遊戲。從而友青推論幼祐是「很幸運的」。不過友青的推論之所以得以成立的前提，則在於「遊戲床」與「球池」這兩項玩具的設計，提供了一種「玩伴關係」能夠開展的可能，因此也說明「玩伴關係」的滿足是主要照顧者對於玩具使用上的一種重要的需求意向。

2. 玩具的功能在於促發親子互動的可能

對於承擔著教養責任的主要照顧者母親而言，其為小孩購買或提供玩具的行動，除了承載著教育的需求之外，在友青的文本中，透過從親身經歷的互動經驗，她的行動浮現出幼童的玩具操作行動的核心需求在於親子關係的引動。亦即是在友青敘述訪談的結語中，她對整個玩伴與學習關係給出總結的評論，她陳述到「對我們覺得玩就是一個很高興一個很適當的場所 然後你願意陪孩子做這樣的事情 是一個很愉快的親子互動 那我覺得什麼都要功能化的話就不好玩了（大笑3秒）因為我從來都沒有想到 像我買我買的

所有玩具我沒想過要培養他創造力什麼的（笑1秒）我沒想過要培養他什麼什麼的能力啦我只是覺得說欸就是覺得好玩欸 對就是覺得好玩而玩（6秒）」（632-637）。上述這段「好玩而玩」中的「好玩」的意義結構說明了，主要照顧者對於玩具操作的核心需求在於，玩具的出現能夠提供一種愉悅的、親子互動的機會。於是親子關係的建立，是定位玩具深層需求的核心意義結構。

（三）主要照顧者所處家庭關係與自身童年經驗中所浮現的玩具使用需求

延續著活動理論的觀點，玩具操作的行動，不僅是教育學習的中介，其所承載的社會情境，更是鑲嵌在複雜的社會和人際網絡中，既是消費文化脈絡所大量生產製造的商品或贈品，亦是社會人際網絡中的禮物，更可能是父母用來鼓勵子女的「獎勵品」。當我們仔細檢視友青所敘述的幼童玩物經驗時，亦可以察覺到玩具使用的需求，深受到家庭與社會情境中之玩具提供者的影響。

1. 情感傳遞是玩具使用經驗的需求之一

玩具除了具有教育中介的功能與促進親子關係的需求外，親友之間的情感交流的維繫，亦是玩具使用經驗的重要內涵。從友青對於幼佑的玩具來源的描述段落中，可以初步觀察到「因為其實他玩的除非除了是特別買給他也有很多是那個哥哥啊或者是表哥表姐呴（訪：其他的小朋友送他的）欸對其他的呴其他的小朋友給他的玩具」（20-23）。玩具在人際溝通的管道中透過贈與與轉送的方式流通，而這玩具的流通行為反映了玩具的使用上具有著滿足情

感交流關係的深層需求。

　　不過有趣的是，從情感交流或人際溝通而來的玩具，卻未必完全符合著主要照顧者的意識中認為的好玩具的需求偏向。友青的文本中描述到「就是奶奶家的玩譬如說……就是像嗯 爺爺奶奶家在山上所以有一些戶外的空間那我們有那個溜滑梯 那也有搖椅 然後也有買那個投籃球的然後 然後還有很多的玩具奶奶家有很多的玩具（笑） 然後～就是還有很多還有電動啦 就 wii 啊還有他去奶奶家有一陣子就是非常喜歡玩 wii 幾乎每個禮拜都會玩 欸 對然後然後跟著妹妹或者是差不多年齡有一個小貢丸比他大一歲偶爾會去然後他們會一起玩他們三個欸 他們三個就就 / 欸其實我們都沒有在管他們在玩什麼反正我們的想法就是不要玩太多電動就好 他們要玩什麼都都都還 OK 啦三個可能就是玩得一團亂的時候然後要到要結束的時候我再叫他們去收拾或者陪著他們一起收這樣」（271-281）。在這段落中，玩具的存在雖然成功地扮演了家族間長輩對於幼童展現關懷之情感的需求，但部分項目如 wii 等電動玩具的接觸，卻也會與其主要照顧者所認為玩具該具有教育目的的需求相衝突。不過，當對玩具的教育性需求面對到來自情感溝通之需求的衝擊時，原來視玩具為教育促進的需求，顯然受到情境中家人關係的影響，而暫時地被主要照顧者所壓抑。

2. 主要照顧者之童年經驗所引發的需求

　　玩具提供者與幼童玩具使用的需求關係，除了他們是提供教育學習、親子關係與情感互動的可能之外，主要照顧者自身所承載的童年的經驗，特別是其童年的遊戲經驗部分，也影響其對玩具使

用的需求動機。在友青個案中，其陳述「嗯那我在台東的話我就喜歡因為我暑假這個暑假是帶他們去台東那一個多月嘛 那我喜歡帶他們去海邊 因為我自己從小就是在海邊那裡長大的欸 、對 然後然後因為我很喜歡在那邊撿石頭所以他們在那邊玩沙的時候他他們也很喜歡他們很難得有機會在海邊附近玩」（443-447）的段落中，個案主體透過描述自身童年遊戲經驗的過程，將玩具所應具有的需求意義，扣連到主要照顧者自身的童年經驗中。也就是說，在「因為我自己從小就是……我很喜歡……所以他們在那邊……的時候……他們也很喜歡」的推論過程上，敘說主體將自己童年所經歷在自然環境中的遊戲經驗，投射到對於撿石頭、玩沙等自然環境中之玩物的偏愛。於是這種推論的脈絡說明了，玩具操作的需求不僅在於能夠滿足幼童教育學習、親子關係的目的，亦存在著一種能夠呼應主要照顧者之童年遊戲經驗的深層需求。

作為幼童玩具的主要提供者，其自身所經歷的童年經驗，或許未必會影響到她當下幫幼童選購玩具的行動，但是經由提供幼童置身於母親過往所經歷的玩具遊戲歷程，玩具操作的過程，若干程度上具有著提供主要照顧者傳遞世代間之遊戲體驗的深層需求。

（四）從滿足情境需求到追求「好的」玩具設計

回溯友青文本敘述的起頭，「我都讓他們自己玩」的回應，從這個回應開始，友青的敘述即以此主軸貫穿整個敘述文本的推論過程，敘說主體交替地以玩具性質、玩伴關係和玩具提供的社會處境三類事件，陳述出其玩具經驗的框架。因此我們從此三類事件與幼童玩物與創意經驗的詮釋中，推論出教育功能的提供、親子陪伴

關係的進行以及家族間情感交流和主要照顧者之童年經驗的投契，是玩具操作行動中最為核心的三種需求關係。

友青作為敘述文本的主體，她將其整段陪伴幼童遊戲與玩物的經驗，濃縮到「好玩而玩」（637）這個隱喻時，我們看到此個案中對於玩具使用的核心需求，可以定位為一種能夠配合著幼童成長的需求與各種社會情境關係的變動上，從而提供一種「好的」且正面促進的教育學習、親子關係與情感交流的玩具設計。

四、幼童敘述文本的個案詮釋

幼祐出生於 2003 年五月，家中排行老二，與妹妹佳珊同是雙胞胎，家中另有一位已經就讀六年級的哥哥-小駿。目前就讀於大學附設之實驗幼兒園，該幼兒園採混齡教學，提供給幼兒的主要學習活動，包括學習區、主題活動、戲劇活動、體能活動與社區文化探訪等。幼祐的主要照顧者為母親-友青，在媽媽的口述文本中提及，2003 年生下幼祐與雙胞胎妹妹後，即請育嬰假兩年半，生長在大家庭中的幼祐，從小到大擁有非常多的玩具，奶奶、姑姑也都是幼祐的玩具提供者。同時也有很多的玩伴，陪伴幼祐成長，除了哥哥、妹妹外，表哥表姊也都是幼祐的玩伴。

在訪談者到訪前，幼祐即依其自由意志選擇出自己最喜歡的玩具放入一只生活中常見的購物紙袋中。正式訪談開始前，訪談者希望幼祐能在他的許多玩具中選出最喜歡的三樣玩具，但是幼祐說：「可是我沒有從小到大最喜歡的玩具」、「可是最喜歡的就是這個全部啊」。幼祐的狀態非如原訪談的期待，在家人的提議下他不斷

地從房間把喜歡的的玩具陸續拿到預備要進行訪談的客廳。幼祐強調他有「一大堆」喜歡的玩具，拿出來的紙袋中裝了很多被他喜愛的玩具，而且還有一些放在房間裡，太多了怕拿出來可能會弄不見。同時，他建議正在找尋訪談入口的訪談者不要取出放在紙袋中的這許多的玩具，以免散落一地將很難收拾。此一情境，頓然使得原本要訪談幼祐「三樣最喜歡的玩具」的訪談預設需做彈性調整，尤其在他一再強調紙袋裡裝著「很多」及「一堆」他「愛」與「喜歡」的玩具（「喔 這個裡面有很多我愛的玩具 而且有一大堆我喜歡的」（6））。❼ 於是隨著幼祐個人興致的顯現，訪談者即依其所宣稱「最喜歡」已挑放在紙袋中的玩具展開訪談，邀請幼祐慢慢的講給她聽。也因為不再侷限於「三樣」最喜愛玩具的限制下，也讓訪談者得以進入幼祐個人玩具經驗世界。雙方達成訪談協議，幼祐將「一樣一樣」的展開他的陳述活動。因此幼祐的訪談即在依序說明由自己選出之玩具「如何獲得、如何玩及為何好玩」的訪談節奏中延展開來。

由於幼祐報導的內容相當紛雜，所以刪除訪談進行中自製玩具及不清晰的部分，僅節錄出其中較具代表性之四種商業性玩物，包括：溜溜球、自製圖畫書與小畫冊、撲克牌、立體迷宮球等的敘說內容進行喜愛內涵的解析釋意。

（一）看見旋轉的物理現象展演－溜溜球

佑：（從紙袋中拿出一幅捲起來的畫 打開畫）然後這個是我喜歡 我喜

---

❼ （6）為錄影片段時間落碼。

歡這個畫得很好（再從紙袋中拿出一個裝著溜溜球的粉紅塑膠袋
並同時把手中的畫捲回去放進紙袋中）這裡面是我喜歡的溜溜球
（將一包塑膠袋交給訪談者）

訪：溜溜球（訪談者打開塑膠袋）我把它拿出來 我把它拿出來好不
好（從袋中將溜溜球取出）

佑：真的是溜溜球啊（接手將訪談者拿出來的溜溜球拿走 並開始捲起
溜溜球的棉線）

訪：你怎麼會有這個溜溜球啊

佑：去買的啊

訪：你自己買啊

佑：然後有一個是 有一個是別人送給我的 而且我很會…（語音
不清） 你看（動手將捲好棉線的溜溜球往下丟）…（一邊溜一邊說
明 但語音不清楚）這就是要這樣玩的

　　在展示他的一幅畫作之後，幼祐說這裡是我喜歡的「溜溜
球」，一個具體的玩具名稱由幼祐口中滑出。接過幼祐遞過來的塑
膠袋，訪談者即順勢說「我把他拿出來」，企圖找尋啟動訪談的入
口，期待能讓幼祐開始敘說。被取出的溜溜球，的確引起了幼祐遊
玩的興致，幼祐開始捲線玩起手中的溜溜球。

　　塑膠袋內兩顆溜溜球，一顆肯定是買來的，但是，另外一顆則
是來自他人的餽贈。幼祐主動的以一種示範性的直接遊戲型態，要
告訴受訪者這顆「溜溜球」如何玩。當溜溜球來回在他手下運動的
同時，他藉由「而且我很會…」的語詞來表明他已能掌握「溜溜球」
的操作技能，捲好棉線將溜溜球往下丟，幼祐能使之上下運轉。就

當溜溜球在他手中如魔術般的運動起來時「就是這樣玩的」，他完成了向訪談者示範溜溜球玩法的任務。

訪：你為什麼喜歡它

佑：因為我喜歡 和它玩

訪：你喜歡和它玩（口氣上揚的問句）

佑：不是 它又不行 它沒眼睛

訪：它沒有眼睛

佑：對啊 我喜歡玩它 我覺得它很好玩啊（繼續一邊說一邊捲回溜溜球的棉線）

訪：因為它太好玩了

佑：嘖 沒有那麼好玩啦 只有一點好玩

訪：你覺得很好玩

佑：我把它捲起來 剛剛那個

喜歡「溜溜球」不是「為什麼喜歡」的問題，對幼祐而言只是因為「喜歡和它玩」，這個玩物吸引他想與之親近把玩當然就構成「喜歡」的條件。可是幼祐說的話被訪談者重複說出時，聽在幼祐的耳中，的確不合邏輯。一個沒有眼睛的玩物，怎麼可以「和它玩」，當它是個玩伴。雖然「溜溜球」可稱得上是幼祐的玩伴，但是這些「商業玩具」畢竟沒有生命玩伴般具有「眼睛」的生命特徵。在訪談者的追問下，幼祐修正了他陳述的用詞，「對啊 我喜歡玩它 我覺得它很好玩啊」。這句話語肯定了「溜溜球」是幼祐喜愛的玩具，也表明出喜歡的理由在於它帶給幼祐「很好玩」的內在經驗。

訪談者在其重複語句中，將幼祐的語詞「它很好玩啊」變奏為「它太好玩了」。如此的改變並未獲得的幼祐的同意，他即刻以「嘖」回應更正訪談者的誇大其詞「沒有那麼好玩啦 只有一點好玩」。原來「太」和「很」兩個用詞對幼祐來說是不同的。對「溜溜球」喜愛也因為是「很好玩」，而不是「太好玩」而有了的程度上的區隔。

訪：你覺得它好玩的地方在哪裡 這個

佑：好玩的地方就是看它轉圈圈啊 因為看它溜下去 可以轉的那個

訪：可以轉圈圈 是不是

佑：對 這個（動手將溜溜球收進原本放的粉紅色塑膠袋中）

那接下要思考的是：在幼祐的玩具遊戲經驗世界中，「溜溜球」為什麼「很好玩」？「就是看它轉圈圈啊」幼祐以視覺的「能看見」說明其興趣的來源。幼祐看見溜溜球的運動，它是一個會不斷旋轉的物件，透過纏線的動作，將它往下甩，幼祐就可以「看見」溜溜球在線上產生運動。幼祐看見溜溜球「溜下去 可以轉的那個」，溜溜球溜下去又轉上來的「那個」，一個說不出「那」是什麼的「那個可以轉動的那個－表演」，幼祐還沒法有適當的語詞來表述出他透過玩溜溜球所看見的「那個」。但是從幼祐的回應「對 這個」，可以肯定的是幼祐喜愛「溜溜球」，覺得溜溜球「好玩」，是因為他在操玩溜溜球時可以「看見」溜溜球在線上「可以轉圈圈」的現象。

「溜溜球」作為孩童的玩物，它能上下旋轉，那作用力與反

作用力來來回回表演轉圈的運動現象，可以說是其贏得孩童青睞的核心關鍵。換句話說，孩童透過把玩玩物而可以「看見」自然界中物理慣性現象，其不僅可能引發孩童把玩它的興致，同時也使該無生命性的玩物，有機會成為孩童會主動喜歡和它親近的「玩伴」。

（二）留白給予的展現自我空間－自製圖畫書與小畫冊

幼祐繼續從紙袋中取出自己喜愛的玩具，這次選出的是「一本書」，是幼祐在學校做的一本自製圖畫書。這本自製圖畫書是由數張圖畫紙裝訂而成，幼祐拿起這本書時即將這本書的封面亮給受訪者看「嗯 你看」（9）。這本書的封面寫著標題「快樂的一天」，並畫有太陽、烏龜與小狗，當然還有幼祐的名字及班名。

> 佑：這個是我在學校做的
>
> 訪：這也是你喜歡的
>
> 佑：嗯 你看（將手繪書拿給主試看，封面主題為：快樂的一天，封面有太陽、烏龜及小狗等三物及幼祐的班級與姓名）
>
> 訪：喔 真的很好
>
> 佑：然後這個全部都是我畫的（邊說邊將圖畫集打開） 然後不是我寫的

這本在學校完成的作品，跟剛剛拿給訪談者看的圖畫不同，幼祐強調這本書是由幼祐個人獨自完成的，他一邊翻閱這本書，同時以全稱「全部」宣告自己是這一本書的作者。但是，裡面出現的「字」則不是出自其筆下，是由他者協助的。

> 訪：這哪裡來的

佑：唉呦 在學校做的嘛

訪：喔在學校做的 好

佑：然後這很大的書

訪：這是在學校做的啦

佑：這只是一本書而已 我也喜歡

「這哪裡來的」訪談者企圖想要知道這本書如何被製作出來，可是問句笨拙的仍又指向書的來處，幼祐只好表示無奈的「唉呦」一聲，再重複剛剛的說明「這本書是在學校做的」。對幼祐而言這是一本「很大的書」，的確與一般圖畫書或是繪本比起來，這個由圖畫紙自製的書確實讓人有「很大」的感覺。雖然這樣子的一個似乎不怎麼起眼的物件，幼祐自己做的，僅「只」是一本書，幼祐「也」將其列入「讓他喜歡的」玩具行列中。

訪：那怎麼會 呃 你在學校做 你為什麼會在學校做出這個東西來

佑：因為老師說要的

訪：老師說要做的啊

佑：對啊

訪：那怎麼想這件事情 你怎麼把它做出來的

佑：因為呢 我覺得那個 烏龜和小狗 我很會畫 所以就做這兩個啊

訪：烏龜跟小狗 是

接著，訪談者繼續追問這本也受幼祐喜愛的書如何被製作出來的？原來它是幼兒園中規範性課程活動之一，是由老師提議的，但是幼祐個人又是如何將它「做出來的」，創意的點子如何產生？

封面內的太陽、烏龜和小狗，似乎暗示了這會是一本關於烏龜和小狗的故事。「因為呢 我覺得那個 烏龜和小狗我很會畫 所以就做這兩個啊」，幼祐創作圖畫書的內容是從自己「有能力表現」的部分出發，他有能力畫出烏龜和小狗，於是圖畫書的故事就以這兩隻動物為主角構成全篇的情節。

在訪談敘說第 17 段落，由於談話又回到這本自製圖畫書上，訪談者把握機會，邀請幼祐講一講這故事的內容「幼祐你要不要講講這個故事」（17）。幼祐說當初老師帶的活動就是要「畫故事」，這個故事的確是幼祐自己想出來的。翻著自製的圖畫書，幼祐慢慢的說出他自己畫出來的故事，左邊圖畫的背面，寫的是故事的內容，這些字是老師幫幼祐寫的，忘記時經這些寫下文字的提醒，幼祐的故事一樣可以與他人分享。

佑：從前有個小烏龜 然後牠看到一顆大樹

訪：嗯 這故事是你自己編的啊

佑：對啊 然後老師幫我寫字

訪：是

佑：然後呢 牠 牠遇到一隻小狗狗就跟牠玩

訪：一個小狗狗 來 擺這邊 一個小狗狗跟牠玩

佑：然後呢 牠們 牠們看到一個糖果店 牠們就去買一些糖果 吃

訪：牠們兩個人一起去的嗎

佑：對啦（訪：嗯）然後牠們 然後啊 牠們 牠們 然後呢 快要那個 可是我這個字我要怎麼會念（指左側空白畫紙上老師寫上的字）

訪：牠們吃完糖果啊

佑：牠們吃完糖果 就跟對方說掰掰 然後牠們就回 回到自己的家
　　了

紙袋像是一個聚寶盆，裡面裝著幼祐的寶貝。訪談過程中幾
乎很難掌握幼祐在這紙袋中搜尋時的想法。玩玩撲克牌之後，他繼
續在紙袋中搜尋，取出兩樣在學校製作的紙玩具看看，很快的又放
回紙袋中。口中一句「我想要找一個東西」，雖然其中不斷有貼紙
出現，可能打斷其搜尋的動作。但是在其持續翻動紙袋的行動中，
可以確認幼祐有意識的在找尋「還有另外一個是一本書」（14），
話語隨著行動，幼祐從紙袋中又取出「一本小書」，那是一本空白
的小畫冊。

訪：還有一本書 對 剛剛你找的對不對 那這是甚麼 你怎麼來的
佑：這個也是可以寫的啊 可以畫的啊
訪：可以寫 可以畫的 你很喜歡嗎
佑：喜歡 超喜歡
訪：超喜歡喔
佑：全部我都超喜歡
訪：全部都是超喜歡

透過「也」字的陳述，也可以寫可以畫，幼祐將這本小畫冊跟
圖畫紙自製的圖畫書經驗相互連結起來。訪談結束前，訪談者邀請
幼祐對其所說明過的玩具喜愛程度做個比較時，這本空白的小畫冊
可說是幼祐的最愛，這或許與其喜愛畫畫是有關連的。當訪談者以
「很喜歡」來詢問幼祐跟這本書的關係時，幼祐以超越「很」的比

較形容詞「超」喜歡，將這本空白的小畫冊從其他喜愛的玩具中凸顯出來。而這本小冊子之所以受到幼祐的喜愛，乃是基於「它的留白」，留白提供了孩童得以「畫與寫」來填充內容，它給與孩童得以透過「畫與寫」自由的表達其內在的世界，透過「畫與寫」使得孩童的想像創意得以琢磨展現。如果這一類的遊戲活動作為幼祐口中的「全部」來看，那該全稱性的語詞「都」指涉了若將「空白畫冊」也視為孩童的一類可把玩的物件，那空白畫冊提供給孩童得以揮灑表述自我內在經驗內涵的空間，將有可能深受孩童們的喜愛。

拿著這本小畫冊，訪談中幼祐實際行動起來「我去畫給你看 寫給你看 我會寫字喔」（16），找來一枝筆隨即就主動要展現給訪談者看他會寫的字。

佑：日 然後呢 我還要寫個大

訪：你現在是在寫

佑：大跟日啊

訪：喔大 跟甚麼

佑：日

訪：好棒喔

佑：大日啊 我只會寫這兩個

趴在地板上的幼祐，在小冊子上用原子筆寫上他「只」會寫的兩個字，「大」和「日」。雖然只會寫兩個字，當然是可以說自己「我會寫字喔」，幼祐不只要寫給訪談者看，他也要在小冊子上畫上一筆，這是幼祐超喜歡的玩物，之前他說就因為小冊子提供讓人在上面「畫」與「寫」的功能，讓他因此喜歡這樣物件；可是，

不可晦言的也是因為受到他內在喜好畫畫性向的牽引，使這種可以畫畫的小冊子備受他的青睞。

> 訪：你為什麼喜歡 超喜歡這種小本子啊
>
> 佑：因為 我喜歡畫畫
>
> 訪：因為你喜歡畫畫 哦
>
> 佑：我還會畫小烏龜耶

從教育的觀點出發，空白小冊子承載與紀錄著幼祐能力表現的內涵與成長的軌跡。就在表達自我內在所思與展現所能間，實質上空白小冊子開啟了孩童自身與外在世界互動結構中的正向循環。空白小冊讓幼祐「會」寫字，以及「會」畫畫，藉由「我會」的自我肯定，而最終有了「超喜歡」的內在體驗。小烏龜與小狗的自製圖畫書與此空白小畫冊皆具有類似的功效。

（三）多樣性帶來玩伴間的激勵與競逐－撲克牌

結束自製圖畫書的說明後，幼祐很快的將其收回紙袋裡，並開始往紙袋內尋找撲克牌「等一下 我還要找撲克牌耶」（10），試著將零散的紙牌收集起來。訪談者一邊協助幼祐收集紙牌，一邊探問他：「你喜歡撲克牌是吧」，幼祐毫不猶疑的予以正面回應「對啊 因為可以玩很多遊戲」，並強調其喜歡的理由在於「撲克牌可以提供多樣性的遊戲經驗」，撲克牌可以讓他「玩」出「很多」的遊戲。

撲克牌其實是家戶喻曉的玩具，幼祐的家也不例外，在幼祐的記憶中，他所玩的撲克牌本來就存在家中，家中也不知曾幾何時

就有了撲克牌。幼祐的確將許多撲克牌放入紙袋中，訪談者一邊與之交談，同時協助他一張張的取出來。就在訪談者詢問幼祐他如何玩撲克牌時，卻勾起了他的玩性與傷感。他表示平常玩撲克牌時是有玩伴的，最近因為沒人跟他玩，所以最近他都沒有在玩撲克牌；同時還堅持訪談者將不會是他的好玩伴，於是媽媽最後被邀請出來陪他玩「大老二」。

訪：真的啊 那你平常都跟誰玩 你一個人玩啊

佑：不是（受訪者繼續整理手中的撲克牌） 不可 因為最近我都沒有在玩它（把整理好的牌拿給訪談者看）

訪：都沒有在玩

佑：對啊 因為沒人要跟我玩 可是我現在也很想玩 哼哼（笑聲）（把玩手中的撲克牌）

訪：好 我們來試試看

佑：可是我不要…因為你不會玩

訪：那這裡誰會玩

受：我哥哥而已啊

對幼祐而言，「撲克牌」不只給出多元的可遊戲情境，同時該遊戲情境是與他者共享的情境，並在相互各種策略運用角力中顯現出那所謂的「很多」。平常哥哥好像是幼祐想要找的撲克牌玩伴，應該也是他的老師才是。對學習成長中的孩童而言，在撲克牌策略角力遊戲中也就可能隱藏著「教」與「學」的關係。幼祐口中「很多」的概念裡，因此含藏著一種逐漸擴充學習的歷程。這個歷程提供孩童體驗「多元與變化」，並在規則化且不斷變異的一來一

往遊戲情境中，面對他者的挑戰或教導，而在競逐的最後遊戲者間總會驚險的分出贏家。

（四）掌握不可預測性的動態情境－立體迷宮球

「立體迷宮球」是幼祐哥哥的玩具，每天生活在一起，哥哥生日禮物的玩具也可以成為幼祐喜愛的玩具。家中陸續有一新一舊兩顆，都是幼祐的「超愛」（23）。迷宮球體內設計者提供了立體的各層交織的軌道，讓小鋼珠在裡面滾動。遊玩者靠著兩手的操作翻動與身體來達成平衡，試圖將滾動的鋼珠傳送到預定的終點站。

> 訪：那這個你為什麼喜歡它
> 佑：因為我會玩哪 這個很好玩哪
> 訪：它好玩的地方在哪
> 佑：啊就是走嘛 你不懂是嗎

「因為我會玩哪」一個玩具要受到孩童的喜愛，至少它的玩法要是孩童自己能夠掌握的。幼祐簡單的以「會玩」與「很好玩」來說明他對立體迷宮球喜愛的理由。但是，幼祐喜愛立體迷宮球的哪個特徵？對於訪談者無知式的提問，幼祐有些無奈的強調「啊就是走嘛」，的確依著遊戲規則，就是要讓鋼珠「走」在軌道上穿越迷宮，而以「走」來隱喻鋼珠在球體內的滾動，也可以說是該玩具的特色。基本上，要讓滾動的鋼珠「走」在軌道中，需要靠雙手身體的協力才能夠讓它順利穿越軌道關卡完成旅程滾到終點。

> 佑：喔 我一拍它就到了耶
> 訪：你現在試著在做甚麼

佑：我現在在玩啊

訪：你要把那個彈珠珠放到哪去

佑：要到終點 我不跟你說終點在哪 這要過橋喔 終點

媽：它是 1 到 17 嗎

佑：不知道啦 因為我不知道終點 因為我知道終點在哪 可是我不
　　知道在幾號 可能應該比 17 多吧

媽：你有玩成功過嗎

佑：有啊 以前有成功啊 可是我現在都不行成功 唉呦 失敗 成功
　　他這是球到哪裡去 在這個洞（（拿給訪問者看））在這個洞裡
　　面就是終點

訪：喔 那就完成了是嗎

佑：對啊 這裡有一個洞洞那就是終點 可能不是要回那裡吧 應該
　　到這裡然後再走

訪：再走別的路

佑：56 才是終點吧 56 才是終點

　　軌道刻印的號碼是路徑的指示，也是談論該玩具活動現象的
符碼。在旁協助的媽媽與幼祐一來一往的對話指向該玩具的高潮經
驗應該會是在「成功走過關的經驗」。那幼祐所說的「我會玩」，
即在奠基於他曾經有過成功的紀錄「有啊 以前有成功啊」。「很
好玩」則意旨小鋼珠在球體內不穩定的流動，孩童在專注遊戲目的
之牽引下，雙手嘗試把持立體迷宮軌道與動態球體間相依關係間的
平衡，而玩物本身的不可預測性，卻可讓玩者在獲得掌握的同時，
也釋放出內在愉悅很好玩的體驗。

至於孩童敘說他們的「喜愛」、「超愛」或是「和它玩」、「很好玩」中，玩具與遊戲主體間「全部都喜歡」、「我要玩一種新遊戲」的意義關係，透過幼童對話的內容分析所獲得之啟發，暫時可以整理出玩具與遊戲主體間關係所存在的五種特性（參見圖6）。

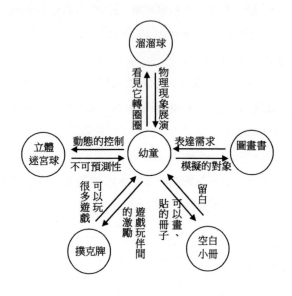

圖6　幼童玩具操作的需求關係圖

五、結語：需求意義的洞察與建議

　　在將近一個半小時的訪談後，幼祐介紹他喜愛的玩具超過原本研究者所設定的「三樣最喜歡的玩具」。其實在訪談一開始，幼祐即宣告「這個裡面（紙袋裡）有很多我愛的玩具 而且有一大堆我喜歡的啊」（6）。除了在預先挑選放入紙袋中的玩具外，訪談中

若突然連結到某樣玩具時，幼祐也會衝回房間內尋找在預期之外的玩具。對幼祐而言，似乎每樣玩具都是很重要的。不同於其他的個案，幼祐突破了研究限制，邀請研究者進入他的世界，而不是順應原有研究的預設，玩具與他的關係就存在於他對「玩物」完全的接納。訪談的尾聲，訪談者仍希望幼祐在其介紹的所有玩具中挑選出最喜歡的，但是幼祐仍然堅持「全部我喜歡 沒有不喜歡的」（24）。此一無法挑選出「最喜歡的」的堅持，指涉了每樣玩具之於他皆有其獨特性，每樣玩具也都能為其帶來不同的樂趣。而當對話中提出情境限制的條件時：「如如果如果現在這裡的玩具 現在你要出去旅行啊 然後這裡有這麼多的玩具啊 你 只能夠帶三樣 你要帶哪三樣跟你一起去」，幼祐說在這樣的情境條件下，他將會選擇：撲克牌、小畫冊及玩具小汽車。但是如此的選擇結果卻不能說它們是幼祐最喜歡的玩具。幼祐不斷在對話中表示這些「不是最喜歡的」，且「真的 沒有最喜歡的」。

> 訪：對喔 不能全部挑喔
>
> 佑：全部我喜歡 沒有不喜歡的
>
> 訪：可是我們要挑最喜歡的耶
>
> 佑：可是我沒有最喜歡的
>
> 訪：真的 你沒有最喜歡 通通都喜歡 沒有最喜歡的嗎
>
> 佑：真的沒有啊

雖然說幼祐表述出「全部我喜歡 沒有不喜歡的」，但在幼祐心中仍存對這些玩具在喜好特徵上的差異性。而每一樣玩具之於幼祐，在「你怎麼會有這些玩具」、「為什麼你喜歡這個玩具」、「你

都怎麼玩」的提問架構下，他描繪出的是一幅「玩具提供者」、「玩具特徵」與「遊玩者」的三角關係，而所有的對話則共享於「全部我喜歡 沒有不喜歡的」的基本價值上（參見圖7）。

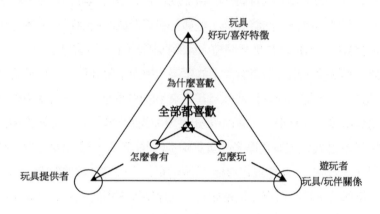

圖7　幼祐玩具敘說得意義架構核心圖

　　相對於孩童，在我們社會中扮演玩物提供者角色的母親，其提供玩具的過程，不僅是考量玩具功能或設計是否能夠滿足幼童個人心理層面的需求，更涉及到母親對於玩具與幼童所構連的整體社會脈絡的全面理解。透過對主要照顧者主觀經驗的個案分析，本文獲得的啟發在於：

　　第一、玩具使用的深層需求會受到幼童學習成長階段的差異、陪伴關係的進行、親族間情感關係的傳遞，以及主要照顧者其自身童年遊戲經驗等因素相契合的影響。

　　第二、扣連著活動理論的架構，以及個案所提出之從「讓他們自己玩」與「好玩而玩」的意義框架後，我們可以歸結出「情境」

的觀點是理解玩具需求的重要構連；再者，對於何謂「好」玩具的深層需求，則扣連到一種對於生態與自然環境的深層需求上。

第三、若是從「生態理論」的關懷出發重新看待孩童玩具遊戲行為背後之意義，那對於主要照顧者而言，本文的分析反映出從「社會生態」與「媒介生態」的觀點來重構玩具之深層需求有其必要性。因此，對於玩具設計與提供者而言，若能重視「環境生態」，擺脫將玩具視為消耗商品的生產觀點，重視以耐久物品與循環使用的觀點，設計出能夠從陪伴幼童從小到大創意學習的玩具，亦有其必要；最後，對幼教專業工作而言，玩具的操作需求，仍是一種扣連了家庭、學校、鄰里環境等因素的複雜活動。在思考如何透過玩具來引發幼童的學習能力時，理應從更為整體的社會脈絡的觀點來

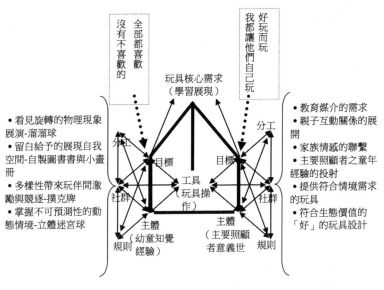

圖 8　玩具操作經驗中所浮現的需求意義

思考幼童對於玩具需求的動機。

　　最後，回應研究架構的設計，在解析詮釋幼童與主要照顧者主觀玩物遊戲經驗的內涵後，本文嘗試將個案解析所得與研究架構加以整合，提出初步的商業玩具的核心需求，以作為商業玩具規劃設計可依歸的參考性原則（參見圖 8）。

參考文獻

李裕光（譯）（2000）。新世紀的教育（原作者：Maria Montessori）。臺北市：及幼文化。

倪鳴香（2004）。童年的蛻變：以生命史觀看幼師角色的形成。教育研究集刊，50（4），1-31。

許興仁、邱琡雅（譯）（1987）。蒙特梭利新探（原作者：Paula Polk Lillard）。台南市：光華女中。

新民幼教圖書編輯委員會（譯）（1988）。蒙台梭利教育理論與實踐：第一卷蒙台梭利教育的理論概說（原作者：相良敦子）。臺北市：新民幼教圖書有限公司。

Bronfenbrenner, Urie (1987). Die Oekologie der menschlichen Entwicklung. Stuttgart: Klett-Cotta.

Cole, M., & Engeström, Y. (1993). A cultural-historical interpretation of distributed cognition. G. Salomon (Ed.), Distributed Cognitions. Cambridge: Cambridge University Press.

Engeström, Y. (1987). Learning by expanding: An activity-theoretical approach to developmental research. Helsinki: Orienta-Konsultit.

Engström, Y. (2001). Expansive learning at work: Toward an activity theoretical reconceptualization. Journal of Education and Work, 14, 133-156.

Foot, K. A. (2001). Cultural-Historical Activity Theory as Practical Theory: Illuminating the Development of a Conflict Monitoring Network. Communication Theory, 1(2), 56-83.

Fröbel, Friedrich (1982). Die Menschenerziehung. Stuttgart: Ernst Klett.

Garfinkel, H. (1967). Studies in Ethnomethodolgy. Englewood Cliffs, New Jersey: Princeton- Hall.

Kaptelinin, V., Nardi, B. A., & Macaulay, C. (1999). Methods & Tools: The activity checklist: a tool for representing the "space" of context. Interactions, Vol.6. 27-39.

Kokemohr, R. (1989). Textuelle Unbestimmtheit als Modalisierungsferment von Deutungsschemata. in Kokemohr, R. & Marotzki, W. (Hrsg.). Biographie in komplexen Institutionen. Studentenbiographien I (S. 281-323). Frankfurt a.M./New York.

Kokemohr, R. (1994). "Welt" und "Lebenswelt" als textuelle Momente biographischer Welt und Selbstkonstruktion. In Koller, H. C. & Kokemohr, R. (Hrsg.), Lebensgeschichte als Text (S.109-104). Weinheim, Basel.

Rosenthal, G. (2004). Biographical Research. In: Seale, C. / Gobo, G. / Gubrium, J. F. / Silverman, D. (Eds.). Qualitative Research Practice. London: Sage, 48-64.

Schütze, F. (1983). Biographieforschung und narratives Interview. Neue Praxis, 3, 283-293.

Schütze, F. (1987). Das narrative Interview in Interaktionsfeldstudien. Das narrative Interview in Interaktionsfeldstudien: Erzählteoretische Grundlagen. Hagen: Fernuniversität – Gesamtschule in Hagen.

附錄

國立政治大學幼兒教育研究所
歷屆論文一覽表

2002-2016

2002

幼兒園園長領導之個案研究
蘇慧貞 \ 簡楚瑛

2003

幼兒光碟檢核表之研究－以數學教學軟體為例
謝美玲 \ 陳百齡

建構取向教學中教師引導之個案研究
李映萱 \ 簡楚瑛

台灣與大陸幼兒園評鑑之比較研究
廖曉君 \ 簡楚瑛

幼兒英語教學光碟評鑑指標之研究
林　璟 \ 柯華葳

兩岸民辦幼教發展及其相關法規之比較研究
徐千惠 \ 簡楚瑛

2004

「不成長就會被淘汰」一位幼師生命運轉之敘說分析
彭佳宣 \ 倪鳴香

幼兒園教育品質指標體系建構之研究
白育綺 \ 簡楚瑛・徐聯恩

幼稚園組織創新與跨組織關係之研究
陳靜怡 \ 徐聯恩

澎湖縣實施國民教育幼兒班之政策分析
林妍伶 \ 鄭同僚

幼托園所主管教學領導行為與教師教學效能關係之研究
張維倩 \ 陳木金

不同英語教學法下學前幼兒的「聲韻覺識」能力
呂珮菁 \ 柯華葳

2005

宗教經驗與職涯變遷歷程之探究－以一位幼教老師為例
黃琬敦 \ 倪鳴香

兒童公平分配概念之研究：性別與情境差異取向
李昭明 \ 林佩蓉・倪鳴香

幼兒媒體素養教學之研究－以解構媒體性別刻板印象為例
黃伊瑩 \ 林佩蓉

幼教產業發展中的組織改變
李忻蒨 \ 徐聯恩

幼兒創造力及其相關因素之研究
廖怡佳 \ 吳靜吉

公立幼稚園園長資訊素養之研究－一個德懷術的分析
何孟臻 \ 陳百齡

軍軍的工作故事－一位幼教所畢業生工作經驗之研究
蘇育吟 \ 鄭同僚

教師對幼兒創造力知覺之研究
吳巧瑜 \ 吳靜吉

台北縣家長對我國幼兒教育券政策實施之調查研究
林明吟 \ 吳政達

幼稚園園長專業能力及其培育制度之研究
許逸柔 \ 陳木金

幼稚園組織學習、教師效能感與家長參與之研究
蘇馨容＼徐聯恩

市場導向、組織學習、組織創新與幼稚園學校效能關係之研究
劉姵君＼徐聯恩

班群空間幼稚園學習區規畫之研究－以臺北市永安、新生、健康國小附幼為例
楊欣怡＼湯志民

2006

理解魔咒與恐懼下的自我：一位幼師探尋「愛」的行動研究
蘇淑婷＼倪鳴香

國小學童幼兒時期英語學習經驗與國語學習之相關研究－以台北市文山區為例
趙月華＼周祝瑛

幼稚園教師科學圖畫書導讀歷程之研究
楊淇淯＼陳淑芳

學前教師資訊科技融入教學現況及其相關因素之研究
古孟玲＼簡楚瑛

母親教養方式與發展遲緩幼兒學習行為及人際互動之相關研究
鍾佩諭＼王鍾和

親子共讀對幼兒閱讀能力影響之研究
何文君＼柯華葳

教師專業承諾、工作滿足、組織承諾對生涯選擇影響之研究－以大台北地區幼稚園
為例
彭志琦＼吳政達

幼托機構園（所）長領導取向及其相關因素之研究
李素銀＼簡楚瑛

外籍母親管教方式與幼兒生活適應之相關研究

徐玉梅＼王鍾和

2007

跨文化中教養之經驗與調適歷程 - 一位印尼籍配偶的敘說研究

陳美蓁＼倪鳴香

另類學校如何在宜蘭成為可能 - 以慈心華德福小學公辦民營為例

何玉群＼倪鳴香

組織記憶之存取需求與有效性之研究 - 以幼稚園為例

何盈瑩＼徐聯恩

覺醒與爭權的社會行動 - 另類學校家長教育選擇權意識之個案研究

王雅惠＼倪鳴香

我國幼托園所長教學領導知覺之相關性研究

張君如＼簡楚瑛

探討一位幼兒舞蹈教師的教學內涵與其專業發展

葉俐均＼簡楚瑛

創意人格特質與創新經營關係之研究 - 以幼稚園園長為例

林鎂絜＼陳木金

閱讀環境、玩興、父母創意教養與國小中、高年級學童科技創造力之關係

王昕馨＼葉玉珠

新住民子女幼教教師教學經驗分析之個案研究

謝妃涵＼簡楚瑛

學前教師閱讀教學現況及其相關影響因素之研究

鄧慧茹＼簡楚瑛

學齡前融合教育班級師生及同儕互動之研究 - 以台北縣一所公立幼稚園教師經驗為例

邱椽茵＼鄭同僚

幼兒園服務品質之研究 - 家長與教師觀點之比較
蘇鈺婷 \ 徐聯恩

幼兒園品質信念與幼兒園品質關係之研究
劉　蓁 \ 徐聯恩

幼教網站介面設計與教養形象之研究
李秀琪 \ 林佳蓉

幼兒期學習才藝與國小學業成就相關因素之研究
張翠娟 \ 王鍾和

台北市幼稚園公共關係與學校效能關係之研究
沈　琪 \ 張奕華

幼兒就學準備度相關因素之研究
施玠羽 \ 徐聯恩

幼稚園園長持續專業發展之研究
趙翠麗 \ 陳木金

幼稚園僕人領導、組織信任與工作滿意關係之研究
林素君 \ 吳政達

2008

學校競爭與幼兒園品質、組織創新之相關研究
陳依宵 \ 徐聯恩

知識分享意願、管道與行為之研究 - 以幼稚園教師為例
郭小真 \ 徐聯恩

幼稚園教師教學熱情、工作壓力與創意教學之研究
翁嘉伶 \ 簡楚瑛

電子童書與幼兒閱讀理解之研究
徐韶君 \ 柯華葳

初任幼師專業認同的演化與建構－一種自我敘說取向之研究
陳奕圻\倪鳴香

臺北市公辦民營吉利托兒所經營歷程之個案研究
張雅婷\倪鳴香·翁麗芳

節慶在台灣華德福幼兒園呈現樣貌與教育意涵－以善美真娃得福托兒所「過年慶典」
為例
陳亮樺\倪鳴香

幼兒園品牌領導策略之研究
蔡秉瑩\陳木金

幼稚園教師人格特質、組織文化知覺與課程變革關注之研究
李碧雯\簡楚瑛

幼稚園品質衡量與地區比較研究－以金門縣、台北縣市為例
蔡卓銀\徐聯恩

家長親職態度與幼兒生活適應相關研究
黃思穎\井敏珠

幼稚園運用藍海策略與創新經營關係之研究
李于梅\陳木金

台北市公立幼稚園遊戲場規劃之研究
吳中勤\湯志民

幼稚園教師組織文化知覺、創意人格與創意教學之研究
葉怡伶\簡楚瑛

台灣地區之公立專設幼稚園校園創意設計之研究
陳文蕙\湯志民

蒙特梭利語文教育與全語言教育對幼兒閱讀能力影響之探究
張筱瑩\簡楚瑛

台北市幼稚園教育人員資訊素養與學校效能關係之研究
張倪甄 \ 張奕華

教師引導幼兒討論公平分配概念之省思
陳盈如 \ 簡楚瑛

學前教師運用坊間教科之研究
蘇品樺 \ 簡楚瑛

幼稚園教師組織信任與組織公民行為關係之研究 - 兼論隱涵領導理論對信任的影響
徐玉真 \ 吳政達

2009

幼稚園教師合班關係之研究
王慧娟 \ 徐聯恩

台北市立幼稚園園長團隊領導能力之研究
王志翔 \ 陳木金

樂高玩具與樂高迷之關係研究
謝依玲 \ 倪鳴香

幼兒辨識幾何圖形之研究 - 以三角形和圓形為例
謝佩純 \ 簡淑真

台灣 40-70 年代幼兒教育拓荒者 - 高淮生女士的專業實踐圖像
邱意婷 \ 倪鳴香

「成長兒童學園」發展史 (1983~1988)
林思嫻 \ 倪鳴香

學前幼兒媒體素養教學手冊之發展
賴慧玲 \ 吳翠珍

幼兒就學準備度相關因素之比較研究－以台北縣、宜蘭縣為例
方聖文 \ 徐聯恩

學齡前幼兒父母親職教育參與及親職壓力相關之研究
吳蕙惠＼簡楚瑛

幼兒就學準備度評量之研究
鄭雅方＼徐聯恩

兒童才藝補習與父母期望、兒童幸福感之相關研究
沈力群＼簡楚瑛

家庭閱讀活動、閱讀行為與閱讀態度之相關研究
姚育儒＼簡楚瑛

教室閱讀環境、教師閱讀態度與幼兒閱讀態度之相關性研究
王令彥＼簡楚瑛

家庭閱讀環境對幼兒閱讀態度之相關性研究
林婉君＼簡楚瑛

玩興、情緒調節能力、親子互動關係與問題解決能力之研究
曾薰霆＼簡楚瑛

幼稚園教師對美術活動教學態度之研究
高如瑩＼范睿榛

2010

教師創造力素養與創意教學行動影響因素之研究
吳毓雯＼徐聯恩

幼兒遊戲中的情感表達與創造思考之相關研究
高雅芝＼倪鳴香

縫補專業行動的裂痕 - 探究兒童哲學在幼兒園實踐的形跡
連珮君＼倪鳴香

幼幼班母親對幼兒閱讀信念與親子共讀之相關研究 - 以台中縣為例
林湘琴＼簡楚瑛

兒童教育成就之研究：幼兒就學準備度之觀點

李晨帆 \ 徐聯恩

幼稚園教師合班教學類型的課堂經驗與幼兒課程經驗之研究

王薇蘋 \ 徐聯恩

2011

成人共讀策略對兒童繪本閱讀理解歷程影響之眼動研究

張雅嵐 \ 蔡介立

幼兒園品質與幼兒課程經驗之相關研究

林琬玲 \ 徐聯恩

兒童哲學在台灣—毛毛蟲兒童哲學基金會發展史 (1976-2010)

錢宥伶 \ 倪鳴香・楊茂秀

混沌・追尋・邂逅 -Gordon 幼兒音樂學習理論在幼兒園實踐之研究

余蕙君 \ 馮朝霖・莊惠君

幼兒搭建單位積木 - 圍的空間現象學之研究

詹蕙芬 \ 倪鳴香

Friedrich Froebel 教育思想中遊戲觀之研究

莊敏伶 \ 倪鳴香

熊慧英社會化統整性課程活動課程形成歷程之研究

徐詩婷 \ 倪鳴香

英國幼兒基礎階段評量與就學準備度之研究

黃暐鈞 \ 徐聯恩

幼稚園教師多元文化人格、經驗與多元文化教學能力之研究

李宛霏 \ 簡楚瑛

學前教師工作壓力、工作滿意度與幸福感之研究

洪婷琪 \ 簡楚瑛

國小一年級兒童家長教育期望、休閒參與與學習壓力之相關性研究 - 以台北市為例
莫碧華 ＼ 簡楚瑛

運用 ECERS-R 提升幼兒園品質之實證研究
傅馨儀 ＼ 徐聯恩

蒙特梭利幼兒教育的幼兒就學準備度之研究
莊佳樺 ＼ 徐聯恩

2012

遷移與轉化 - 一位看電視長大的幼師之敘說式自我探究
洪慈吟 ＼ 倪鳴香

幼稚園教師學校組織創新氣氛知覺、知識分享行為與創新教學行為之研究 - 以台北
市幼稚園為例
劉華鈴 ＼ 簡楚瑛

維高斯基遊戲觀之探究
朱怡潔 ＼ 倪鳴香

弱勢幼兒就學準備度及其日後學習成就之探討
賴涵婷 ＼ 徐聯恩

幼兒教師人格特質、情緒智力與幼兒情緒能力之研究 - 以臺北市幼稚園為例
鍾佳容 ＼ 簡楚瑛

父母教養態度、親子互動與幼兒情緒能力之研究
鍾麗儀 ＼ 簡楚瑛

臺北市公立幼兒園班級共同領導及其相關因素之研究
李　文 ＼ 陳木金

2013

幼兒執行功能與就學準備度之研究
吳盈諄＼徐聯恩

家長對幼兒的學習期望與期望確認之研究
黃侑華＼徐聯恩

幼兒園園長與教師工作塑造之研究
劉怡萱＼徐聯恩

創意風格與工作塑造之研究－以幼兒園園長與教師為例
林玉涵＼徐聯恩

父母管教方式、幼兒氣質與幼兒問題行為之相關研究
許乃尹＼王鍾和

臺北市幼兒學習環境與幼兒社會遊戲行為之研究
黃惠雯＼湯志民

不同介入方式之遊戲對幼兒創造力及問題解決能力之成效研究－以建構式教具為例
張嘉勻＼簡楚瑛

蒙特梭利教育、華德福教育及其他相關因素與幼兒氣質、社會能力之研究
張　瑜＼簡楚瑛

母親管教方式、親子依附關係與幼兒社會行為表現之相關研究
嚴燕楓＼王鍾和

幼兒園教師媒體經驗之研究
張雅欣＼倪鳴香

2014

知識創業軌跡的行動研究－以永和游藝屋為例
許淑閔＼倪鳴香

幼兒園教師不是機器－一份重拾專業認同的自我敘說探究

張瓊云＼倪鳴香

五歲幼兒在數位小遊戲中的問題解決歷程與策略研究

陳家綺＼邱淑惠

NAEYC 幼兒園課程認證標準與幼兒園課程品質評估之研究

龔芮誼＼徐聯恩

藝術心理課程對幼兒多元智能之成效探究

張靜軒＼陳婉真

教學品質與幼兒學習成就之相關研究－以臺北市公立幼兒園為例

賴怡文＼徐聯恩

老礦眷幼兒園的階級文化分析－批判教育學觀點

鄭宇博＼張盈堃

幼兒閱讀成效與閱讀環境之相關研究

田雅晴＼簡楚瑛

2015

幼兒課程歷程品質之研究－教室教學品質與幼兒學習投入

洪郁婷＼徐聯恩

獨輪車在幼兒園內的教育意涵－奎山幼兒園幼童搬運牛奶日活動的影像分析

曾舒萍＼倪鳴香

何謂好圖畫書－從文化迴路觀點檢視圖畫書產業的運作與限制

陳真慧＼張盈堃

臺北市幼兒園教師自覺嗓音狀況與其教學行為之研究

宋筱葳＼張盈堃

一位幼教工作者專業自主性的自我追尋

朱萬方＼倪鳴香

原鄉教育路對幼師生涯發展之影響 - 烏來地區非原住民幼師之個案研究

阮雅潔 ＼ 王雅萍

電視暴力卡通的再現與抵抗 - 成人與兒童觀點比較

蕭孟萱 ＼ 張盈堃

幼兒親職教育課程發展與成效之研究 - 以「手作方案」課程為例

蔡瓊惠 ＼ 簡楚瑛

以活動理論分析幼兒親職教育方案之研究

符少綺 ＼ 簡楚瑛

幼教工作者存在感、情緒勞務與身份畫界的探究—批判教育學觀點

劉　燕 ＼ 張盈堃

幼兒園教師協力工作塑造之研究

陳易君 ＼ 徐聯恩

2016

身體的規訓、儀態化與抵抗 - 一個幼兒園班級的民族誌研究

陳述綸 ＼ 張盈堃

潮州童謠的傳承歷程 - 以馬來西亞霹靂州雙武隆漁村為例

孫華榈 ＼ 倪鳴香

幼兒園教師應用智慧教室之現況與成效之研究

曾薇臻 ＼ 張奕華

男性幼教工作者生活事件的探究 - 性別刻板印象的抵抗與轉化

李詩媛 ＼ 張盈堃

教保服務人員情緒勞務與心理資本之探究 - 以一間幼兒園為例

林昱珊 ＼ 張盈堃

影響幼兒家長使用 M-learning 意願之研究 - 以微信公眾號為例

劉　寧 ＼ 簡楚瑛

思念的回映 - 父女關係形塑歷程之自我探究

趙偉婷 \ 倪鳴香

幼教師的文本分析與幼兒閱讀理解能力關聯之行動研究

李婉禎 \ 辛曼玲

印尼華人幼師職業角色認同之研究 - 以棉蘭地區為例

羅頌惠 \ 倪鳴香

兩岸兒童如何談友誼 -以觀看喜羊羊與灰太郎為例

楊晨希 \ 張盈堃

幼兒教室互動品質之研究

江佩穎 \ 徐聯恩

發現童年的沃野：從幼兒園到文化場域的
探究 / 倪鳴香, 張盈堃主編 . -- 臺北市 : 政
大幼教所 , 2017.05
　面；　公分
ISBN 978-986-05-2496-3(平裝)

1. 學前教育 2. 文集

523.207　　　　　　　　106007454

發現童年的沃野
從幼兒園到文化場域的探究

主編：倪鳴香、張盈堃

編輯助理：胡毓唐

校對：沈奕君、游依靜、陳君柔

設計：雅堂設計工作室

出版：國立政治大學幼兒教育研究所

地址：11605 台北市文山區指南路二段 64 號

電話：（02）2939-3091#62209

承印：中原造像股份有限公司

2017 年 5 月 出版

ISBN：978-986-05-2496-3

定價 420 元